そこは縫わないでと頼んだのに，縫われてしまった。〈縫う（縫われる）〉という行為を考察するうちに導き出される幻想の極致――〈語り〉の魔術が編み出す異形の傑作「結ぶ」。見知らぬ写真館で昔の己の肖像を見つけた“わたし”が，記憶の水底に沈潜していた過去を思い出す「水族写真館」。古い心臓からさまざまな情景を読み取る少女の独白を綴る「心臓売り」。小さな画廊でお茶を楽しむ生者と死者の奇妙な交流を描く「メキシコのメロンパン」など，文庫化に際し単行本未収録作4篇を加えた18篇を収録。綺想を愛する著者の真髄を示す傑作短篇集。

結　　　　ぶ

皆 川 博 子

創元推理文庫

TIE

by

Hiroko Minagawa

1998

目次

結ぶ

結ぶ

そこは縫わないでと頼んだのに、縫われてしまった。

昨日も一昨日《おととい》も、縫われた。

こんなに縫われると、見た目もよくないと思う。

腕の内側とかふくら脛《はぎ》などは、二筋ならべて縫って縫い縮めるときれいだという。たしかに、一筋だけよりギャザーがしっかりしていいけれど、耳の縁を縫い縮められるのは、気持ち悪かった。気持ちよかったのだろうか。

縫う方もだけれど、縫われる方もまた、上手でないと、うまく仕上がらないのだそうだ。

理想的な仕上がりは、アルマジロが丸まったのより、もっと完全な球形なのだそうだが、そんなふうに仕上がったのを、実際に見たことはない。

ビデオは見せられているが、ああいうのは、CGでごまかせるそうだから、信用できない。

CGではなく、アルマジロの実写かもしれない。

マルマジロと、子供のころは名前をまちがえておぼえていたくらいだから、こいつは、丸くなる。

しかし、アルマジロのなかでも、球体になれるのは、平凡社世界大百科事典の記事がまちがっていなければ、ミツオビアルマジロだけらしい。

アルマジロ　Armadillo　犰狳（きゅうよ）ともいう。カメのように（以下、アルマジロのからだの仕組みについて詳述されているが、略）――各横帯は伸縮自在の皮膚でつながっているので、ミツオビアルマジロ Tolypuetes tricinctus はダンゴムシのように体を球状にまるめることができる。

冒頭のからだの特殊な仕組みは、アルマジロという項目全部にかかる説明だと思って読んでいたのだが、突如、ミツオビアルマジロという特定の名前があげられ、その「ミツオビアルマジロは、ダンゴムシのように云々」とつづくのだから、ほかのココノオアルマジロだのオオアルマジロだのヒメアルマジロだのは、球体にはなれないのだろうか。

よくわからない。ビデオのアルマジロは、球体だったから、平凡社世界大百科事典の記事が正しければ、ミツオビアルマジロなのだろう。

しかし、もしかしたら、あの映像は、玉虫を拡大したものかもしれなかった。

玉虫といっても、金緑色の美しい硬い羽をもった細長い昆虫ではなくて、ベンジョタマムシの方である。

便所が厠《かわや》とか雪隠《せっちん》とかいわれていたときは、床の隅だの汲み取り口のそばだのに、ころころ転がっていたやつだが、お手洗いと呼ばれるようになったら、遠慮がちになって、トイレと一般的呼称が変わったら、ほとんど絶滅してしまった。いずれ、クリスタルのトイレタマムシが発生するのだろう。

子供のころは、トイレはなくて、厠雪隠後架ばかりだったから、玉虫といえば死人の目玉みたいな色をした、糸みたいな足を数だけは百足《むかで》ばりにもぞもぞ所有し、すぐ、はっとして身を丸めるあいつしか知らなかった。

玉虫の厨子というのも、死人目玉色のやつをびっしり並べたのだと思っていた。そのころ、玉虫物語というのを、読んだ。天平時代の話で、なんとか麿というのが、朝廷の命令で、玉虫を千匹集めなければならなくなる。命じたのは、なんとか麿が恋いこがれているなんとかいうお姫様で、なんとか麿はいっしょうけんめいやるのだが、なかなか採取できなくて、「九百九十九匹つかまえた。あと一匹で千に満つるというのに、はや、雪が降る」と、なげいていた。物好きなお姫様だと、ベンジョとつかない玉虫を知らなかったので、思った。

理想的な状態としてビデオで見せられたのがベンジョタマムシの拡大図だとしたら、少し悲しい。まあ、どうでもいいか。

そういえば、ダンゴムシというのは、ベンジョタマムシの本名ではなかっただろうか。そうであれば、〈ミツオビアルマジロはダンゴムシのように体を球状にまるめることができる〉という平凡社世界大百科事典の記事は、ミツオビアルマジロにとって、屈辱的ではあるまいか。

ベンジョコオロギというのもいたが、これもみじめなやつだった。草むらにいる蟋蟀《こおろぎ》はどこへでも逃げられるが、厠に棲息するベンジョコオロギは、壺の中しか、逃げ場がない。跳躍用の後足は、押さえるとあっさりもげる。もげたら、生えないのだろうと思う。蜥蜴《とかげ》の尾は、切れても生えるそうだが、尾の生えかかった蜥蜴を見たことはない。尾が、頭と胴を切り捨てて逃げのびるということはないか。尾の切断面から、胴と頭が再生されて、尾を切られた頭と胴の方は死ぬ、などと陳腐なことを考えていると、球体になれない。

厠で産み落とされた胎児が、壺の中で成長し、たまらなく美形の童貞厠之助となるという話もある。（Ⓒ丸尾末広）

童貞厠之助様。美《うつ》いお名やわァ。

便所と名がつけば一切合財みじめ、というわけではないのだ。

片足もがれた便所蟋蟀之助は、壺の中で巨大化し、片足殺法。

縫われるほかに、紅型《びんがた》染めみたいなやりかたで染められるのもあるそうだ。染め型は模様をくりぬいた断熱材で、高温でプレスするというのだけれど、よくわからない。

染められるのと、縫われるのと、どっちがいいかと聞かれて、どっちでもいいと答えたら、縫いのほうが、手がすいているから早くできると、すすめられた。つまり、そいつの手があいていたのだ。染めるのは、素人が多くやり方が雑だとも言われた。理想的な仕上がりが、染めは、あいまいで、まだ模索段階だという。

縫われるのにも上手下手があるというのは、縫い始まってから言われた。

上手下手は、運動神経と関係があるのだろうか。鉄棒の逆上がりもできないのだがと言うと、運動神経よりは、むしろ、洞察力だと言う。

ひらたく言えば、どうすれば、相手が縫いやすいかを推察することではないか、と思ったが、それではあまりに単純すぎて哀しい。相手が縫いやすいようにからだを動かすには、運動神経も密接な関連をもつから、困る。

染められるか、縫われるか、は二者択一だが、縫う・染めると、縫われる・染められる――すなわち、やる方かやられる方かは、ア・プリオリにさだまっているのだとも言われた。

では、やる方にも、縫うか染めるか、二者択一、選択の自由はあるのか、ということは、たずねなかった。やられる方には関係ないことだ。

最終的な仕上がりの状態が確定しているのと、未確定なのとでは、現段階での比較では、前者の方が上位にあるといえるが、それは安定度の問題であって、発展途上の後者の方が豊かな可能性をもっているともいえ、先行きはわからない。

しかし、説明が正しければ、染めをやるのは、雑な素人ばかりだというから、いつまでも未確定のままかもしれない。

縫う方と縫われる方の、上下関係はどうなっているのかといえば、縫う方は、縫う方が上と思っているようだ。

しかし、縫われる方は、完成した形態が究極にある、すなわち、縫われながら向上するのにたいし、縫う方は、現状の形態のままであって、完成した形態を持たないのだから、縫われる方が上と、考えてしかるべきではないか。

これは、画家と、画家の描いた絵との関係にたとえられる。絵は、完成した形態を持つが、画家は、それを持たない。完成された理想的な絵は高く売れるが、画家の骸《むくろ》に値段がつくことはない。

いや、ヨーロッパのどこの国の蚤の市だったか、ルーベンスの小指の骨というのを売っていたが、いかがわしいを通りこし、まぎれもないいんちきだった。中に骨がおさまっているというモロッコ革を張った小箱の、蓋を開けさせなかった。箱は時代がかって、けっこう魅力があったが。

骸を買うやつは（特殊な、あるいは、サスペンスフルな事情がある場合をのぞき）いないが、骨であれば、ルーベンスのような名声を持たない、ただの人間や犬や猫の頭蓋骨でも、売買の対象になりうる。装飾品あるいは愛好品として、蔵したがる者がいるからだ。腐敗せざるを得ず保存に耐え得ない皮膚や肉は、先天的にみじめな存在なのである。

加工して腐敗をとめ、ミイラをつくることはあるが、そのさい、掻き出して捨てられるのは、内臓と脳である。上下関係でいえば、骨が一番上で、脳は、皮膚にもかなわないもっともみじめなやつなのであるな。骨は放っておいても存在しうるが、脳を保存するには、たいへんな手間がかかる。脳は自立できない。軟弱だ。この点においても、脳は骨にかなわないのだな。

なんにしても、とりあえず、あまりぶざまに縫われるのは嫌だし、いっこう球体に近づいてもいない気がする。

しかし、なぜ、球体が最終的な形態なのか。

最後の一針を内側に強く縫い絞り、収斂させ、消滅させるということも、考えてもいいだろうと言ったら、驚いたようすで、一般には知らせない極秘事項をどうして知っているのか、と訊いた。

簡単な発想だというと、黙り込んだ。

縮めるのではなく、広げるのはどうかと、言ってみた。

縫うのではなく、開きにする。当然、道具から変える必要がある。針ではなく、まず、出刃をもちいる。

厚みを半分に開き、さらに、その半分に開き、さらにその半分に開くことをくりかえせば、計算上は、一つの存在を無限大に近くひろげることができる。もちろん、段階に応じ、出刃から柳刃、剃刀《かみそり》と変えていくのだが、最終的には、科学的器具でもまにあわず、思念の力にたよるほかはなくなるであろう。

四足獣、鳥類にあっては、左右対称に平面的に開くのは、困難とされている。これらはもっぱら、腹を裂き立体的にもちいる（腹を裂かれ詰物をされるのは屈辱的であろう。己の腸を摘出され、かわりに他者の腸をもちいた腸詰めを詰め込まれる豚の丸焼きを思うと、惻隠の情を催さざるを得ない）。

二足の場合は、厚みを水平に切り開く難度は、四足獣・鳥類より低い。この点、魚に似ている。もっとも、開きに適した魚はかぎられている。鰺、秋刀魚《さんま》、サヨリ、カマスなどであって、鮪や鰤《ぶり》は、開きには適さない。

縫う場合、針は一本ですむが、開くとなると、用具を次第に変更せねばならないから、複雑になる。

複雑な方が高尚らしくみえるが、単純な器具で効果をあげるほうが、上とも思える。

上下関係はさておき、どこまでもひろがっていく己という考えは、かなり気持ちよくて、縫い縮められるより好ましいと思ったのだが、そういう選択肢はないと言われた。

縫うと染めるは、関連性があるようだが、縫うには、縮めるという、体積の変容があるのに、染めるには、縮めるに対応する作用はない。

〈縫い縮める〉が二者択一の一つの選択肢なら、もう一つは〈切り開く〉であるべきだ。

縦に横に、開かれるたびに広がっていくというのは、思っただけでも、晴々する。野をおおい、海をおおい、別の大陸にまでひろがり、大陸の野をおおい、山裾から頂にひろがり、いや、地上のみを考えてはいけないのである。それでは、地球をおおいつくしたとき、ひろがる余地がなくなる。地の球面にそわず、平面をたもったまま、ひろがらねばならない。

曲面と平面の接点は、ただ一点である。その一点を中心に、まっ平らをたもてば、曲面からはなれ、宙にひろがる。無限性はそれによって生じる。——やはり、球体はよくない。

切ってはひろげていけば、限りなく薄くなり、透明になるだろう。ほとんど無に近くなる。しかし、それは、存在する。

まったき無は、無限とひとしい。

いかに薄くても、開かれたものは、無ではない。存在するものは、無ではないがゆえに、無限ではない。そう思ったとき、求心的に縫い縮められて最終的に無になる方が、開かれるより、上である、と気がついた。

開くという選択肢が存在しないので、求心的にならざるを得ない身にとって、縫われるのが、開かれるより上なのだ、と確認できたことは、倖せであった。考えてみるものだ。

そう気がついたからには、洞察力を働かせ、上手に縫われてやろう。

そこは縫わないでと頼んだりするのは、やめよう。

左の鼻孔が縫われている最中だ。

二つある孔は、まず一つずつ縫うと言った。口は一つしかないから、かなり後まで残しておいてやると言う。好意のつもりらしいが、私的な感情が入るのは、よくないと思う。

目、鼻孔、耳孔を、左右交互に縫いつぶしていこうか、右なら右、左なら左、そろえたほうがいいか、とたずねられた。

どちらでもいいと、答えた。生来、よほどのことでないかぎり、相手の意向を尊重するたちである。これは、責任を相手に転嫁することでもある。ずるいのである。自覚している。レストランをえらぶのも、メニューをえらぶのも、相手にまかせる。まずければ、相手の責任である。美味なら、責任問題は起きないから、こころよく賞味すればよいのである。

交互に縫われるか、片側にそろえるか、という問題にあっては、迷い出すときりがない。見知らぬ町でレストランをえらび、メニューをえらぶのは、賭である。結果がでてみなくては、わからないのである。それと同様、交互縫われと片揃え縫われの良否も、やられてみなくては、わからない。しかも、レストランのメニューであれば、腹がへってから別のをもう一度ためすことも可能であるが、縫われくらべてみるということは、できない。いったん縫ったら、ほどくという思考は、縫う方にはないのである。試行錯誤という考えが欠如しているらしい。

交互のほうがいいだろうな、と相手は言った。脳血栓などにより、片側がそろって麻痺するというのは、珍しくないから、体験していなくてもある程度想像できるが、左右交互に麻痺するというのは、得難い経験だと相手は説明し、右の瞼を縫い閉じた。どのみち、全部縫われるのだ。

一方が閉ざされれば、他方に集中力が増す。左の視野に、染めの執行中のようすがうつった。染めを見るのは初めてだから、興味深く見つめた。

十センチ四方ぐらいの断熱材にくりぬかれた模様は、丸だの四角だの三角だの、単純な幾何模様である。唐草とか薔薇、蝶のような手間のかかる模様はない。素人の雑な仕事だからか。手抜きだ。

プレスは、骨董屋でもみかけることの少ない古めかしい火熨斗《ひのし》であった。中に炭火をいれるやつである。自動温度調節ができるアイロンを使わないのは、もしかしたら、素人ではなく、腕のよい職人なのかもしれないと思った。はじめとろとろ中ぱっぱという微妙な火加減は、機械にはむずかしい。自動温度調節アイロンは、低温なら低温のまま、高温なら高温のままである。

型を背中におき、火熨斗をあてると、蛋白質の焦げるにおいとともに、煙がのぼった。

手さばきを見るに、むやみに焼き焦がすのではないらしい。こまかく、火熨斗の先端を動かし、強くおしつけたり弱めたりしているのである。

型を下にずらし、ふたたび火熨斗をあてる。

おお、と感動した。単純な△□○だと思った模様が、ひとつひとつ、ことなった濃淡に焼きわけられ、火ぶくれの膨れ上がり加減もさまざまである。□の中に波模様を染め出すという至芸もある。

〈縫う〉が、あらかじめ定められた球体という理想形にむかうのみで、道程のみっともなさは意に介さないのにくらべ、〈染める〉は、芸術的自由をあたえられているではないか。

縫うに、無限への到達という観念的意味があるとすれば、染めるには、究極的な美の追究という具体的意味があるらしい。

くわえて、染めるには、染められる方の質が変化するという特性があることに注目した。現段階の比較では〈縫う〉の方が〈染める〉より上位にあるという仮説は、ひっこめねばなるまい。後者が発展途上にあるという考えは、傲慢であった。

左の目だけで隣を注視するには、極度の横目をつかわねばならない。左の耳の下から右の首の付け根にかけて、斜めに縫われているところなので、首を動かせないのだ。

染められる方は、こっちを見向きもしない。

見てほしい。

縫う方は、洞察力があった。斜めに二筋縫って、ぐいとひきしぼったから、顔が左向きに固定された。

いや、縫う方は、意図的好意的にやったのではなかった。次に、かなり時間をかけて、うなじから背筋に沿って縫い下がり、尾てい骨で針を抜き取り、もう一筋平行に縫うと、二本いっしょに、引き絞ったのだ。海老反りになった。

球体をめざすという目的に、より容易に近づけるやり方は、前屈みに縮めることだと思う。背骨。――このときになって、はじめて、骨の存在が意識にのぼった。骨と脳の上下関係についてさんざん考察したのに、縫われるさいの、骨の自立については、まったく失念していた。

前に屈曲はできても、反るのは苦手な仕組みになっている背骨。

骨を意識したな、と、縫う方はどなり、意識するなと命じた。意識するから骨が存在するのであって、意識から消していれば、非在であるのだ、と諭されたが、いったん意識してしまったものを消すのは、困難である。

突然、私は、空恐ろしいほどの孤独をおぼえた。

孤独は、痛みよりはるかに強い。

限度をこえて反り返らせられながら、私はせいいっぱい、隣に目を投げた。

染められる男は、煙を上げて身悶えていた。

男も、私のほうを見た。

反り返る私の腹が裂けた。

隣の男が身をよじると、脇腹の火傷が、裂けた。

ふたりの腹から溢れ出た腸は、青黒く地を這い、にじり寄り、結びあった。

湖底

客のまばらなティー・ラウンジに、小曾木欣子《こそぎきんこ》の姿はなかった。

欣子を見逃すことはない。雑踏のなかにいても、欣子なら目につく。肉づきがよく大柄で、その上、いつも変わった服を着ている。いつか逢ったときは、太股までみえる黒いミニに男物のモーニングの上着を羽織り、ほんのわずかのぞくインナーの真紅が、強烈なアクセントになっていた。

約束の時間にはまだ五分ある。

隅の席をえらび、黒い革張りの椅子に身を沈めた。

出版関係の人々が利用することの多いホテルである。隣の席にむかいあっている二人も、聞く気がなくても聞こえてくる話の断片から、これから出す本の打ち合わせらしいと察しがつく。

窓際の席には、二十前後の女の子がひとり、雨に滲むガラスに目を投げている。

〝瑛《えい》さんが発熱して、八度五分。行かれなくなりました〟

小曾木欣子の声を、もう一度、わたしは耳によみがえらせてみる。

正確にそう言ったのだったかどうか。

瑛さん。発熱。八度五分。

きれぎれなその単語だけが、確かに耳にある。

瑛さんが八度五分も熱がでたので、今日はいかれないわ。

そんなふうな言葉だったのだろうか。

今朝、ホテルのシングルルームで、前夜セットしておいたアラームに起こされたとたんに、その言葉が記憶から立ち上がったのだった。欣子から夜中電話がかかってきて、そう告げた……という気がするのだが、
お大事にね。

残念ね。

風邪？

こういう場合、当然口にしたであろう言葉を言ったおぼえがない。

受話器をとった記憶もなかった。

それなのに、聴いた。

瑛さんが、発熱。八度五分。

夢だわ。わたしは思った。

今日、はじめて志賀《しが》瑛に逢う。小曾木欣子が同行し、ひきあわせてくれる。そのことがこころにあり、夢の中にあらわれたのだろう。

しかし、どんな夢だったのか、まるでおぼえていない。

記憶にあるのは、小曾木欣子の言葉のみなのである。

瑛さんが八度五分も熱がでたので、今日の約束は、キャンセル。

夢の中で、わたしはどんな受け答えをしたのだったか。

わたしの母方の又従妹に当たる小曾木欣子は、独身で、銀座で画廊を経営している。わたしは欣子の商売のことは全然わからないが、欣子があつかう絵には興味がある。かなり癖の強い、一種幻想的な色合いを帯びたものが欣子の目にかなうようで、それは、わたしの好みとも一致していた。

先週の木曜日、夕方出先から帰ってきたら、欣子からFAXが入っていたのである。

電話とFAXは同じ回線を使っているが、新しい機種なので、相手の通信メディアを機械が読み取り、電話と自動的に切り替わる。

欣子もFAXを愛用している。

電話だとつい長話になるけれど、FAXなら、用件だけですませられるので、いそがしい欣子には向いている。

『来週の火曜日、志賀瑛が、わたしに会いに、上京してくる。紹介するから、都心まで出ておいでよ』

というのが、FAXの文面だった。

返信を送ろうとしているとき、欣子から、今度は直接電話がかかってきた。

「FAX、読んだ?」

「志賀瑛が、どうして、東京に？」

「わたしが呼んだんだよ。会いたいでしょ、そっちも」

欣子の声は、夜はいつものことだが、酔っていた。

「月曜の夜じゃだめ？　その日なら、わたし、東京に出てY＊＊ホテルに泊まるついでがあるんだけど」

わたしの口調は遠慮がちになる。欣子は、引っ込み思案なわたしとは正反対の行動派で、わたしは少し気圧《けお》される。

「かんづめ？」

「ちがう。わたし、かんづめってだめなの。自分の部屋でなくちゃ書けない。火曜日に病院に行くの」

「どこか悪いの？」

「眼が片方おかしいんだ。毎月一度、病院に行ってるの。言わなかったっけ」

「大変だ。眼がだめになったら、字を書く仕事できないじゃない」

たァいへん、と、欣子はおおげさに言葉をのばした。

「たいしたことはないんだけど。緑内障だって」

「やだ。あれって、すごく痛いっていうじゃない」

「それが、全然痛くないの。ただ、視野欠損……ていうのかな、一部、見えない部分があるの。それで、病院でみてもらったら、そう病名をつけられた」

「一部見えないって、どんなふうなの」

興味をそそられたように、欣子は訊いた。

「たとえば、看板の文字が、ひとつ欠けてみえるとか」

「欠けた部分はどういうふうに見えるの」

欣子は、つっこんでくる。納得ゆくまで問い詰めるたちだ。

「ぼやっと霞んでいるだけ」

「で、月一で、治療にかよっているの？」

「そういうこと。うちからだと、二時間はかかるでしょ。わたし夜型だから、起きるのが昼過ぎなのに、病院には午前十時までにいかなくちゃならないのよね。うちからじゃ、とても無理。Y＊＊ホテルからならタクシーで二十分でいけるから、いつも泊まることにしているの。それでも、身支度や何かで九時には起きなくちゃならない」

「寝不足になるね」

「前の晩に睡眠剤をのんで、強引に早い時間に眠るの」

「睡眠剤なんかのんで大丈夫なの？」

「このごろの薬って、安全なのよ。昔のみたいに生命にかかわるってことないし、習慣性も少ないんですって。わたし、一昨年ひどい睡眠障害をやったでしょ。専門医に相談して、あれからずっと睡眠剤——っていうより、入眠剤ね——使ってる。このごろは半錠ぐらいで眠れるようになったわ。でも、時間をずらせて、早く寝なくてはならないっていうときは、一錠半からどうしてもだめだと二錠ぐらいのむけど」

「寝酒のほうがいいよ」

「アルコールは、眠くなる前に目がまわっちゃう」

「損な体質だ」

「そういうわけだから、月曜日だとちょうどいいんだけど」

「瑛さんが出てくるの、火曜日なのよ。水曜日にもう金沢に帰っちゃうから、月曜日じゃだめなの。病院が終わってから、どこかで待ち合わせしよう」

「何時に終わるか、わからないの。早くすめば、二時ごろだし、夕方までかかるときもあるし」

「夕方、七時だの八時だのってことはないんでしょ」

「おそくても、四時ごろにはすむと思う」

「待ち合わせ、六時ぐらいにすればいいじゃない」

「早く終わったとき、夕方まで時間をつぶすのが……」

ためらって、わたしは思いついた。

「ホテル、ついでに、もう一泊するわ。病院が早く終わったときはホテルの部屋でゆっくり休める。帰りだって、終電とか何とか気にしないですむし」

「それがいいね」

欣子も乗り気になった。

「そしたら、Y＊＊ホテルのレストランはおいしいから食事もそこでして、バーで飲んで、あとは、ルームサービスとって部屋で朝まで飲む、と」

「瑛さんて、アルコール強いの？」

「まだ、いっしょに飲んだことがないから知らない」

欣子は底無しである。

＊

一月ほど前、書店で、なにげなく画集を手にしたのだった。

美術書の棚に、一冊だけ、あった。毎日、その書店に立ち寄るのが習慣になっている。新刊書にめぼしいものがないと、美術書だの音楽出版物だの、漫然と見て回る。

表紙の絵に、まず、一目でひきつけられた。

抽象画だが、なまじな具象より迫ってくる力があった。白とブルーを基調にした快活な画面なのに、音楽でいえば短調の印象をわたしは受けた。抽象画に意味はないのだけれど、中心に、断ち割られた黒い器――わたしは頭蓋を連想した――から溶け流れた宝石が溢れでている、というふうに見えるものが描かれ、それが見るものを不安にさせる。

中を見ずに、わたしはその画集をレジに持っていった。中を見れば、最初の感動は裏切られるかもしれない。しかし、いっそう深い魅力が顕れるかもしれないのだった。

その魅力を、店頭で慌ただしく浪費したくなかった。裏切られるか、否か、ちょっとした賭であった。

家までは待ちきれず、客の少ない落ち着いた喫茶店に入り、わたしは画集を開いた。

わたしの一方的な賭に、画家は、圧勝した。

ページをめくりながら、わたしは、泪がにじんだ。凄まじく美しいものに、わたしの涙腺は敏感すぎる。

店の公衆電話で、画集を片手に、わたしは小曾木欣子の画廊の番号をプッシュした。

「感激的な画集、みつけちゃった」

「へえ、だれ？」

欣子に訊かれて、わたしは、まだ画家の名前をたしかめていないことに気づいた。

表紙に目をむけ、

「志賀瑛」と、名をよみあげた。

「志すに、謹賀新年の賀。瑛は、王様の王につくりが英国の英。知ってる？」

「知らないよ」

そっけなく、欣子は言った。

絵に関しては、欣子はプロ、わたしはまるで素人なのだから、わたしの情報など、欣子にしてみれば、まともにとりあげる気にもならないのだろう。

「画集を見たとたんに、一目惚れしちゃった」

「惚れっぽいんだから」

「そんなことないわよ。めったに惚れない。そのかわり、惚れたら夢中。こんど出す短編集の装画に使わせてほしくなって、もし、欣子が知っている絵描きさんなら紹介してもらえないかと思ったの」

欣子と喋っているうちに思いついたことだった。

口にしてみると、志賀瑛の絵をカヴァーに欲しいという願望は強まり、動かしようもなくなった。

「一点、とくに好きなのがあるの。抽象画なんだけど、歯車が嚙みあうみたいに、わたしの好みとぴったりなの」

「出版社はどこ？」

「＊＊社」

と、わたしが短編集を出す出版社の名をあげると、

「へえ、珍しいね」

「珍しくないわ。これまでにも何冊か出している」

「え？　他にも＊＊社から出しているの、志賀瑛って」

めんくらったように、欣子は問い返した。

「ちがう。わたしの本のことよ」

「こっちが聞いているのは、その志賀瑛という画家の画集の出版元だよ」

片手で受話器をもったまま、わたしは画集の奥付をひらいた。絵に魅せられたとたんに欣子

に電話をかけ、画家の名前さえ、欣子に言われるまで確かめてなかったくらいだから、出版社の名も目についていなかった。

「『青宝社』」

「知らないな。美術書専門の出版社じゃない小さいところね。専門の社なら、わたし、全部知っているもの」

「東京じゃないんだ」

住所をみて、わたしは声をあげた。

「金沢だわ」

「それじゃ、知らなくて当たり前だ」

「だけど、画家って、どうなのかしら。自分の作品が本の装画に使われるの、嫌がるかしら」

「PRになることだし、よほど気難しい画家でなければ、嫌ってことはないだろうけれど、本にもよるだろうね」

「この志賀瑛って人、どうだろう。気難しいかしら」

「わたしにわかるわけ、ないでしょ。志賀瑛って、男？　女？　若いの？」

「わたしにわかるわけ、ないでしょ」

画集を見ただけなんだから、としっぺ返しのつもりで言うと、

「経歴とか、書いてあるでしょうが。写真、のってないの」

欣子はきめつけた。

「経歴、何も書いてないな。写真ものってない」

「商売気がないんだねえ。書くほどの経歴もないのかな。写真のせるとイメージがくるようなひどいのなのかな」

そんな悪口を言ったくせに、一週間ほどして、

「志賀瑛は、なかなかのものだ」

電話をかけてきて、そう言った。

「でしょ」

わたしの声は自慢げになったことと思う。

「まだ、若いらしいわよ」

欣子は言った。

「どうしてわかったの？」

わたしの問いにすぐには答えず、

「あの出版社ね、志賀瑛の親類が社長なんだって。だから、採算無視で、つくったのね。部数も少ないし、東京で買ったものがいると言ったら、社長、驚いていたわ」

「金沢まで行ってきたの？」

「電話で画集を注文したとき、いろいろ聞いたの。取次店をとおすと日数がかかるから、直接注文した」

「言えば見せてあげたのに」

「わたしに見せてさ、けなされたら、いい気持ちしないだろ」

画集をとり寄せ、気にいらなければわたしには黙っているつもりだったのだろう。

口が悪いわりには、こころ遣いのこまやかなところがある。

「まったくの独学だって。だけど、経歴や写真をのせなかったのは、画集なんか出すのははじめてなので、そういうものをのせるのが普通だってこと、社長も志賀瑛自身も気がつかなかったんだって。で、画集が届いたんだけど」

よかったよ、と、あっさり欣子は言った。

「いいでしょ、凄いでしょ」

「天才出現てほどではないね」

わたしの熱気に水をさすように、欣子は冷静だった。

「抽象で描いているのは、デッサン力に自信がないからかもしれないよ。具象でやったら、デッサンの基礎がないの、すぐにばれるから」

「作品に魅力があれば、それで充分じゃないの。陶酔させてくれるもの。志賀瑛は」

「あんたって、まるで、分析・批評の能力はないんだ。いつも、好きと嫌いの二つしかない」

「それと、無関心。三つよ。わたし、批評家じゃないもの。志賀瑛の、あの画集の絵は、好き。大好き。具象を描いて魅力がなかったら、その志賀瑛は嫌いか無関心」

「わたしも、あの画集の志賀瑛は、好き」

と、欣子の声が好意のある笑いを含んだ。

「二十八だって。ふつう、二十代で画集なんてなかなか出せないんだけど、親類のおかげだね」

欣子の電話が切れたとき、わたしは、志賀瑛が男性か女性か確かめるのを忘れていたことに気がついた。

志賀瑛にたいして、かなり冷淡な口調だったくせに、先週の木曜の夜の電話では、欣子は、〝瑛さん〟と、親しげな呼び方になっていた。

画集を見て気に入ったから、一度会いたいと、欣子は志賀瑛に電話で連絡をしたのだそうだ。瑛は火曜日に上京して、欣子の画廊を訪れることになった。

「あんたに引き合わせるわ」

火曜日の夜に、Y＊＊ホテルのラウンジで待ち合わせ、と約束をしたが、その電話のときも、わたしは、志賀瑛の性別を訊くのを忘れていた。

画集を何度眺めかえしても、画家の顔貌は思い浮かばなかった。

もう一度欣子に電話すれば簡単にわかることなのだけれど、どうせ、じきに会うのだから、と、わたしは、好奇心をみたすのを先にのばしたのだった。

＊

病院の診療は、昼少し過ぎに終わった。

ホテルの部屋をとったままにしておいたのは、よかった。家に帰って出直すには短かすぎ、喫茶店などでつぶすには長すぎる、中途半端な時間である。

珍しくぽっかりあいた時間を、ホテルに近い古書店街を歩くことでつぶした。

心の中に、かすかな不安があった。

瑛さんが発熱。今日の約束は、キャンセル。

その声が、夢と思い捨てるには、あまりになまなましい。

夜中に電話を受けたのだったろうか。

記憶をどうさぐっても、眠いところを起こされたおぼえも、瑛が発熱と聞いて驚いたおぼえもないのだった。

今朝早く起きるために、昨夜はいつもの倍ぐらい睡眠剤をのんで、早い時刻にベッドに入った。薬の作用で、記憶が抜け落ちているのだろうか……。

稀覯本《きこう》をおいている古書店の一つにはいったとき、客と店主が言い争っていた。高いから負けろとねばる中年の女客に、うちは適正な値段をつけているのだから、値引きはしない、うるさいことを言うなら、買うな、出ていってくれ、と店主はそっけなく、

「客にむかって、出ていけとは何よ」

女客はがなりたてていた。

メイキングのすんでいるベッドに横になり、六時少し前にアラームをセットして、買い込んだ本を読み時間を過ごした。

ふと、気がついた。

外からの電話はホテルの交換をとおすのだから、フロントに訊ねれば、昨夜、わたしに電話があったかどうか、確認できるのではないか。記録は残らないだろうから、大きいシティホテルではむりだけれど、このホテルは、客室数も少なく、こぢんまりとしているので、毎月一度利用しているわたしは、フロントとも顔なじみになっている。

一階に下り、フロントに直接たずねた。

「お電話はなかったようですよ」

前夜の夜勤のものに問い合わせてから、フロントは、そう答えた。

やはり、夢……。

また、部屋のベッドにもどり、懶惰《らんだ》なときを過ごし、アラームが鳴ったので、ラウンジに下りたのだった。


二杯めの珈琲をオーダーした。

六時半。欣子はあらわれない。

もしかして、志賀瑛は、欣子とは別行動で、このラウンジにすでに来ているのではないかしら。

多少の出入りはあった客を、それとなく見わたす。わたしと志賀瑛は、互いに顔を知らない。

わたしが席についたときより、人数は増えている。

隣の席にむかいあって、これから出す本の打ち合わせをしていた二人は、いなくなり、その席は、三人連れの男たちで占められていた。三人とも会社員ふうだ。

他の客も、ほとんどそれぞれ複数で、

——独りだけの客は……。

若い男がひとりで文庫本に目を落としている。

髪を耳の下までのばしたスタイルから、サラリーマンとは異質な印象をうけた。

あれが、そうだろうか。

自分から立って訊ねに行くのは気おくれがして、ウェイトレスを手招き、訊いてもらうことにした。

しかし、ウェイトレスが、男の席に行こうとしたとき、新たに入ってきた客が男に近づき、男はちょっと腰を浮かせて挨拶した。

違う、と知って、わたしは目を閉じる。

以前にも、このホテルのロビーで、人を待っていたことがあった……、と、思い返す。

十三年になる。わたしが、強くこころを寄せた相手だった。

それも、欣子に紹介されたのだった。

あんたの書いた物が好きなんだって。一度会わせてくれってたのまれたの。

欣子の画廊で彼に紹介された。わたしは書き出してまだまもないころだった。作品は本人の投影だから、書いた物が好きといわれるのは、生身の当人を好きと言われるより、嬉しい。その後、欣子をまじえずふたりだけで逢う約束をした。待ち合わせの場所は、彼がこのホテルのラウンジを指定した。わたしはラウンジで待った。約束の時間をすぎても彼はあらわれず、からだが痛くなるような寂しさが、わたしの血に溶けいった。

湖のほとりで、若者が来ない人を待ち続け、ついに水中の花に化したという、子供のころ読んだ物語を、わたしは思い重ねていた。

彼はついにあらわれなかった。わたしは彼の住所も電話番号も知らなかった。そうして、その後も彼からの連絡はない。欣子に聞けばわかることだけれど、みじめさを見抜かれそうで、欣子に話す気にはなれなかった。

約束は、わたしの願望が産んだ贋の記憶だったのではないか。そんな気が、わたしはする。

腕時計を見た。七時。

すぐにもどりますから、とウェイトレスにことわり、フロントの脇の公衆電話で、わたしは欣子の画廊を呼び出した。

電話口にでたのは事務員で、

「社長は、今日は午後から外出しています」

と告げた。

「わたしと逢う予定だって言ってました?」

「さあ、わたしは何も……」

「金沢から志賀瑛という画家が、今日画廊にきたかしら」

「さあ、わたしは知りません……」

頼りない返事だ。

背後を人の通る気配がした。志賀瑛ではないかと思い違いした若い男が、連れといっしょにホテルを出てゆくところだ。

約束の日取りを、まちがえたのだろうか……。

欣子との言葉を思い返してみる。

〝火曜日よ。水曜日には瑛さん金沢に帰っちゃうから〟

欣子はたしかに、そう言ったと思うのだけれど……。

瑛さんが発熱。八度五分。

頭にあるあの言葉は……何だろう。

一冊の画集しか知らない、顔も性別もわからない、志賀瑛。

欣子がわたしに引き合わせるという、その約束の記憶さえ、わたしにはあやふやなものに思えてきた。

これもまた、わたしの願望が産んだ、贋の記憶ではないのか。

ラウンジにもどったとき、窓際の女の子が目に入った。最初の姿勢のまま、窓をつたう雨に目をむけている。

——あれは、わたしじゃないかしら……。

奇妙な考えが浮かんだ。時が遡行し、彼を虚しく待っているわたしを、年長《た》けたわたしが見つめている……。

あれは、わたしだ。

そう確信しかかった。

彼は、こないのよ。そう、告げてやりたい気もする。

でもね、あと、いやなことばかりじゃないのよ。

声にださないわたしの言葉がきこえたように、女の子は窓の外にあずけていた視線をわたしのほうに移した。わたしをみるふうもなく、じきに、窓外に目をもどす。

同時に、わたしは、肩をたたかれた。

やっと、欣子がきた。そう思い、ふりむくと、男が笑顔をむけていた。

志賀瑛について、ただ一つの情報は、若い、ということだ。そうして、あの陶酔的な力のある絵を描いた人だということだ。

男は、若くはなかった。それに、志賀瑛は、わたしの顔を知らないのだ。

「十三年前に、ここで逢うはずだったのに」

そう、男は言った。白髪がふえていた。

「すっぽかされちゃったんだ」

「すっぽかしたのは、あなたよ」

十三年の歳月は、笑いながら答える余裕をわたしにもたせてくれた。まるで、志賀瑛を待つわたしの激しさが、遠い記憶の中の彼を呼び寄せたというふうだ。

「十三年、ずっと、このラウンジで待っていたのよ。ふけちゃったわ」

「待っていたのは、ぼくだよ」

彼は言った。

「嫌われたな、と思って、あきらめた」

わたしと彼は日にちを確認しあい、どちらかが一日とりちがえていたことが判明した。どちらが勘違いしたのか、今になっては、わかりようもない。

十三年前、このラウンジでひっそりと待っているあいだに、わたしは激しい恋のはじめから終わりまでを味わいつくし、脱け殻のようになった。いま、彼が目の前にいるのに、血に溶け入り肉の一成分となった寂寥は、ついに癒されないままだ。何も変わりはしない。

それは、彼も同様らしく、じきに彼の待ち合わせの相手がきて、また逢おうという約束もせず、用談をはじめた。

女の子は、待ち疲れた顔で、席を立った。


七時半。欣子はこない。当然、志賀瑛も。

わたしは、ラウンジを出た。彼の脇を通り過ぎるとき、

「じゃ」

かるく挨拶すると、

「や」と、彼も手をあげた。それだけだった。

＊

雨に濡れそぼち、マンションの部屋に帰ると、二泊三日あけていたので、郵便物とＦＡＸの連絡が何通も届いていた。

ＦＡＸに目をとおした。

欣子からのものがあった。

〝瑛さんが発熱。八度五分あって、動けないから、デートはキャンセル〟

ああ、そうか。欣子は、わたしが前日からホテルに泊まっていることを忘れ――酔っていたのだろう――いつものようにＦＡＸで連絡をいれていたのだ。

そう思ってから、わたしは、少しぞっとした。着信時刻は、昨夜の零時五分。睡眠剤をのんで、わたしはホテルのベッドで熟睡していたころだ。見ることのできないＦＡＸの通信文を、わたしは夢で知った……。

顔も性別も知らない志賀瑛にたいする想いの烈しさに、わたしは気づいた。彼の絵がかきたてた想いであった。

わたしは書架から志賀瑛の画集を抜き出した。

わたしを魅了した絵に見入りながら、絵の奥からかすかにたちあらわれる顔に、わたしは、目を凝らす。

水色の煙

小さかったあなたのために、わたしは、ずいぶんいろいろなものを燃やしたのでした。わたしの部屋の濡縁にならんで腰かけ、あなたの足は沓脱石《くつぬぎ》にもとどかなくて、宙でぶらぶらしていました。

子供がだれでもそうであるように、あなたも、花火が好きでした。マッチをするのは、わたしの役でした。

鼠花火や音のでるものはあなたが怖がるから、線香花火ばかり。松葉のような火花が、短くちかちかと出始め、それから四方に華やかに飛び散って、やがて侘しい名残の火が闇のなかにひそやかに、そのころになると、あなたは、持っていた花火のはしをわたしの手に渡すのでした。最後にじゅっと小さい音をたてて落ちる火の雫が怖かったのですね。足に落ちると焼けて穴があくなどと、わたしが脅かしたものだから。火の玉が危険なのは、嘘ではありません。あのころのあなたのやわらかい足なら、ほんとうに貫通したかもしれません。

これも子供の常で、あなたは、気に入ったことは何度でもくりかえさせました。年上のわたしの方がよほど根気がなくて、花火の相手に飽きたわたしは、あなたの気を変えさせようと、昔読んだおぼえのある童話を口にしたのでした。

うろおぼえでした。だれがつくった話なのかも、おぼえていませんでした。わりあい名を知られた人の作だと思うのですが。

昔、ある町の原っぱに、旅の魔術師がやってきてね、とわたしが話し始めると、あなたは、もう夢中な目になって、わたしの膝に手をおき、わたしの眼をみつめて、聞き入るのでした。

魔術師は、見物人が持ち込む品を、なんでも、煙に変えてみせました。

いいえ、火をつけるんじゃないのよ。魔術師だから、呪文をとなえて、煙にしてしまうの。その煙が、思いもつかない形になるので、見物の人気を呼んだというのですけれど、どんな品物がどういう形の煙になるのか、わたしはもう忘れてしまっていたので、口からでまかせをしゃべりました。

町の人たちはおもしろがって、さまざまなものを魔術師のもとに持ち込み、煙に変えさせました。

コーヒーカップは猫の形の煙になり、帽子は蝶々になりました。女の子の紅い洋服は、鳥になりました。絨毯は、獅子になりました。

見物人は、もう夢中。次から次へと、品物をもってきては、煙に変えさせました。

でもね、おもしろいことって、じきに、飽きるでしょう。

もっとおもしろいものを。もっと奇想天外な煙を、って、町の人たちは魔術師に言います。どんな煙をみせても、見物は満足しないの。そんなのは、前に見たじゃないか。ちっとも珍しくはないじゃないか。

絶望した魔術師に残されたのは……言いかけて、絶望って、意味、わかる？　わたしが訊くと、わかる、と、あなたははっきりうなずいたのでした。

ねえ、魔術師は、どうしたの？　待ちきれないように、あなたは先をうながします。

どうしたと思う？

逆に、わたしは聞き返しました。

絶望した魔術師は、と、あなたは言いました。

自分を煙にしました。

知っていたの？　この童話。

ううん、はじめて聞いたよ。

おしまいが、よくわかったわね。

ほんとに、自分を煙にしちゃったの？　もっと、ほかのやり方だとよかった。

自分の推察があたったことを、あなたは何だか悲しんでいるみたいでした。

それから、どうなったの？

どうもならないわ。魔術師が煙になってしまったので、みんなは、おうちに帰りました。

あとに残った空虚な原っぱに、幼いあなたは、ひとりでいつまでも佇んでいるのでした。

わたしが煙の魔術師の話をあなたにきかせたのは、あなたが小学校にあがった年の夏でした。

あなたのママ——わたしの姉——は、小学校が夏休みになったので、あなたを実家につれてきて泊まらせた。学校のあるあいだは、放課後も、夕方まで学童保育にあずけられ、学校であなたはママを待っているのでした。夏休みは、学童保育も休みになるけれど、あなたのママは勤めを休むわけにはいかなかったのです。

一年生の授業の終わるのは早いから、あなたはいつもは、午後から夕方にかけての長い時間を、ひとりで、学校ですごしていたのでしたね。正確に言えば、指導教師や、あなたと同じようにママが勤めているので学童保育にあずけられている子もいたから、〈ひとり〉ではないけれど、あなたには、教師や学友は、非在も同然だった。何人そばにいようと、言葉が通じなければ、〈ひとり〉ですものね。同じ国の言葉をしゃべっても、通じるとはかぎらない。

担任の教師は、あなたが無口すぎると、あなたのママに心配して告げたそうですね。授業中はまるで手をあげないし、休み時間にも校庭に出ないし。

わたしの部屋が、夏休みのあいだは、あなたの部屋にもなりました。

母家の西の端の離れで、庭に向かって突き出しています。四畳半に押入れと納戸がついた、小さい離れ。

濡縁が南と西、直角に折れ曲がり、戸袋は一つで、繰り出した雨戸を角のところで回転させるのがけっこうむずかしいのだけれど、その開け閉《た》てを、あなたは楽しんでいました。

わたしの部屋の押入れには、わたしが読んだ本が、襖をあければこぼれ落ちそうに積み上げられていました。

夜は、わたしの蒲団で、あなたは寝ました。わたしは、あなたが寝つくまで、本を読まされましたっけね。

わたしの両親——あなたにとっては祖父と祖母——は、あなたのママに甘やかさないでくれと言われ、添い寝はしませんでしたから、わたしがいつも、あなたといっしょでした。

週末でも、あなたのママは、あなたに会いにくることはできませんでした。東京と松江を往復するのは、ずいぶん運賃がかかります。休みの初めにあなたをつれてくる、終わりにむかえにくる、それだけでも、あなたのママのサラリーにはひびいたようです。

煙の魔術師の話が、あなたはすっかり気に入ってしまい、幾度も同じ話をねだってくりかえさせました。

寓意がずいぶん露骨な物語ではあるのだけれど、幼いあなたは、そこまではわからず、話の前半は、〈物〉が思いもかけない奇抜な煙になるのをおもしろがり、ラストの自らを煙とする魔術師と、後に残る空白に、わたしがちょっと気になるほど魅入られているのでした。

これ以上何も起こらないとわかって、見物は去りました。あとに、空虚が残りました。

あまり何度も同じ話をさせられ、わたしは飽きてしまい、折紙を折ってあげると誘いました。

濡縁に腰かけ、桃色の紙で鶴を折り、黄色い紙で鳩を折り、緑色の紙で帆掛け舟を折りました。

わたしの父——あなたの祖父——は、あなたがわたしの部屋にこもってわたしの本を読んだり折紙を折ったりしているのを見ると、男の子は外で元気に遊べと、叱るのでした。そうして、用意しておいた虫捕り網だの籠だのを持たせるのでした。

わたしの母——あなたの祖母——は、家の前を通る子供たちを呼び止めて、この子も仲間に入れてやってくれ、などと頼んだりしていました。

あなたは、祖父や祖母にさからう力はもたないから、未知の子供の群れのあとについて、目をふせて歩いて行く。

わたしは、部屋で待ちました。

やがて、あなたは、帰ってきます。空の籠をさげて。

少しは日に焼けたかな、と、祖父はあなたの腕をながめ、夕食がはじまります。

食べ終わるがはやいか、あなたは、わたしの部屋にきます。

そうして、折紙のつづきをせがみます。

あなたの手は、台所から持ち出したマッチをにぎっていました。

わたしの手に、桃色の鶴をのせ、あなたはわたしに、煙にして、と言いました。

あなたは、わたしが魔術師ではないことを承知していた。煙にするにはマッチが必要だとわかっていた。

本棚の上に灰皿があるから、もってきて。わたしは言いました。

クリスタルの大きい灰皿を、あなたはすぐにみつけ、背のびして、とりました。

煙草、吸うの?

いいえ。

あなたの知らない、わたしの友達が、この部屋にくると使っていた灰皿でした。その人はもうくることはありませんから、何に使ってもかまわないのです。

灰皿に、あなたは鶴をのせました。

わたしは、マッチをすり、火をつけました。

鶴は、うっすら紅い翼をひろげ、空にとびたちました。

あなたは、わかっていたと思います。煙をあげるひまもなく、紙は燃えつきて灰になったことを。でも、あなたは見ていた。淡い紅色の鶴が虚空を飛ぶのを。

黄色い煙の鳩が、鶴のあとを追って空に舞いたち、つづいて緑色の帆掛け舟が夕闇の空に船出します。

魔術師はコーヒーカップを猫の形の煙にし、帽子を蝶々の煙にしたけれど、あなたの想像力はそこまでいかなくて、鶴は鶴、鳩は鳩のかたちの煙にしかなりませんでした。

それでも、一枚の小さい紙が燃えて灰になるほんの一瞬のあいだに、幻影を視ることはできたのですね。子供の目というものは、見たいものを見る能力を持っているのでしょう。

燃やしつくすと、残りの紙で、また、わたしは折らされました。あなたは、ずいぶんむずかしい注文をだしたわ。抽象的なものを注文して、わたしを困らせました。〈夢〉を折って、なんて言うのですもの。あなたには、具象と抽象の区別はつかなかったのね。

一束の折紙は残り少なくなって、水色と黒だけになりました。

水色は、あなたもわたしも一番好きな色だから、後にとっておいた。黒は、嫌いな色だから、最後になった。

水色で、あなたは、〈夢〉を折ってと言ったのです。わたしは、困って、考えておくわ、宿題ね、とその紙を別にとりのけたのでした。

そうして、黒。あなたは、犬を折って、と言いました。

いやよ。わたしは言いました。


あなたが、納戸のなかに、わたしの脚を見つけたのは、この家にあずけられて二、三日してからでした。

開けてはいけないとは、あなたの祖父も祖母も言わなかったけれど、あなたは、開けてはいけない場所と、感じとっていた。納戸とかぎらず、家の中のどこでも、かってにのぞいてはいけないと、あなたは、幼いながら、自分を規制していました。あずけられている、厄介をかけているという遠慮があったのでしょう。

でも、好奇心のほうが勝った。あなたは、板の引き戸をこっそり開けました。

わたしの脚。七本。長さが少しずつ違います。あなたは、わたしの部屋にそれを並べた。見たい幻影を、見たのではありません。実在のものを、あなたは見た。あなたの祖母が部屋にはいってきて、それは嫌な顔をして、あなたを叱ったでしょう。

これ、何なの？

叱られても、べそもかかないで、あなたは訊いた。あなたにしては、珍しいことでした。あなたの祖母の表情の厳しさに負けないほど、あなたの好奇心は、そのとき強かったのでしょう。

義足。と、あなたの祖母は教えたはずです。

ぎそく?
＊＊ちゃんが、小さいときに脚を怪我してね、と、あなたの祖母が言いました。
だから、木の脚にしたの。でも、＊＊ちゃんは背がのびるけれど、木の脚はのびないから、毎年、新しく作らなくてはならなかったの。

玩具《おもちゃ》にしてはだめ、と、祖母は言いました。そうして、やたらにいじると、＊＊ちゃんがいやがるよ、と、鴨居にかかった額入りの写真を指さしました。

長い髪を三つ組みのお下げにし、セーラー服を着た、わたしの写真です。

死ぬ一年前に撮ったものでした。葬式のときにも、この写真を使いました。

あの人が、＊＊ちゃん?

あなたは、あなたの母から、わたしの名前は聞いたことがあったのですね。

そう。でも、＊＊ちゃんなんて呼ぶんじゃないの。叔母さんなんだから。ママの妹なんだから。

そう、あなたの祖母――わたしの母――は言ったのでしたよね。

七本の木の脚のなかで一番長い脚に書かれてある文字に、あなたは、目をとめました。

あなたは、年のわりにはずいぶん字が読めるほうでしたけれど、その字は、読めなかった。

わたしの母に、あなたは訊ねました。

――しているよ。しているよ、の前の字は、何?

愛、と、わたしの母は、答えました。

＊＊ちゃん――と言ってから、叔母さん、とあなたはいいなおし、叔母さんが、書いたの？

叔母さんのお友達が書いたの。わたしの母は、あなたにそう言いました。

そうして、本棚の上の灰皿に、ちょっと目を投げました。

お友達じゃなくて、恋人なんだ、と、あなたはませたことを言いました。お友達は、愛しているよって言わない。

そうだったかもしれないね、と、わたしの母は言いました。でも、じきにそうじゃなくなって、この部屋にもこなくなったよ。

わたしの母は、たいそう手早く、木の脚を納戸にしまいました。

もう、いじるんじゃないよ。

あなたは素直にうなずきました。

それから、あなたは、わたしと遊ぶようになりました。

わたしが生きていたときに使っていた部屋で、ひとりで過ごしながら、あなたは、わたしに添い寝され、わたしに童話を聞かされ、わたしといっしょに花火をし、わたしの折った折紙をいっしょに煙にし……楽しい夏休みが、あなたの記憶の中にできあがりました。

やがて、蟬の声が、ミンミン蟬から蜩《ひぐらし》にかわっていき、甲高い物哀しい声が、一日の終わりを知らせるとともに、夏の終焉をも告げました。

あなたの母が迎えにきて、あなたは東京に帰りました。

次の年から、あなたは、この家にこなくなりました。あなたの母――わたしの姉――は、再婚し、あなたには家族ができ、あなたの母は勤めをやめ、あなたを学童保育にあずける必要はなくなり、夏休みも、家族ですごすようになったからです。あなたの新しいパパは、わたしの一番長い脚に、わたしが何度もその上を指でなぞった言葉を、書いた人です。


今、あなたは、三十何年ぶりに、この家にきています。

あなたの祖父も祖母もなくなり、あなたの母が、この家を継ぎました。あなたは、家をとりこわし、跡地に小さいマンションを建てることをあなたの母――わたしの姉――に勧め、あなたの母は、賛成しました。

設計技師であるあなたは、その一郭を自分の事務所にするつもりです。

わたしは、あなたを待っていました。

また、煙にしましょうね。

わたしの木の脚を燃やしましょう。

折紙の鶴や鳩よりも、はるかにおもしろい煙になるはずです。

一つ一つの脚の煙は、わたしの〈時〉を形にして、あなたに見せるでしょう。

七つのとき、八つのとき……そうして、セーラー服になったとき。

愛しているよ、という、あなたのパパがわたしのために書いた文字は、煙になったとき、どんな形をみせるのでしょう。

脚ばかりではものたりない。この家を、煙に変えましょう。

あなたの小学校一年生の夏休みも、煙になって形をみせるでしょう。

あなたにたのまれても折ってあげなかった黒い犬を、今、折ってあげましょう。わたしの母はあなたに言いませんでしたか。わたしが木の脚を必要とするようになったのは、黒い野良犬のせいだったって。黒い犬は、家といっしょに燃えて、あなたの脚を焼くでしょう。

そうして、水色の紙は、どんな煙になるでしょう。

わたしにも、マッチをするぐらいのことは、できるのです。

水の琴

いつだったか、もう思い出せないくらい遠い昔に読んだ詩だ。うろおぼえなのも、無理はない。

廃園に、ふたつの影がたたずみ、うつろな会話をかわしている。そんな内容だったと思う。影は、男と女の亡霊なのだけれど、生きているときに愛しあっていたのだったか、憎しみあっていたのか、それも、あなたには思い出せない。

〝われら、かたみに交わさなん〟

そんな詞があったような気がする。何を交わすのだったか。うつろな会話をか、くちづけをか、それとも、生きてあった日の追憶をか。

ここもまた、廃園だが、あなたが話を交わす相手はいない。

いや、ひとりいると言えようか。

ひとり――ひとつと言うべきか。

あなたが話しかける相手は、石の噴水なのだから。

石で縁どられた円形の池の中央の石の台に、男の半身がのびあがっている。左の小脇に魚をかかえ、右手に三叉の戟《ほこ》を持ったそれは、たぶん、制作者はポセイドンのつもりなのだろうが、あまりに稚拙だ。

魚の口から、かつては水が噴出していた。

とうに噴水は止まり、池の水も涸れた。

池の底に積もった病葉《わくらば》は雨を吸い、腐《く》ちた。

この園を荒廃させたのは、病であり、その病名はメランコリア、病因は〝反時代〟とあれば、不治であることは自明だ。

あなたもまた、同じ病を病むゆえに、ここに在《あ》れば、麻薬の中毒者が麻薬のなかにあるように、惨苦を忘れる。


貝島晶《あきら》が最後にワープロに打ち込んだ断片である。

晶は簡単な、遺書ともいえないような手書きの文章を別に残しており、その中に、ワープロは水野秋生氏——つまりぼく——にゆずるとあったのだそうだ。

その遺書めいた紙片も見せられ、〝氏〟にぼくはつい笑いをこぼした。

ワープロは、ラップトップの簡単なタイプだ。電源をいれるとすぐに、晶が打った文章が液晶のディスプレイにあらわれたのだった。

ぼくは、きどったフラグメントをプリントアウトし、さらに新しいフロッピーに保存した。

晶は、ワープロは贈ってくれたけれど、自分のフロッピーはすべて処分していた。

主語を二人称にするのは、いまでは珍しくもない手法で、晶もちょっとまねてみただけのことかもしれないのだけれど、ぼくは、晶がぼくを指して〝あなた〟と言っているような、ちょっと居心地の悪い錯覚を感じたりもした。

プリントした文章を、幾度か、ぼくは読み返した。

あなたもまた、同じ病を病むゆえに、ここに在《あ》れば、麻薬の中毒者が麻薬のなかにあるように、惨苦を忘れる。

＊

「親切っていうのか、おせっかいっていうのか、馬鹿っていうのか。タイヤなのよね」

「タイヤ？」

「自動車の。半分切って、地面に埋め込んであるの。地面ていっても、コンクリートで固めてあるんだけど。一列に並んでいるの。五つ。しかも、ピンクよ。それも、酔っぱらいが見る象みたいな、どぎついピンク。それと、青。毒々しい青。ごていねいにべったり塗ってくれちゃって。色にたいする冒瀆よ」

晶は、芯から腹を立てていた。

「何が厭ってね、あの青。ヒトデと同じ色なの、サイパンの。真青なゴムホースみたいな、いやらしいヒトデ。もう、わたし、学校に行くの、いやになっちゃう」

夏休みに行ったサイパンの強い陽光の痕は、肌から薄れていた。

ぼくは、土産に貝殻細工をもらった。十一の女の子が選ぶのにふさわしい品だが、三十に近いぼくには可愛らしすぎた。

気に入った？　と少し自信なさそうに晶は訊き、とても気に入った、とぼくは答えた。

晶の数学の成績をせめて平均的水準まで上げるのが、ぼくの役目であったが、もっとも基本となる簡単な加減乗除の計算が、晶は迅速にできないのだった。こんなことは、低学年のうちにマスターしておかなくては、後がつらくなるばかりだ。やり方は一応承知しているのだから、反復練習して反射的に正確な数字が浮かぶようにすればいいのだが、晶の関心は他のことにあった。

ぼくが持っていたフランス語の原書の詩集に晶が目をとめたのは、週に一度の家庭教師を三度か四度つとめたころだった。その本は、大学で受講中のテキストだった。

訳してくれとねだるので、ぼくは、語句の調べのすんでいる分を意訳してやった。わからないところは適当にごまかした、かなりいい加減な訳であったが、齋藤磯雄ばりの文語調をもちいた。

それ以来、算数の時間の大半は、〝フランス語の時間〟になってしまった。

ぼくは、晶が興味をもった語学を餌に、算数を仕込むという姑息な手段をとろうとしたが、〝きたねえの〟の一言で拒否されたのだった。

サイパンは楽しかったか？　というぼくの問いには、晶はくちびるを曲げただけだった。母親と、母親が再婚した相手と、晶自身と、という構成の旅行は、晶にとってはけっこう気疲れのするものだったのかもしれない。

「学校の運動場？　タイヤを埋めてあるって」

「通学路。高架鉄道の下。前は路面電車だったの、それを高架にしたので、下が空き地になったのね。コンクリート。木も花もないの。暗いの、陰惨なくらい。それを児童公園だって。子供に対する冒瀆だよ」

「何で、そこにタイヤなの」

「馬跳びして遊びなさいっていうつもりじゃない。子供が、たまに来てるけどね。そんなところにくる子も、暗いんだよね。しゃがみこんで何か描いたりしているだけ。あの場所、自分の名前を恥じていると思う」

「場所が、自分から〝公園〟て名乗ったわけじゃない」

ぼくが言うと、

「あそこの持主が悪い。私鉄会社か不動産会社か公の機関か、何か知らないけど、はったおしてやりたいよ」

晶は荒い声で言った。

「やたら、激昂するんだな」

晶はまだ肉の薄い肩をちょっとそびやかした。

ぼくの予想に反して、晶は私立の女子中学に合格した。裏口を使ったわけでもないようなので、まるで奇蹟だとぼくは思ったが、もしかしたら、晶は、いつのまにか実力をつけ、それをかくしていたのかもしれなかった。なぜかくしたのか、ぼくにはわからない。ぼくが眉根をよせて晶の答に×をつける様子を見るのがおもしろかったのかもしれない。

晶は週に一度のぼくとの時間をつづけたいようだったが、ぼくは中学の数学となるともう教える自信はなかったので、辞退した。晶はしつっこくねだりはしなかったけれど、それは、ものわかりがいいのではなく、晶のプライドの問題だった。そう、後になってぼくは気づいたのだったが。

＊

廃園にふたつの影がたたずみ、うつろな会話をかわすのは、ぼくがいいかげんに訳してやったヴェルレエヌの詩の一つだ。

高架線の下の殺風景な公園を、晶は影のたたずむ廃園になぞらえたのだろう。断片を読み返しながら、そうぼくは思った。

＊

小学生のころの晶の通学路をぼくは辿ることにした。

地域の地図で道をしらべた。

そうして、まず、晶の住まいの前に、立った。何もそこからはじめなくてもいいのだけれど、ぼくは、晶の歩いたとおりに歩いてみるつもりになっていた。

ぼくの仮住まいのアパートから晶の家までは、バス一本で行く。その道は、晶の通学路とはまったく関係ないのだった。

晶の家は、低い丘陵をのぼりきった頂点の平地にあり、この一帯は、住宅地として開発される前は、白樫《しらかし》の森が繁っていたという。伐採を免れた樹々が、歯の欠け残った櫛――それも巨人の使うやつだ――のように空を突き刺している。

バス停のある通りとは反対側のゆるやかな傾斜地をうねうねとつらぬく道を、ぼくは下りた。地図によれば、この道を、晶は通って、学校に通っていたはずなのだった。

気がつくと、ぼくは、広大な霊園のあいだの道を歩いていた。

べつに驚くことはないので、地図にも墓地のしるしは描かれている。門もない裏口から入り、墓地を通り抜け、表門から出た先に、踏切がある。その左に鄙びた小さい駅があり、そこから右に折れて線路沿いに行け、と、地図は教える。

白い石の墓標の群れは、陽光の下でのびやかだった。

これらの墓標が晶を死に誘ったわけではない。そうぼくは思う。

陽射しを照り返す墓石は、その下にある骨壺をほとんど連想させはしない。

ほとんど……と、つけ加えたのは、たまには、死を晶に思い起こさせることもあったかもしれない、というぼくの譲歩だ。

墓地はたぶん、死と密接な関係にあることを主張したいだろうから、その主張を尊重したのだが、晶がこの道を歩きながら死をまったく意識しなかったと断言もできない。

しかし、無機的な墓石と晶の死を結びつけるのは、ぼくにはむずかしかった。

晶の死は、ぼくには、晶の不在としか感じられないのだ。

「そうなの？」

晶が言った。

「わたし、いるわよ」

「それじゃ、不可視と言おうか」

「孵化したわたしの不可視は不可避なの？」

「晶は卵生か？」

足元で猫が鳴いた。

「死者が、卵生なのよ。つまり、あなたは、卵の中。卵が割れたとき、生まれる。それを、あなたたちは死と呼ぶのよ」

晶の死をみとめたくないぼくの、頭の中のくだらない自問自答を、ぼくは断ち切った。晶は駄洒落は言わない。

道の両側は、桜と白樫の並木が枝をさしのべて天蓋をつくる。

「生は、巨大な卵の中？」

ぼくは性こりもなく、他愛のないことを口にしてしまう。

「孵化して不可視の死者となってね」

大人びた喋りかたを、ぼくの中の晶はした。

「それは、不可避」

「不可避は不快？」

ぼくは問うた。

「快だろうな」

晶は言い、

「不可避が快じゃなくて、不可視が快なんだ」

とつづける。

「それゃ、快だろ。透明人間だもの」

と、ぼく。

「でも、少し淋しかったりして」

と言って、小さく晶は笑った。

「でも」

と、また、言った。

「生きているときと、どっちが淋しいかな」

孤独な子供のまともな独語《どくご》、と、晶は下手な韻を踏んだ。

「孤独な子供は誤読される」

ぼくがつづける。

「誤読の毒は解毒できるの？」

晶が訊き、

「毒死して髑髏《どくろ》になるまで」

と言いかけて、ぼくは悪趣味な地口を打ち切った。

霊園の表口に近づいていた。

並木がとぎれ、茶屋と花屋が二、三軒並ぶ。

影ふたつ、うつろな会話をかわしてきた、と、ぼくは思った。

結局、ぼくがひとりで、ふたりの言葉をかわしていたにすぎない。

「どうして」

やや憤然と、晶は言った。

「わたしを消しちゃうの」

生きているときに、と晶はつづけた。

「愛しあっていたのだったか、憎みあっていたのだったか、それもあなたには思い出せないのね」

＊

墓地を抜けたところは二つの丘陵にはさまれた谷間だ。

乳房のあいだと表現したくなるようなうるおいのある場所ではなかった。

谷間を鉄道の線路が通り、その向こうの斜面は雛壇《ひなだん》に造成されせせこましく切り分けられた分譲地だ。安手のデコレーションケーキのような家が軒を接している。

踏切をわたり、線路に沿って、歩く。

この鉄道は、高架ではない。地図によると、しばらく行けば高架鉄道が路面電車の線路の上で交叉する。

晶がいう〝公園〟は、その高架線の下にあるはずだ。

＊

黙々と、線路に沿ってぼくは歩いた。

ぼくが晶の家庭教師という役割を演じていたころ、何をぼくは晶に喋ったのだったろうか。

晶は何をぼくに喋ったのだったろうか。

下りて来い、下りて来い、
昨日も今日も
木犀の林の中に
吊《つるさが》っている
黄金《きん》の梯子
瑪瑙《めのう》の梯子。

思い返すと、まず、そんな詩句が浮かぶ。
それは、ぼくが戯《たわむ》れに訳したものではなく、西條八十が象徴派の詩人として出発した初期の詩だ。

下りて来い、待っているのに――
嘴の紅く爛《ただ》れた小鳥よ
疫病《えや》んだ鸚哥《いんこ》よ
老いた眼《まみ》の白孔雀よ。

月は埋《うず》み
青空は凍《いて》ついている、
木犀の黄ろい花が朽ちて
瑪瑙の段に縋るときも。

下りてこい、倚《よ》っているのに――
色
光

遠い響を残して
幻の獣《けだもの》どもは、何処へ行くぞ。

晶は西條八十の名は知らなかったが、それを気にいったらしいことは、最後のワープロの文面に、その詩のラストの節が残されていることから察せられた。

午《ひる》は寂し
昨日も今日も
幻の獣ども
綺羅《きら》びやかに
黄金《きん》の梯子を下りつ上りつ。

脈絡もなく、唐突にその断片は記されてあった。
晶の小さい悲鳴を聴いたような気が、それを読んだとき、ぼくはしたのだった。
小さいけれど鋭かった。

*

「そういう女の子って、いるのよ」

真子《しんこ》はうんざりした表情をかくさなかった。

「だれだってね、ロウティーンのころはそんなものよ。特別にデリケートだとかいうわけじゃないわよ。それを卒業していくの、そっちまで感傷的にならないでよ」

晶に加減乗除の基礎を教えていたころ、高架線の下の空き地についての晶との会話を話したとき、真子は、そう、応じた。

「母親が離婚したり再婚したりしたら、よけい、そうよ。何となく自分を特別な存在のように思ってしまうのよ。わたしは平凡じゃないって」

真子は、自分自身が、離婚した母親の子だった。小学校の三年生のとき、父親は家を出た。今は、真子は医学書の出版社に勤務している。

「特殊な環境にあるんだから、自分は選ばれた特異な存在だ、なんて」

「特別な存在だと思ったの?」

「ちょっとはね、思った時期もあったわ。べつに、どうってことはないって思うようになったけど。だけど、経済的なことで割りくっちゃうっていうのが、一番、釈然としなかったな。わたしの父親、かってにゲイジュツやるために、扶養家族を切っちゃったんだから」

ゲイジュツと、字で書けば片仮名であらわさざるを得ないような言い方を、真子はしたのだった。真子の父親は、作品よりも、一種奇矯な行動が人気を呼んでマスコミに重宝に使われている作曲家だ。

「母親も、ほんとは自分がゲイジュツやりたい人なのね。わたしを食べさせるために、自分は好きな生きかたができない、いやな会社勤めもしなくてはならない、って、口ではっきりそうは言わないけど、わたしだって感じるからさ、いやだったな。わたしが、学校なんかでいやなことがあって、むくれているじゃない、そうすると、母親が〝わたしだって、会社でいやなやつばっかりなのに我慢しているんだ、サラリーのために〟って」

それ以上は、わたし、何も言えなくなるわ、と、真子は言った。

「そうしてね、わたし、憎むようになったわ。自分だけは特別だって思っている人種。想像力と創造力、それから、〝感受性〟」

感受性という言葉も、真子は、括弧でくくるような語調で言った。

「その天与の才があるのだから、他人を不幸にする特権をも与えられているって自負するやつ。自惚れの偽者ならもちろんだけど、ほんとうの天才だって、許せないのは同じだわ」

そう聞いて、ぼくはいつか言いたいと思っていた結婚という言葉を、さらりと口にできなくなってしまったのだった。

ぼくは、才があるとうぬぼれているわけではないけれど、自分の内面を形にするという意味でのクリエイティブな仕事をしたいと思っている。

ぼくのアパートに真子がきたとき、ぼくはテレビをつけっぱなしにしていた。

スポーツニュースを漫然とみていて、その後、トーク番組になった。

真子はリモートコントロールのスイッチを手荒く押して消した。

ぼくは理由をすぐに訊かなかった。

トークの内容か、出演者か、どれかが気にいらなかったのだろう、ぼくも強いて見たい番組ではなかったから、放っておいた。

前にも何回か、突然消したことがある。

一度は、ヴィデオを見終わったあと、画面が自動的にテレビにきりかわったときだ。タレントらしい男女が数人、井戸端会議みたいな雑談をしていた。ひとりが、「主婦がさ、同窓会なんかで着飾ってあつまっているときって、すごいのよね。互いに相手の服装を一瞬に、こう」と、じろりと見る目つきをし、他のものがいっせいにうなずく。「だけどさ、＊＊さんがエッセイに書いていたけど」と、別のひとりがしたり顔で女性エッセイストの名をあげ、「そういうとき、主婦は、靴でボロがでるって。一世一代のお洒落《しゃれ》をするんだけど、哀れ、靴までは気がまわらないってわけ」「さすがに、＊＊さんはよく、観察してるわねえ」「靴まで新調するお金はないのよね」軽蔑したような笑い声があがり、とたんに、真子はバカと低くののしって、消したのだった。真子の反応は当然だった。

今度は何が気にいらないのかわからないが、おそらく、消して当然な理由があったのだろう。そう、ぼくは思った。

「父親よ」

と真子が言ったのは、ぼくがとうに消したテレビのことなど忘れたころだ。

トーク番組にゲスト出演していたと言った。

「このあいだ、青山あたりでだったかな、ばったりあの人に会っちゃったのよ。何を人生の目的にしているかみたいなことを訊くから、こっちは、毎日生きてるだけで手いっぱいだって言ったら、しらけた顔した。こっちだって、しらけるよ」

そう真子は言ったのだった。

真子が相手にのぞむ平凡さは、度を越えていて、かえって特殊なくらいだ。

だからといって、真子がいわゆる〝家庭的〟な相手を望んでいるのかというと、かならずしもそうとはぼくには思えない。

そういう相手では、けっして満ち足りはしないはずだ。

何も体験しないうちに、真子は母親の体験をじぶんの内にかかえこんでしまった。だから、矛盾のはざまで身動きできなくなったのだ。そう、ぼくには思える。

＊

真子と晶を会わせるべきではなかった。

そう悔やむのは、つまらないことだ。

後悔は自己弁護にすぎないじゃないか。

真子の写真を持っていたのが悪かった。と、やはり、思い返してしまう。

名前を教えて。

晶はそう言った。

テキストにたまたまはさんであった写真が、落ちたのだ。

だれ？　とは晶は訊かなかった。

訊かなくてもわかることをだめ押しして問いただすのは、晶に言わせれば、ばかだ。関心のない女の写真を身近に持っているやつはいない。

シンコ。

字はどう書くの？

真子。と、わたしは紙切れに書いた。

苗字は？

上田。

電話番号は？

わたしは手をとめた。

秘密？

べつに秘密じゃない。だけど、用があるのかい？

あるわ。

どんな？

言いたくないわ。

秘密？

そう。

ぼくは、ずいぶんためらった。それから、数字を紙に書いた。

「晶に、電話番号を教えたけれど、いけなかっただろうか」

ぼくが言うと、

「教えたのは、いけないと思わなかったからでしょう」

真子は言った。

「真子の許可を得てから教えるべきだったな」

「わたしには、許可すべきか否か、判断のしようがないわ」

「何か困らせるようなことを言ったら、ぼくに教えてくれ」

「教えてどうするの。叱るの？　それじゃ、わたし、密告じゃない」

ぼくが黙ると、

「困らせそうなら、なぜ、教えたの」

真子はぼくが返答に窮することを言った。

晶から電話がかかったのかどうか、何を話したのか、ぼくはついに知らないままだ。

晶はぼくに何も言わないし、真子も、何も言わなかった。

晶が合格した中学は、真子の卒業した学校でもあった。

晶は中学にすすみ、ぼくと真子のものういつきあいはつづき、五月に、晶は死んだ。真子も、死んだ。

ぼくには、何もわからなかった。

廃園は、かつては美しかった場所だ。しかし、この〝公園〟は、美は最初から失われている。晶が言葉で描いてみせたとおりなので、既視感をぼくは持った。

不愉快にさせる以外の効果をもたない薄汚い半円のタイヤが埋め込んであった。三叉の戟を持ったポセイドンの噴水など、もちろん、ありはしないのだけれど、隅に水道の蛇口がひとつ、あることはあった。一メートルくらいの高さに柱が立ち、そこから突き出していた。その蛇口は、上を向いている。子供たちが飲みやすいようにと当局は心くばりしたつもりなのだろう。

〝ここもまた、廃園だが、あなたが話をかわす相手はいない。いや、ひとりいると言えようか。ひとり――ひとつと言うべきか。あなたが話しかける相手は、石の噴水なのだから〟

水道のかたわらに、真子が佇んでいる。

上をむいた蛇口から、水が少し噴き出し、流れ落ちる。小さい澄んだ音をたてる。

〝あなたもまた、同じ病を病むゆえに、ここに在れば、麻薬の中毒者が麻薬のなかにあるように……〟

ぼくは、ふいに、わかった。

あなた、と晶が呼びかけているのは、真子だ。

晶と真子は、晶の中学の校舎の屋上から墜ちた。ふたりの骸が発見されたのは朝で、墜ちるところを見た者はだれもいない。

晶が真子を落としてそれから自分も投身したとは、ぼくは思わない。

晶と真子は共鳴しあったのだ。

それは、たしかだ。

ぼくの知らないところで、ふたりは何度も逢っていたのだろう。晶の空洞は、真子のものでもある。真子はそれから目をそむけ、拒否していたのだったけれど。

噴きこぼれ流れる水の音に、真子の声が歌うように綯《な》いまざる。

　下りて来い、待っているのに――

　嘴の紅く爛れた小鳥よ
　疫病んだ鸚哥よ
　老いた眼の白孔雀よ。

真子の影がうすい微笑をうかべる。もうひとつの影は、ぼくの目にうつらないけれど、真子は、晶にほほえみかける。

そうして、ぼくは、自分も影になったような気がして、下りて来い、と、ひとりつぶやく。

　昨日も今日も
　幻の獣ども
　綺羅びやかに……

（引用・西條八十「梯子」より）

城館

たちまち、城は、焼け失せた。

ボール紙の城だから、ひとたまりもなかった。

城の中の骸も、灰になった。

母家から鉤の手に突き出した叔父の部屋には、松脂《まつやに》を塗ったような色合いの一抱えもある地球儀とか、彼には持てないくらい重いアコーディオンとか、柄に浮き彫りのある青銅のペーパーナイフとか、九歳の少年の目をひくものが無数にあった。

戸棚には、断面に木の葉の痕や貝の痕がくっきりと印刻された石が並んでいた。透明なガラスの嵌まった戸には鍵がかかり、少年の手を拒んでいた。

絨毯を敷き、窓際にデスクと椅子を置き、一見洋室にみえるが、絨毯の端から畳がのぞいている。窓から入る陽光は、くすんだ黄銅色に変色し、部屋の底に溜まった。廊下に面した入口は鍵のかかるドアではなく、襖なので、少年は好きなときに出入りできた。

石塊を並べた戸棚の置かれた壁の半分は、引き違いの板戸で、開けようとしたのだが、これも鍵がかかっていて、彼をがっかりさせた。

昼間は、祖母しかいない家である。叔父は大学の講師をしていた。

「夏休みなのに、叔父さん、学校に行っているの?」

叔父と遊ぶのを最大の楽しみにしていた少年は、不在と知って、声を尖らせたのだった。

「学校じゃなくてね」

都会に出て来てからの年数は、少年のこれまでの生より長いのに、祖母の口調には、田舎の訛がからみついていた。

「お仕事の旅行だよ」

「いつ、帰ってくるの? ぼくがいるあいだに帰ってくる?」

祖母には、彼は遠慮ない口をきけた。

何をしても、祖母は叱らないとわかっている。

「ぼくが泊まりにくるの、叔父さん、知ってたんでしょ」

たいへんに不当な扱いをうけたような気がした。裏切られたといってもいいほどだ。

去年の夏休みも、この、母の実家に泊まりがけで遊びにきたが、このときは、母と兄がいっしょだった。

叔父は、大学が休みなので、彼と兄の遊び相手をした。

たいがいの遊びは、彼には少しむずかしかった。

彼の頭の上で、バレーのボールが兄と叔父のあいだを行き来した。

彼には手のとどかない高さだった。

彼はじれて地団太をふんだ。

キャッチボールのとき、叔父は、兄には力いっぱいボールを投げたが、彼には手加減した。それでも、彼のバットは空振りした。兄は、高々と打った。空を切るボールを、叔父は、ジャンプして取った。

彼がトンネルゴロをしても、

「いいよ、いいよ、こいつは、みそっこ」

兄は言い、彼は、おみそ扱いされているのに気がつかないふりをした。

茶の間で祖母も加わり、コリントゲームやカードで遊んだときも、彼はおみそだった。「うまくいかなかったね。いいよ。**ちゃん、もう一度やってみたら」

兄は寛大に言い、彼は傷ついたのだった。

「叔父さんの部屋に入ってもいい？」

そう訊いたのは、彼だったのに、叔父が許可すると、当然のように、兄も入ってきた。

西陽がさす叔父の部屋には、独特のにおいがこもっていた。

書棚からあふれ床に積み重ねられた、おびただしい書物がただよわせるにおいであった。

黒い扇風機がぬるい風を送っていた。

そのとき、戸棚は鍵がかかってなかった。

「これは、何?　叔父さん、これは?」

熱心に兄はたずね、叔父は一つ一つ取り出し、説明したのだった。

あんもないと。れぴどきくりなのかせき。ちゅうせいだいのクラゲのかせき。

兄と叔父のかわす言葉のなかで彼が理解できたのは、〝クラゲ〟の一語だった。

「どこにクラゲがいるの?　ねえ、ねえ。クラゲなんかいないじゃないか。石ころばかりじゃないの。ねえ」

「静かにしていなさい。おとなしくしていないと、おうちに帰しちゃうよ」

兄はたしなめ、

「叔父さん、それで?」

と、先をうながし、

「すかむらりあは、わんそくるいの一種で、石灰岩のにじょうきそうから採取されたんだ」

呪文のような言葉を、叔父はつづけるのだった。

途中で、彼は、手洗いに立った。

部屋に戻ると、兄は分厚い本をひろげ、叔父が何か話をしていた。

彼は兄の肩ごしにのぞきこんだ。その本には、外国の文字が並んでいた。

叔父が、翻訳して話してやっているのだと彼はさとり、

「ねえ、始めから話して」

要求した。

「聞いたって、どうせ、**ちゃんにはわからないんだから。叔父さん、かまわないから、先を話して」

「始めから話してよ。お兄さまだけ、ずるいよ」

「うるさいことを言うんなら、おうちに帰りなさい」

兄は、母の口調をなぞった。

「始めから、話してってば」

「閉じ込められていたカスパールは」

叔父は話をつづけた。

開かれたページの片側に、肖像画がのっている。

絵がよく見えるようにと、彼が本に手をのばそうとすると、

「よく拭かなかっただろう。濡れた手でさわっちゃいけないよ」

兄が払いのけた。そのとき、母が、もう帰りますよ、と呼びにきたので、〝閉じ込められていたカスパール〟の話はそれきりになったのだった。帰るのはいやだ、と彼は抵抗したが、無駄であった。

帰途の列車の中で、彼は兄に、聞きそびれた話の説明をもとめた。

兄は叔父の話を理解はできても、要約して弟につたえるのは手にあまったらしい。辻褄のあわない、断片的な言葉を口にし、弟が何度も聞き返すので、

「**ちゃんにはまだ早すぎる大人の話」

という極まり文句で、話を打ち切った。

〝閉じ込められていたカスパール〟は、彼の心の中で肥大した。

今年の夏、祖母と叔父の棲む家に彼だけが滞在することになったのは、少年にとって、すばらしい幸運であった。

夏休みの間だけではない、学校も二学期からこちらに転校し、しばらくいることになるらしい。取り残されるような不満がないわけではなかったが、

「外国といったってね、勉強に行くんだからね」

ヴァイオリンをケースにおさめながら、兄は少年に顔をしかめてみせたのだった。

「＊＊ちゃんは、ヴァイオリン、好きじゃないでしょう。ぼくは、むこうで、毎日、十時間も練習するんだよ。そんなの、いやでしょう。お祖母ちゃんのところにいってるほうが、ずっと、いいでしょ。ぼく、＊＊ちゃんがうらやましいよ」

はずんだ声で、兄はそう言い、夏休みの始まる直前に、母と二人で羽田の国際空港から、飛行機で飛び立っていった。

出発ロビーで母と兄を見送ってから、少年は、右手を祖母に、左手を父にあずけ、空港内のレストランに入り、ソフトクリームを食べた。叔父は見送りに来なかった。

タクシーで祖母の家に行き、父は彼の頭を撫でて、その車で家に帰った。彼は、祖母のところにとどまらされた。最初からそういう約束だった。

叔父が不在なのはあてがはずれたが、

「＊＊ちゃんが、あと十寝たら、叔父さん、帰ってくるから」

そう祖母になだめられ、我慢することにした。

その夜は、祖母と蒲団を並べて寝た。

叔父さんが帰ってきたら、叔父さんの部屋でいっしょに寝ようと彼は思った。

翌日、彼は家中を探検してまわった。

十畳と八畳、二間続きの座敷。薄縁《うすべり》を敷いた回り縁。六畳の茶の間。板敷の広いけれど薄暗い台所。

去年来たときより、家の中はずいぶん広く感じられた。

おいしいものを最後までとっておくように、離れの叔父の部屋は後回しにし、庭に出た。

去年来たとき、兄は、石燈籠の足の下に、蟻地獄をみつけた。

見てみる？　と兄に言われ、彼は辞退した。帰り道、兄は母に蟻地獄の話をした。＊＊ちゃんは、いやだって見なかったんですよ。

気持ちがわるいもの。地面がびっしりと蟻だらけなんて。

彼が言うと、兄は、蟻地獄というのは、ウスバカゲロウの幼虫の名前で、擂鉢のような穴の底にかくれていて、蟻をひきずりこんで食べるのだ、＊＊ちゃんの指くらい、くいちぎってしまうのだと、兄は彼の誤解を正した。

成虫の名をウスバカ・ゲロウと思った少年は、ずいぶん情けない虫だ、幼虫のときの凄まじさは、成人するとなくなるのだなと、哀れんだ。

鬱蒼と庭木が生い茂った庭の、築山におかれた石燈籠のふんばった足の下を、少年は、しゃがみこんで覗いた。

土のにおいが鼻をついた。

そのとき、ふりそそぐ蟬の音が耳を打った。

叔父さんが帰ってきたら、いっしょに蟬をとろう。

ふいに思いついた。

網を忘れてきちゃったな、お父さんに、持って来てもらわなくちゃ。

そう思いつくと、気がせいた。

ほんとに、おばあちゃんのところにくると、することがいろいろあって、いそがしい。

忘れないうちに電話をかけようと、母家に戻った。

黒い電話機は、茶の間の茶簞笥の上にある。祖母は台所で、流しの前に少し背をかがめていた。手の動きから見ると、豆の莢をむいているらしい。

彼は、ダイヤルに指をいれ、家の番号をまわした。

もしもし、と応じたのは、女の声であった。

まちがえた、と、あわてて切った。もう一度、慎重にダイヤルをまわした。

「もしもし」

同じ声が応えた。

「もしもし、どなた?」

受話器を置き、

「おばあちゃん」

彼は助けをもとめた。

「ぼくんちの電話番号」と数字を言って、

「……だよね」

「そうよ」

「ねえ、かけて」

「うちに?」

「そう」

「だれもいないでしょ。お父さんは会社だし」

「この電話、番号をちゃんとまわしても、まちがえて、よそにつないじゃうことある?」

「あるだろうね」

庭に、彼は出た。

電話をかけるのは、少し時間をおいたほうがよさそうだ。たてつづけにかけると、電話は、また、女のひとのところにつないでしまうかもしれない。そう思ったのだ。

蟻地獄の点検を再開した。

石燈籠の下は、平らだった。兄が言った擂鉢状の穴は、消えていた。

膝を土まみれにして、彼は、最後の楽しみにとっておいた叔父の部屋に入りこんだ。石を並べた戸棚も、隣の部屋への板戸も、鍵が彼を拒んでいるのに落胆しながら、『閉じ込められたカスパール』の本を、彼はさがした。

書棚は戸がなく、どれでも自由にとれた。

彼の名を呼ぶ祖母の声を聞いた。

お使いに行こうと、祖母は誘っていた。

「あとで」友人の誘いをことわるきまり文句を彼は口にした。

「留守番できる?」と、顔をのぞかせた祖母に、

「できる」と断言して、閉め出した。

風は窓の外で睡っていた。ふくれあがった草むらが、風の裾をつかみ、たわむれていた。室内では、真鍮色の陽光が、彼の足を染めた。

片端から本をとりだして開き、ようやく、記憶の中の絵をさがしあてた。

絨毯の上に腹ばいになり、装飾の多い、意味は不可解な外国の文字と絵とを眺めながら、彼は、〝閉じ込められたカスパール〟の身の上をあれこれ思いめぐらせた。

ふと、彼の耳は、かすかな音をとらえた。

木の軋む音である。目をあげると、納戸の板戸が、少しずつ開くところだ。

薄闇色の隙間が次第にひろがり、その空間に、女が立っていた。

「だれ?」

彼が訊く前に、女が、その言葉を口にした。

彼が名をいうと、

「ああ」

知っているというふうに、女はうなずいたので、彼はほっとした。

「どうして、ここにいるの？」

女に訊かれ、いろいろな理由のなかから、彼は一番簡単なのを口にした。

「カスパールの本を見ていたの」

「ああ、閉じ込められていた？」

「そう」

女の背後の薄闇から、埃のにおいが、ただよい流れた。

「おばさん、カスパール、知っているの？」

彼が訊くと、女の長い髪が、ゆらいだ。

「おねえさんと呼びなさい」

女は言った。

本を読んでくれると嬉しいんだけれどな。

心の中で思っただけだったが、〝おねえさん〟は見通したように、

「閉じ込められたカスパールなら、こっちにいるわよ」

と、背後の薄闇をさした。

火事の後で、彼は、警察から取調べを受けた。

わからない。彼は、そう言い張った。

何もわからない。

火遊びをしたのだろう？　叱りはしないから、正直に言いなさい。

閉じ込められたカスパールの話を、この警察の人は知っているのだろうか。

そう彼は思った。

城の中には、数え切れないほどの骸があった。

蝶の死骸であった。

鱗粉は剝げおち、触ればほろほろと砕けそうな翅が幾重にも折り重なっていた。

火をつければ、おかあさんが帰ってくる。そう思ったのではないのかね。

警察官は、彼の思いもつかなかったことを言った。

そうか、おかあさんが、帰ってくるのか。

母はさぞ機嫌が悪いだろう。帰ってきてほしくはなかった。

入院は、彼ははじめてで、珍しかった。

どこも、怪我はしていないし、病気でもなかった。

なぜベッドに寝ていなくてはならないのか、わからなかった。

怖かっただろう、怖かっただろう、と祖母は涙声でくりかえし、彼が否定すると、けなげに我慢していると言って、また涙ぐんだ。

父が、来た。見知らぬ女といっしょだった。〝おねえさん〟ではない。

その見知らぬ女は、ベッドのそばに身をかがめて、かわいそうにね、とか、甘ったるいことを言った。声に聞き覚えがある気がした。

電話がまちがえてつないだ女の声とよく似ていた。

女は、父の肩を押して、帰って行った。


叔父は、帰ってこない。

決して帰ってはこない。おねえさんは、そう言っていた。

欧羅巴は、遠いものね。


紙の城は、両手をのばして指先がようやく両端にとどくくらいの大きい台紙のうえに組み立てられていた。古い傷だらけの机の上に、それは置かれていた。

城壁には銃眼があけられ、四隅に高い塔があった。

城門の上の紋章は、後肢でたってむかいあった二匹の獅子が描かれていた。

この絵も、シュウちゃんが描いたのよ。

おねえさんは、そう言ったのだった。

「シュウちゃんって、だれ?」

「叔父さんの名前、知らなかったの？」

彼は知らなかった。叔父さんは、〝叔父さん〟だった。

城の他に、その部屋には何があったのだったろうか。

彼は記憶していない。たぶん、納戸のような部屋だったのだろうと、後になって思ったが。

「シュウちゃんがつくったのよ。このお城」

そう、おねえさんは言った。

「シュウちゃんが、中学二年のときよ。あたしは中一だったわ。あたしは、アサミさんと仲がよかったから。アサミさんて、だれだか、わかる？」

「おかあさんと同じ名前だ」

彼は言った。

「アサミさんは、中学の三年だったの。シュウちゃんがこのうちに来たとき」

〝アサミさん〟と〝シュウちゃん〟は、姉弟なのだから、おねえさんのいうことは少しおかしいと、彼は思った。

「シュウちゃんは、蝶を採るの、上手だったわ。蝶ばかりじゃない、蟬も蜻蛉も」

「ぼくも、叔父さんが帰ってきたら、蟬とってもらうんだ」

「帰ってこないわよ、シュウちゃんは」

と、おねえさんは言った。

「アサミさんは、蝶をお城に棲まわせたがったわ。それで、あたしに、シュウちゃんの採ってきた蝶の翅をもぎとるように言ったの。気持ちが悪いからいやだって、あたしが言ったら、それなら、翅はもがなくていいから、殺しなさいと言ったわ。翅をもぎとるよりは殺すほうがやさしいから、あたしは、そうしたわ。胸をほんのちょっと押すだけでいいんですもの」

アサミさんは結婚しちゃったから、あたしがお城の番人をしているの、と、おねえさんはつけくわえた。

「あたしは、ここでお城の番人をしてあげているのに、アサミさんが欧羅巴に行ったら、シュウちゃんも行っちゃったわ。だから、あたし、お城に火をつけようと思うの」

「もったいないな」

「すごくきれいよ、きっと」

二学期から転校したとき、彼の苗字は、叔父と同じものに変わっていた。祖母の苗字でもある。

おかあさんも、この苗字にもどったのだと、祖母は教えた。でも、母は、帰って来なかったし、おねえさんの言ったとおり、叔父も帰ってこなかった。

「シュウちゃんはね、中学二年のとき、おかあさんが再婚することになったので――おかあさんていうのは、つまり、きみのおばあさんのことよ、わかる?」

おねえさんは、そう言ったのだった。

「それで、シュウちゃんはこのうちにきたのよ」

お使いから帰った祖母が、離れの納戸の、板戸の隙間から煙がただよい流れ、きなくさいのに気づき、しかも板戸は内から鍵でもかかったように開かないので、あわてて消防車を呼んだ。板戸をこじあけたとき、中には、彼がひとり、煙にまかれて倒れていたという。

後で思い返すと、彼は、記憶に自信がなくなる。

叔父が、再婚した祖母の連れ子であったことも、父と母が離婚したことも、叔父が、母と同棲するために渡欧したことも、すべて、ずっと前から知っていたような気もする。

警察官の言ったことが、正しかったのかもしれない、とも思う。母を呼び戻すために、放火した……。

納戸は焼けてしまった。そこに蝶の骸をおさめたお城があったのも、あとから彼がつくりあげた贋の記憶かもしれない。

叔父だの母だの父だののことを話題にしようとすると、祖母は話をそらす。まるで、彼が生まれた最初から、祖母と彼とふたりきりで暮らしていたのであって、その他のひとたちは存在しないみたいなふうにする。だから、お城のこともおねえさんのことも、確かめられないでいる。

おねえさんの手が、燐寸《マッチ》をすった。

塔の窓に投げ入れた。灯がともったように明るみ、ちろ、と炎の舌がのびた。

水族写真館

冬は、汐のにおいが強さを増すのでしょうか。夕陽に眼を射られて歩く道の両側はガラス戸を閉ざし、内側に薄汚れたカーテンをひいた人影のない土産物屋だの釣り具屋だのがつづき、海はどこにも見えないのでした。

波の音……のように聞こえるのは、耳の底の幽《かす》かな幻聴でした。外にむかって耳を澄ませば、ざわざわと何ともわからぬものの気配が聞こえるだけでした。人の姿は見えなくても、音がいっさい絶えるということはないのでしょう。

汐のにおいの持つ音も聞こえるような気がしました。いいえ、波の音ではありません。においには、それぞれ特有の音があるのでしょう、たぶん。言い切ることはできませんけれど。

何ひとつ、わたしに断言できることはない……と言いかけて、自分の言葉の矛盾に気がつきました。断言できない、といま、わたしは断言してしまったのですから。

舗装してない道を砂がうっすらと覆っています。細かい砂粒はさまざまな色——黒曜石を砕いたような漆黒や透明な血紅色や乳白色や青灰色などをきらめかしているはずなのですが、夕陽を浴びて、一面淡い紅を溶き流したように見えるだけでした。

淡紅色の水の流れの上を行くような感覚に混迷をおぼえ、ふとそらせた目に、飾り窓の中の写真がうつったのです。

奥行きの浅いガラス窓の背後の壁に、全紙大の写真がとめつけてあるのでした。

長い歳月に侵されて、セピア色にそれは変色していました。

飾り窓を持った建物は、黄ばんだ化粧漆喰《しっくい》の壁がひび割れて、腰板は黴《かび》が緑青色の鱗のようでした。扉の上部に嵌め込まれた菱形のステンドグラスが古風な感じをいっそう強めていました。

写真から、わたしは目を離せなくなりました。

女の子が、砂浜でボートを漕いでいる情景ですが、漕ぐかっこうをしているだけで、オールを持っているわけではないのです。ボートが砂浜から生えたように見えるのは、そのボートもまた、砂でつくられたものだからでした。

砂の上に舟の形を描き、輪郭に沿って、少し濡らした砂をほんの五センチほどの高さに積んで船縁とし、腰をおろした部分も砂の台でした。

波の裾が押し寄せてひいた痕が、舳先のきわに白い泡となって残っています。

女の子の年は、三つ……四つ……そのくらいでしょうか。陽射しがまぶしいのか少し眉を寄せ、間のすいた前歯をのぞかせて笑っています。縞模様の水着は、痩せっぽちの女の子には少し大きすぎるようでした。

女の子は笑ってはいるけれど、心底楽しんでいるのか、写真を撮られるからには笑わなくてはいけないと、子供ながらに演技的な笑いをみせているのか、どこかぎごちなく感じられもするのです。

この女の子を、わたしは知っている……。

いいえ、気のせいだ、と思い直したのですが、みつめればみつめるほど、空似とは思えなくなってくるのです。

これは、わたしじゃないか。三十何年前の、わたし……。

そんなはずはないのです。はじめておとずれた町の、見も知らぬ古ぼけた写真館の飾り窓に、わたしの幼時の写真が飾られてあるわけはない。

もっとも、わたしは、自分の幼な顔をはっきりおぼえてはいないのです。

幼い記憶は、そのころ撮られた写真にたよるほかはないのですけれど、わたしの幼時の写真は一枚もないのです。

飾り窓の写真の被写体がわたしだと感じたのは、顔かたちより、むしろ、女の子がちょこんと腰を下ろした砂の舟のせいかもしれません。

三つ四つのころの記憶は頼りなくおぼろです。時間は生まれたそのときから今にいたるまで水の流れのように一瞬の空白もないのに、記憶は気まぐれに千切った絵の断片でしかない。

他人から聞いた話だの、読んだ物語だのがまぎれこみ、記憶はかってに増殖し、偽の手足をのばし、過ぎた時の真実はたしかめようもないのですけれど、飾り窓の写真を見ていると、腿にふれた少し湿った砂の感触までよみがえるような気がしました。

それといっしょに、胸苦しさをわたしはおぼえました。なつかしさにしては、不愉快な痛みですし、不安と言いきるには何か甘やかでもあるのです。苛立たしさもまじっていました。記憶が、深い〈時〉の水底でもがいている。あえぎながら水面に浮かび上がろうとして、まだ、水の中。

わたしは、記憶という流れの底をのぞきこむ。うっすらと、ゆらゆらと、たよりない淡い影が水の下をたゆたっている。わたしは手をのばす。掬いあげた手のくぼみの水に、影は薄墨の雫ほども留まってはいないのでした。

それでもわたしは性懲りもなく、水に手を浸さずにはいられない。掬い上げてはこぼしているうちに、影が少しは手の中に残りはしないか、と思うのですけれど、かえって、突き崩してしまうようでもあり……。

ただひたすら、わたしは写真をみつめる。砂の上に波の影が重なり、波紋がひろがる。眩暈《めまい》を誘うように。砂の舟は砂のまま、ただよう。

わたしの手は、扉の脇のブザーを押していました。

*

写真館のスタジオというものは、独特な雰囲気をもっている。大掛かりなライトだのレフ板だのといった装置が非日常の空間であることを強く感じさせるためか。

このスタジオは、外観同様古びていた。床板は磨いてはあるものの、靴の踵がつけたらしい傷痕が無数に走り、窓にかけられた緞子《どんす》のカーテンは布目が弱り、房がほつれていた。

中年の女は、袖口ののびた灰色のセーターに少し濃い灰色のスカート、つっかけたスリッパだけが花模様を持っていたが、それも薄暮の部屋のなかでは色彩をうしない、モノクロームの画面のなかに私は迷い込んだような気分になるのだった。

片隅のワニスの剝げたテーブルをはさんで、私たちはむかいあい、女は紅茶をすすめてくれた。茶器は英国製の上等の陶器ではないかと思われた。

「商売はしていないんですよ」

「表の飾り窓の写真のことを伺いたいんですわ」私は言った。

「あの写真は、いつごろ、だれを……」

「わたしも知らないんですよ」女は砂糖壺を私のほうに少し押しやった。

「ご存じない？　それでは、ご主人が……」

「わたしが主人です」

かすかな微笑が、くすんだ女にわずかな表情をあたえた。

「あなたがお撮りになったのではないんですの」

「わたしがここにきたとき、あの写真はすでに窓に飾ってありました」

紅茶の香りにも、かすかに汐のにおいがひそんでいた。

水気を失ったレモンの一切れを、すすめられるままに私はカップに落とし、何か奇妙な既視感のなかに迷い入っていた。

「あら、と、わたしは足をとめました」

そう、女主人は言った。

「なぜって、わたしの小さいころの写真のように思えたのですもの」

＊

わたしは、思い出していました。東京でわたしは育ったのですけれど、物心つくかつかない一時期、たしかに、海辺の小都市にいたことがあるのです。

あまりに遠い記憶なので、まるで夢の断片のようでもあるのですけれど、そうして、事情をわたしにくわしく話してくれたものはいないはずなのですけれど、いつとなく、わたしはわきまえていたようです。

父の兄の家に、わたしたち一家はそのころ居候をしていたのでした。

父は戦前、外地でかなりゆとりのある暮らしをしていたのですが、敗戦ですべてを失い、母と八歳の姉、生後一年にみたないわたし、三人を連れ引き揚げてきて、兄の家に身をよせました。

伯父――父の兄――は、産婦人科の病院の院長でしたから、小都市では名士の一人だったようです。

父はしばしば東京に職を探しに出ていたようです。

何年ぐらい居候していたのでしょうか。母は結核が悪化して死んだのですが、わたしは、母の顔はまったくおぼえていませんし、葬式の光景さえ、記憶にはないのです。

母の死後、病床の母の看護をしていた付添い看護婦と、父が再婚したのも、伯父の家にいたときなのですが、式や披露宴があったのかどうか、その情景もおぼえていません。

継母がこまめに姉とわたしの世話をやき、姉がうるさがったのは知っています。

そうして、伯父の家にいたころのことを、強引に記憶の底から引き上げると、なぜか、思い出せる情景は、夏なのです。

海辺まで歩いて十分とかからないので、昼前と午後と日に二度、水着を着て浜に行くのが日課になっていましたが、わたしにとってはいくぶん義務のような辛さがないわけではなかったのでした。

姉は遊び相手には年が離れすぎていましたけれど、伯父の患者である漁師の家の女の子やその仲間が、ときどき誘いにきました。わたしは少し迷惑でした。気心の知れない相手と慣れない遊びをするより、ひとりで放っておいてもらったほうが楽しいのですけれど、ことわるのもむずかしく、わたしは嫌々ながら集団の遊びにまじったりしました。

夏の夕陽が長くのびる玉蜀黍《とうもろこし》畑でかくれんぼをしたり。

＊

汐のにおいのする紅茶を口にしながら、私は夕陽を浴びる玉蜀黍畑を思い出していた。

畑にも汐のにおいはただよい、赤くちぢれた玉蜀黍の毛は、夕陽を浴びていっそう赤みをおびた。少し年嵩の女の子は、玉蜀黍の皮をはぎ、毟った毛を芯に、たくみに人形をつくった。私にはどう真似てもつくれないものなので、私は自分がひどく無力なものに思えたのではなかったか。

桃の畑も近くにあったのではなかったか。樹になったまま充分に熟れた桃の皮は、指先を触れただけでつるりと剝け、甘い汁をしたたらせた。

一日に二度、私は海辺に出かけるのを日課のように強制されてはいなかったか。もぎたての桃を一つ、手に持ち、海辺につくころはやわらかい果肉に指がくいこみ、手は汁だらけになっていた……のではなかったか。両手で桃をなでると、細かい毛がとれて食べやすくなると年上の子が教えたけれど、私の不器用な幼い手は、毛をとる前に果肉を押しつぶしてしまったのではなかったか。

桃一つを、私はもてあました。

私の手は砂に触れたつもりもないうちから甘い汁によびよせられた砂に汚れ、ほんのりクリーム色がかった果肉にかぶりつくと、唇のはしに汁がこぼれ、蟻の群れのように砂粒が這い、口の中にまで入りこんだ。ほうり捨ててしまいたくなったけれど、皮を半分剝かれ砂にまみれてころがった桃が、どれほど醜いか想像がつくので、手からはなすこともできないのだった。

――そうではなかったか……。

砂も、桃も、そうして波や照りつける太陽や風やあらゆるものが悪意をもっているようで、ほとんど泣きそうになっていはしなかったか。

それでも、私は、泣き声をあげることはできないのだった。私が泣くことは、周囲の人々を非常に不愉快にした。泣くのは、最大の悪事であった。ずるい、と、姉は陰で私を叱った。あたしだって泣きたいことはいっぱいあるけれど、我慢しているんだわ。小さい子って、得ね。お母さまがいなくなって悲しいのは、あたしのほうが、ずっとよ。あなたなんて、お母さまのお葬式のとき、にこにこはしゃいでいたのよ。泣けばみんなが甘やかしてくれると思っているのね。眉をしかめただけで、泣き虫、と周囲の目が叱るから、私は唇のはしをひきつらせて、笑顔らしくみせかけなくてはならなかった……のではなかったか。

桃を片手に泣き声をあげるのをこらえていたとき、私の周囲にだれがいたのか。姉はいなかった。継母もいなかった。

そのとき、私の目の前で一本の棒が、砂地に筋を描きはじめたのだ。

波が打ち返し引いた後の少し濡れた砂は筋にそってめくれ、汀に向かう直線はやがてゆるやかな弧を描き、先端で急に折れ曲がり、こちらにもどってくる。

そのとき、私は、何が描かれようとしているのか察しがつき、歓声をあげたはずだ。

姉がつくるのを、羨ましい思いで私はいつも見ていた。私もまねてみるのだけれど、形はゆがみ、ボートにはならないのだった。

棒を持った手を、腕を、そうして顔を、私は見上げた。たしかに、そうだった。

＊

「夏季合宿にきている学生がいました」

と、女は言った。

「わたしの目にはずいぶん大人にみえましたけれど、年でいえば、まだ十代だったのでしょうね」

女の語る記憶は、私の記憶でもあった。

「わたしのために砂の舟をつくってくれたのは、彼らのうちの二、三人でした。

みるみるうちに輪郭が描かれ、砂が積まれます。

わたしの手から桃が落ちました。一人が拾い上げて、高々と海に放り捨てました。

逆光を受けた桃は小さい黒い無力な石になって、しぶきもあげず、海に吸い込まれていきましたっけ。

桃を捨ててくれた青年は、わたしの手をひいて汀に行き、汁と砂で汚れた手を海水で洗い流しました。

大きい手が、水をすくってはわたしの手にかけました。わたしは、自分が浄められているような気がしたのでした。

手を洗っているあいだに、舟も完成していました。

わたしはそこに着座させられました。

そのとき、わたしは、戴冠式だと感じたのです。戴冠式が実際にどういうものか、知るはずはないのに、その言葉は知っていましたし、漠然とした印象も持っていたのです。

輝かしい、望ましい、嬉しいもの。きらびやかで、晴れがましくて、誇らしいもの。言葉の真の意味を子供は直観するものです。

黄金や宝石で飾られた王冠のかわりに、陽の光が、髪のまわりに眩しい冠をつくっていました。

わたしはその姿を目の前に思い浮かべることができます。あの写真。

背後から、青年の一人が、わたしの両腕をささえます。

オールはこう持って。腕が、ぐいと動きます。

力いっぱい漕ぐんだよ。両方の腕に、同じように力をこめてね。そうしないと、まっすぐ進まないんだよ。

気まぐれだったのでしょうね。特別親切だったわけでもやさしかったわけでもないのでしょうね。

わたしは、少しべそをかいたかもしれません。打ち寄せた波が、じわじわと近寄ってくるのです。砂にとって、波が絶対的な破壊者であることは、どれほど幼いものにもわかっています。

船縁にとどく寸前に、波は強い力で引かれるように沖にもどり、遠くの方で復活し、せりあがり、低く沈んで油断させ、一気に壁のようにそびえ、上端からなだれ落ち、汀に近づくころは悪戯っ子のような身振りになって、また、這い寄ってきます。

わたしがはらはらしているのを見て、彼らは、舟の前に防波堤をつくりました。まるで、わたしは、命じなくても働いてくれる従者をもった女王ではありませんか」

気まぐれだったのでしょうね、あの人たちの、と女は繰り返した。

やがて継母に呼ばれ、私は女王から保護者の必要なたよりない幼児にもどり、居候先の伯父の家にもどって行く。

*

……と、それまで思ってもみなかった情景が鮮やかに浮かび、目の前の女が、私の記憶を作っているような、そんな気分になる。

女の語る追憶は、覆いを少しずつ取り払って画面があらわれるように、私の追憶を明確にしてゆくのだけれど、ほんとうに、これは私の記憶なのか。作り上げられた偽の記憶ではないのか。そう思っても、それなら私の真実の記憶は何か、と自問すれば、白布におおわれたタブローのように、空無があるのみだ。

女に先を越される前に、私は、私のなかにある記憶の断片をかき集める。すると、直視するのが辛い場面が、厚くつもった歳月の塵埃をぬぐい去られ、暗色の絵となって、視えてくる。

私は、すでに、九歳ぐらいだ。

伯父の家の居候ではなくなっていた。父が東京で就職し、郊外に小さい家をかまえていたはずだ。

それにもかかわらず、その夏、私の一家は、伯父の家にいる。

中庭の木立のかげにつくねんと立っているのは、私だ。風が、かすかに汐のにおいをはこんでくる。

伯父の家は、病院と自宅が同じ敷地内にあり、二つの棟をつなぐ部分は板敷のホールで、全体の構造は凹の字の形をつくる。

くぼんだ中庭は八手だの南天だの紅葉だの椿だの梅だの沈丁花《じんちょうげ》だの雪柳だの、雑多な庭木がほとんど傍若無人に生い茂り、掘抜きの井戸の上に藤棚がつくられ、深い水面に影を落としている。

手押しポンプを据えてあるのだけれど、三分の二ほどは、蓋《ふた》がなくて露出している。暗い水面の一カ所が丸くふくらんで見えるのは、網に入れて下ろした西瓜《すいか》の頭が少しのぞいているのだ。

病棟の前だけは樹木はなく、綱を何本もはりわたし、シーツや患者の洗濯物が干してある。そのあたりは、嫌なにおいがする。血のにおいだと看護婦から教えられたことがある。子供が生まれるときは、血もたくさん流れる。そうも、看護婦は言った。いくつもの言葉を、私は看護婦たちの話から拾いおぼえた。中絶という言葉も、そのなかにはあった。その意味さえ、漠然と、そうして不正確ではあるけれど、私は承知していた。

中庭は、日常的な母屋と病棟の境界にあり、両方の雰囲気やらにおいやら物音やらが、空気の波にのってつたわってくる。

私の耳は、継母の悲鳴を聴いていた。

ほんとうに、聴いたのだったろうか。

それが、白昼行われたということがありうるだろうか。

後から知ったことが、私の記憶を混乱させているのではないのか。

陰鬱な悲鳴がよみがえり、私は耳をおおったが、記憶の底から届く声は消えない。

「辛い声でしたね」

女は、共感をわかちあうようにそう言った。

＊

あの人、と、姉はいつも、継母をそう呼ぶのでした。決して、お母さまともママとも呼ぼうとはしませんでした。

ようするに、お父さまとあなたの世話をさせるために、お父さまがうちにお入れになったのよ。あたし？　あたしは、世話なんていらないわ。あなたが小さかったから。世話のやける子だったから。——今だって世話がやけるけれど……。だから、お父さまは、あの人を奥さんにしなくてはならなかったのよ。

あの人は、自分の子供を生んではいけないのよ。

麻酔をかけないで、継母は中絶をしなくてはならなかったのです。

父が許さなかった。麻酔をかけると、恢復がおくれ、退院がのび、家事にさしつかえるからだそうです。

継母は、少しの休息も与えられなかった。伯父は、父の望むとおりにしました。伯父の目にも、継母は便利な働き手としかうつっていなかった。

継母の悲鳴は、わたしのからだを裂きました。

*

継母の悲鳴は、私のからだを裂いた。

そのあたりから、私の記憶は混乱する。

私を打ちのめしたのは、父と伯父の、恐ろしい傲岸さだ。継母の顔さえ、私はおぼえていないのに、それほど私にとっては継母は淡い存在でしかなかったのに、痛みをやわらげる何の措置もとられず、体内を金属でかきまわされる継母の悲鳴が、私を裂く。

看護婦たちは、継母の悲鳴を聞き流し、院長の命ずるままに、手を貸す。

彼らのすべてが、私には恐ろしく、そうして、その父の血、伯父の血を私はひいているのだという事実が、いっそう、私を苛み、私は……。

*

「火をつけた。伯父の家に。そうではなかったでしょうか」

あやふやに私は言った。

「そうして、放火犯人の私は、日常から隔離され幽閉された……」

今も、幽閉されている……のだろうか。

炎の色が眸の奥でゆらいだが、同時に、そんなことはしなかった、思っただけで、実行はできなかった、という思念も浮かんだのである。

「何が、ほんとうに起こったことなのでしょう。あなたなら、知っている？」

＊

「あなたなら、知っている？

そう、わたしはたずねたのです。

写真館のなかに、中年の女がいたのですよ。その女が、わたしに話してくれたのです。いま、わたしがあなたに話したことを。

飾り窓の写真にひかれ、扉の脇のブザーをおしたわたしをむかえいれてくれたのが、その女でした。

このスタジオで、紅茶をいれてくれながら、わたしの遠いおぼろな記憶をよみがえらせてくれました」

その女は、あなたでした。そう、女は言った。

「そうして、わたしは、もう一つのことを思い出していました」

＊

もう一つの記憶がよみがえる。

幼い、三つぐらいの私は、砂の舟が気がかりでならなかった。

人気のなくなった海は、砂浜におし寄せ、わたしの舟を浸食しつくすのではないか。

砂が波の力にどれほど無力か、いやというほど知っていた。

夕食の後、私は居候している伯父の家を抜け出た。

夕陽に眼を射られながら、砂でおおわれた道を、浜辺にむかった。

砂の舟は、まだ形を保っていた。

私は腰を下ろし、オールを両手にもち、漕ぎだした。力いっぱい漕ぐんだよ。両方の腕に、同じように力をこめてね。そうしないとまっすぐ進まないんだよ。

気まぐれだったのかもしれない。特別親切なわけでもやさしいわけでもなかったのかもしれないけれど、青年の言葉を忠実にまもって、私は、沖めざして漕ぎだした……のではなかったか。

波はひたひたと舟を浸し、くずれてゆく舟とともに、私は水に抱かれ、沖につれ去られ、人の目に見えなくなったのでは、なかったか。

＊

「あなたなら、知っていますね。何が真実の記憶なのか」

「あなたが知らないことを、どうしてわたしが知っているでしょう」女は言った。「あなたは、わたしなのですもの」

「私は、あなたなのね」

「三つのときに、未来において犯す罪をすでに罰せられていたのかもしれないあなたが、わたし」

「水の底で、循環する時に閉じ込められ」

「あなたは、何度でも、わたしをたずねてくるわ。わたしはあなたに紅茶を入れる」

「そうして、私は、たずねてくるあなたに紅茶をいれる……」

「循環する永遠の時の中で。あなたはわたしであり、わたしはあなた」

「罰でしょうか。許しに、似ているわ」

「悲鳴は、いつか、消えるでしょうか」

「私は、火をつけて、父を伯父を看護婦たちを、そうして姉や継母までも、殺しつくしたのでしょうか」

「紅茶をどうぞ」

水の底は、静かだ。

私たちの声は一つになる。

「冬は、汐のにおいが強さを増すのでしょうか」

レイミア

——わたしは名づけるだろう　かつてのお前だったこの城を砂漠と、
この声を夜と　お前の顔を不在と——

鏡に覆いをして、幾夜経ったのでしょう。一夜明けるごとに美しくなることを知ったとき、鏡を見るのが恐ろしくなりました。そのたびに、記憶が一つ失われるのでしたから。

昨日のことを忘れました。一昨日のことは、もちろん、おぼえていません。

閉ざされた部屋の、唯一の窓だった鏡に覆いをしてしまったので、わたしは盲目になりました。そのかわり、記憶は、これ以上失われることはないでしょう。でも、わたしはすでに、わたしがなにものであるのか、それすら、わからない。

鏡にかけた縮緬の覆い。その色も模様も見えます。盲目となったわたしですが、覆いの色は眼裏《まなうら》に見えています。

朱と金と、緑と青と。

瞼の裏にひろがる太陽。裂け目からのぞく月。ひらめいて眼底《まなぞこ》を刺す風。

覆いをとれば、いっそう美しくなったわたしが映るのでしょうか。美しいわたし。その顔を、思い出せるの？　思い出せるわ。鏡を見なくても？　見なくても。

日、一日と、美しくなったのね。そうよ。ほんとに？　美は主観よ。自惚《うぬぼ》れ。自己陶酔。ナルシシズム。

覆いをとれば、いっそう美しくなったわたしが映るのでしょうか。そうして、また一つ、掌のくぼみに残った水のような記憶が、指のあいだからこぼれ落ちるのでしょうか。

からだに振動がつたわります。

通りすぎました。貨物列車です。無蓋の貨車に積まれているのは、漆黒の石炭でしょう。私の記憶にあるとおりなら。

わたし自身のことでなければ、ずいぶんいろいろおぼえているのです。

風に乗って、雑木林にまでとどく煤のにおい。あの線路は、石炭を積んだ貨物列車しか通らなかった。

石炭じゃないわ。線路をたどっても、鉱山には通じていない。

石炭よ。あちらこちらの駅で、何度も積み替えられ、あの線路を走る貨車に積み込まれるのよ。

…………貨車に。わたしは乗ったおぼえがあるわ。

なにも、思い出せなくなったんじゃなかったの？

記憶のはしっきれ。黒光りのする石炭ばかり。つまらなくて、すぐ、下りた。それだけ、何けた覆いと同じ色が……

のはずみか、思い出したわ。

山積みになった漆黒の石炭のすきまを、朱と金と緑と青と……、縮緬《ちりめん》の振袖かしら、鏡にかけた覆いと同じ色が……

だめね。これ以上、記憶はひろがらない。

わたし自身のことでなければ、ずいぶんいろいろおぼえているのです。

雑木林は、線路のきわから奥深くつづいています。楢《なら》、櫟《くぬぎ》、カラマツ。落ち葉が降り積もり、土も見えないほどでした。下のほうは腐り、溶け、あたたかく、ここちよく、湿っていました。一筋、朽葉のかげを見えかくれしながらうねる、浅い細流《ささなが》れ。塚のように落ち葉が盛り上がっているのは、桜の木の根元です。細い流れは、そのかたわらで緩やかな弧を描き、朽葉の下に消え、踏めばじわりと水を吐きます。

雑木林の中に建つ一軒家の裏に、桜はありました。

春ごとに、桜は、淡いけれど豪奢な花で梢を飾りました。花吹雪。散り尽くした後に若い葉を繁らせ、瑞々しい葉は夏の陽差しのもとにたちまち老い、老いてなお艶やかな紅を象嵌した朽葉を落とすのでした。だれも見るものはいないのに。

いいえ、地上に、眼はありました。でもその眼は、なにも見てはいない。盛り上がった落ち葉のかげになかば埋もれたおびただしい写真。何十枚あったことでしょう。どれも、ひとりの、若い男の写真。地にあおむけになった顔の、眼は宙に投げられている。

一枚のネガから焼増しした同じ写真。八つ切りほどの大きさ。それが、百枚近く捨ててあるのでした。雨にうたれ、陽にさらされ、生身の男であったなら、とうにしゃりこうべになっていたでしょう。

山積みにほうりだされた写真の、下のほうは、黴におかされ、腐り、ひとかたまりに溶け合って、もとの姿をとどめてはいませんが、上の一、二枚は、セピア色に褪せはしても、泥に汚れはしても、おもざしをたもっていました。

その顔は、思い出せます。たゆたう木漏れ日のような。光ではあるけれど、実は、影であるような。睡る石のような。砕かれた夏のような。

それだけです。わたしがおぼえているのは。

一人の男を写した写真。小さい塚となるほどのおびただしい数。桜の木の下に捨ててあり、落ち葉や土とまざりあっていた。それだけのこと。

捨ててあった理由は、わたしは知りません。

なぜ？　なぜ？　想像することはできます。想像は、記憶とはちがいますもの。どのようにでも、わたしの自由になります。

捨てたのは、女だわ。あの家に住んでいた女。あの女がわたしではないことは、確かです。

それは、おぼえています。わたしは、あの家に住んではいなかった。

たった一枚、男の写真を持っていた。見向いてもくれない男の。

ふられたってことね。

あからさまに言わないでちょうだい。

片恋。

ただ一枚の写真。どうやって手に入れたのか。それを、写真屋で複製をつくらせて。……何枚？　壁を埋め尽くすほどの数。

百人もの、ひとりの男に囲まれて。

百人もの男の眼は、沈黙を封じ込めた琥珀。

肥え太った夏、女は饒舌な森となる。森がしたたらせる汗のなかで、女は溺れ死ぬ。

いいえ、死ぬ前に、写真を投げ捨てるのよ。そうして、逃げる。女は逃げる。百の沈黙から逃げる。

そうかしら。そうだったのかしら。

男が通ってきたのではなかったかしら。

夜毎。男は枝折戸《しおりど》をたたく。

――枝折戸なんて、あった？　あの家に。

ブザーを押すより、いいでしょ、優雅で。曖昧な部分は、好みでおぎなうの。

女は応えない。うっとうしいもの。

だって、写真の男は、美形よ。女が無視する？

そうだ。男は、顔に傷……火傷……。かつては、無類の美男子だったの。そのころ、ふたりは恋仲だった。それなのに、男は顔を失った。

事故？

サーキット。バイクのスピードレース。男はレーサーだった。

サーキットなんて、見たこともないくせに。

曖昧な部分は、好みでおぎなうの。

エンジンのひびき。オイルのにおい。

トップをきって疾走するゼッケン4。ハイスピードのコーナリング。ゼッケン7が、間をおかず後を追う。

女はグランドスタンドで、オペラグラスの視野をよぎる風を追う。

絶壁に近い急傾斜のコーナー。遠心力にふりまわされ、浮き上がり、コースの外にはねとびそうなマシンを、レーサーはたくみに制御し、轟音とともに走りぬける。他のバイクは、完全にぶっちぎられた。

ヘアピン。S字。

とばせ。追いつけ。ひっこぬけ。

クラッシュ！

倒れた男の眼は、死を見るためにのみ、あるわ。

エンジンオイルのように、ねっとりと、空の高みから死が流れ落ちてくる。

朱と金と、緑と青と。

瞼の裏にひろがる太陽。裂け目からのぞく月。ひらめいて眼底を刺す風。

いいえ、死は彼の体内からほとばしる泉。空の高みに向かって、噴き上がる。溢れる。

血潮を吸って、バイクは、みるみる錆びる。成熟する。たちなおり、バイクは宿命の疾走をつづける。男《あなた》は、起き上がらない。

女は見下ろして、去った。

空が屈み込み、あなたを掬いあげる。身をよじり、あなたは逃れ、ふたたび大地に投げ出される。

それから、あなたの百夜《ももよ》かよいがはじまった。

焼けただれた肌。炎に顔を奪われたあなたは、くだかれた足をひきずり、女の家をおとずれる。

未練がましいのね。喜んで死者となればよいものを。たたかいの果ての、祝福の明かりは、腐爛した眼も、苔のような肌も、裂けた舌も、華麗な花にまさる美しいものに変えたでしょうに。

あなたは、枝折戸を叩く。返事はない。一夜、あなたは。戸の外に立ちつづける。ひとのこころはしらくもの、われは曇らじ心の月。月は死者の口を蜜で濡らすわ。……つつめどわれも穂にいでて、尾花まねかばとまれかし。思いは山の鹿《かせぎ》にて、招くとさらに止まるまじ。

鳥もよし鳴け、鐘もただ鳴れ。夜も明けよ。

赤くて、ぶよぶよの、あれは、太陽。別の名を、死の使者。

あなたは立ち去る。美しかったときの写真を、来訪のあかしに、開かぬ戸にはさみ。

鋼鉄のバイクが汲みつくせなかった命の泉は、百夜を一夜残して、写真に吸われつくしたわ。

死んだの？

ええ。一夜《ひとよ》を待たで死したりし。

女は写真を捨てた？

そうよ。

邪険ね。ほんとうに、そんなことがあったの？

嘘だって、想像だって、はじめから言ってるじゃありませんか。

わたしがおぼえているのは、小さい塚となるほどのおびただしい数の写真が、桜の木の下に捨ててあり、落ち葉や土とまざりあっていた。一人の男を写した同じ写真だった。それだけのこと。理由は、わたしは知りません。

なぜ？　なぜ？　想像することはできます。想像は、記憶とはちがいますもの。どのように
でも、わたしの自由になります。


でも、わたしは、わたし自身のことを思い出したいわ。

光のなかにいるのでしょうか。闇のなかにいるのでしょうか。わたしは、何なのでしょうか。

残っているかすかな記憶を、わたしはまさぐります。一夜明け、鏡をみるごとに、美しくな

った。そうして、何かを忘れる。

だれか、おとずれ、そうして、去っていった。たぶん、夢のなかで。夢はめざめれば忘れます。

いいえ、わたしがおとずれ、そうして虚しく去っていったのでしょうか。

鏡を見れば、思い出せる？　いいえ、さらに忘却がすすむのか……。

わたしが美しくなるたびに、だれかその分、醜くなる。わたしの記憶が一つ失われるたびに、だれかの記憶が一つ増える。

そうじゃない？

鏡の覆いをとれば、いっそう美しくなったわたしが映るのでしょうか。そうして、また一つ、掌のくぼみに残った水のような記憶が、指のあいだからこぼれ落ちるのでしょうか。

わたしとはかかわりのないことであれば、ずいぶん、いろいろと思い浮かぶのです。

若い娘が、雑木林を、髪ふりみだし走るのを見ましたっけ。

あの家に住む娘でしょうか。わたしは知りません。家の中をのぞいたことはありませんでしたから。

ほんとうに、のぞいたことはなかったの？

のぞいた……かも……知れません。忘れました。のぞいているわたしの姿は、記憶から消えています。

娘は浴衣でしたから、夏なのでしょう。素足だったわ。浅い流れにすみついた蛍が、濡れた裾にまつわり弱い光を散らしていました。日暮れどきだったのでしょう。

君を思えば徒歩跣足《かちはだし》。

反逆の罪で殺された夫の柩のあとを、徒歩跣足で追った女が、昔、いたというけれど……。

あの娘は、そうじゃなかったわ。雑木林をとおる葬列はなかった。

恋に狂い、男のあとを跣足で追った？

いいえ。

娘の浴衣の胸元は、異様にふくらんでいました。乳房のかたちをあらわにしていたのではありません。

走るにつれ、襟の合わせ目はくずれました。懐に抱き入れたものが、こぼれました。あわあわと、ふうわりと。黄水仙の色。娘が走る後に、点々と散って行く。

地に落ちたとき、その正体がわかります。ひよこなのでした。嘴の色があせ、眼に青白い膜がかかり、脚は折れ曲がったまま動かない。みな、死んでいました。ひよこの胸は、どれも、鳩のようにふくらんでいました。ふれてごらんなさい、つぶつぶと形がわかります。小さい胃につめこまれたつぶつぶです。

あなた、さわってみたの、ひよこの胸に？

おぼえていないわ。

想像？

そんな気がしただけ。指が……おぼえているのかしら、あの感触を。ぎっしり粟がつまって、でこぼこに固くなったひよこの胸。

畳一面に茣蓙を敷き、その上にうごめく数十羽のひよこ。

家のなかを、のぞいたのね。

おぼえていないわ。でも、その光景が、はっきり浮かぶ。

茣蓙の上に、餌をまき散らしてあった。粟……。

氾濫する光のなかで、粟は、一粒一粒、濃い影をつくっていました。そうして、何十羽ものひよこが、餌をついばんでいるの。娘はかたわらに寝ころんで、眺めている。乱れて茣蓙《ござ》に流れる娘の髪は、粟の粒にまみれる。ひよこたちは髪のあいだを嘴でつつき、まつわる髪に縛られてもがく。痛いよ、と言いながら、娘はたなごころのなかにそっと抱きとり、片手にのせて、顔に近づけます。くちびるをひらくと、ひよこは頭をさしいれ、娘の舌を嘴でつつきます。娘の体は孤独な丘。ひよこの群れは、小さい狩人。

獲物は豊富で、ひよこたちの胃はたちまちふくらみます。のどもとまでつめこみ、さらに、つめこむ。餌があるかぎり、ひよこたちはついばみつづける。一粒の粟が、一雫の死となることを、ひよこは知らない。娘も、気づかない。

雑木林を走る娘のふところからこぼれ落ちるのは、死んだひよこたち。

過剰な愛を食べすぎて、みんな、死んだ。

わたしは、ひよこに、ふれた……？

その愚かな娘が、わたしじゃなかった？

いいえ、ちがうわ。

娘は、ひとりで、住んでいたの？

ひよこたちといっしょよ。

人間の家族。父親とか、母親とか。

ああ、そうだ、娘には、夫がいたの。

それじゃ、娘ではないわ。人妻。

まだほんの……娘としかみえなかった。

夫は、何の仕事をしているの？

わたしが知るわけないでしょう。夫はいるけれど、家にはいなかった。

不在の理由？　いくらでも考えられるわ。長期出張。あるいは、愛人のもとに行ってしまった。

くだらない状況ね。

夫は、夜は帰ってきていたのかもしれないわ。それでも、昼は、娘は、妻でしょ。

妻は孤独な丘よ。ひよこたちが死に絶えて、丘も冷えた墓土となった。たとえ、夫が、夜の床であたためても、昼の太陽に冷えきった女のからだは、温《ぬく》もらないわ。墓を抱くのにいやけがさして、夫は、出ていった。二度と帰っては来ない。

小娘のように他愛ない、その愚かな人妻が、写真を捨てた女でもあるわけ？

わからない。

このにおい……。わたしにはこころよい、腐臭。枯れて腐った落ち葉のにおい、ひよこの腐肉のにおい、風のにおい、葉漏れ日のにおい。血のにおい。

わたし自身のことでなければ、ずいぶんいろいろ思い出せます。

庭に出て、井戸のポンプの把手を漕ぐ娘。いえ、若い人妻。

庭と雑木林とのあいだに垣根はありません。家のまわりだけ、立木はなくて、そのかわり雑草が丈高く繁っていました。

荒れ地野菊の花がさかりをすぎて、白い綿毛が風に舞う。綿毛が耳にはいると、耳が聞こえなくなると、娘――いえ、若い妻――は、怖がっていました。

高い櫓の上に据えたタンクに、井戸のポンプで水を汲み上げるのです。バルブをきりかえると、漕いだ水は、ポンプの蛇口からほとばしらず、パイプをつたって、高い櫓の上のタンクにたまります。タンクから台所の蛇口に、パイプはさらに、つながっています。

毎朝、水を汲み上げるのが、若い夫の仕事でした。百回、ポンプを漕いで、ようやくタンクは一杯になります。それが、台所での、一日分の水になります。飲み水と、食器洗いの。

ガスもないので、煮炊きは電気焜炉と七輪です。

朝の労働で一汗かいた若い夫は、蒸し器であたためた昨夜の残り飯にみそ汁の、つましい朝餉をすませ、つとめに出ていく。小娘のような妻は、門口で見送り、あとかたづけにかかります。二つの茶碗、二つの湯飲み、二膳の箸。それから、井戸端で、ふたり分の下着の洗濯。

その娘が、わたし……じゃないのね？

わたしじゃないわ。

敷きっぱなしになっていた、夜の気配のしみついた蒲団を押入れにおしこみ、掃除もろくにしないで、畳の上に茣蓙を敷きます。粟を一面にばらまき、穴をあけたボール箱の蓋をとりのぞき、手をさしのべて、ひよこたちをすくいあげ、茣蓙の上に放します。

過剰な愛を食べすぎて、みんな、死んでしまったのね。

淡い黄色い、しんと冷たい骸をふところに溢れるほどに抱きいれて、娘は徒歩跣足で、雑木林の中を走るのね。

もう一足、外に出れば、雑木とひよことポンプのほかのものに出会えるというのに。閉ざされた雑木林しか知らないで。

林の外には出られないわ。娘が走れば、それだけ、林もひろがって、梢はいっそうからまりあう。夫はなんの苦もなく外に出ていき、また帰ってくるのだけれど。

でも、外に出て、何があるっていうんでしょう、外も内も、同じようなものだと、娘は知っているわ。

ひよこの手触りより価値のあるものが、外にあると確信できれば、娘は外に出ていったかもしれない。

家に住むようになる前は、娘は雑木林の外にいたわけですもの。外を、娘は知っている。なにも、ありはしなかった。いいえ、ありすぎるくらいあった。でも、真実ほしいものは、なにも、なかった…………のだろうと、わたしは、思うわ。

若い妻は、生きながら、冷えた墓土となった。夫が夜の床であたためても、昼の太陽に冷えきったからだは、温もらない。墓を抱くのにいやけがさして、夫は、出ていった。二度と帰っては来ない。

写真は？　桜の根元に捨てられたおびただしい写真は？

あれは、夫の写真。きっと、そうよ。

レーサーじゃないの？　さっき、レーサーって言ったわ。

嘘だ、って、想像だって、言ったでしょ。

みきわめようと思えば思うほど、輪郭は曖昧に溶け崩れ、実際の姿はわからなくなります。

夫の写真を、どうして、百枚も？

百枚？　数は不明よ。

九十九枚なら、捨てはしないわ。百枚。ちょうど、きりのいい数だから、捨てたのよ。

わたしは、若い娘のような妻が、この家にくる前の暮らしは知りません。

だから、なぜ、夫の写真を百枚も持っていたのか、どうしてそれを捨てたのか、わかりはしません。

レーサーのほうが、いいじゃないの。少なくとも、ドラマティックだわ。夫が出ていき、一人になった若い妻は、レーサーと知り合い、恋がはじまった。レーサーはサーキットの事故で顔に傷を負った。女は醜くなった恋人を捨てた。つじつまはあうじゃないの。

あいませんん。外の世界に、生まれながらに見切りをつけ、閉じこもった魂が、どうしてサーキット見物に出かけたりするの。内にこもればこもるほど広大な空間がひらけると知ったものが、どうして、浅薄な外界に出ていくの。サーキットは、わたしの、ただの想像。夢想。夢の遊び。

写真は、結婚する前に、夫となる男が、娘に贈ったものではないかしら。

それも、想像？

ええ、でも、レーサーよりは事実に近い。夫となる若者は、娘の外観に恋をした。男の目には、愛らしい魅力のある娘にみえたのでしょうね。恋文をそえて、写真を贈った。

同じのを？

一番よくとれていると、自信があったのではないかしら。

説得力のない考えね。まあ、いいわ。それで？

熱心に求婚されて、拒む理由もないから、結婚した。それだけ。

性的に未熟で、生活感覚の欠如した妻にあいそをつかして、夫は出ていった。それから、どうなったの？

わたしは知らないわ。……性的に成熟して、生活感覚がゆたかになるのが、生きる、ってことなの？

ひよこなんて、見た目は愛らしいけれど、じきに死んでしまう。食べすぎて死ななければ、蛇や鼠の餌よ。

ひよこを食べるような、大きい蛇や鼠がいるの？

さいわい生き残ったら、憎々しい鶏になる。首を断ち切られても、切り口から血をふりまきながら走りまわる鶏。

それが、成熟なんでしょう。憎々しい鶏になるのが。

成熟するのを拒否した娘がどうなったのか、わたしは知りません。

鏡の覆いをとれば、わたしは、わたしの姿を見ることができる。

でも、記憶を失うの、また。

一夜明けて、また美しくなる。そして、掌のくぼみに残った水のようなわずかな記憶が、また一つ、指のあいだからこぼれ落ちる……。

まだ、失うものをもっていたかしら。

この上、何が失われるというの。鏡を見ても、わたしは、それがわたしの顔だということすら、わからなくなり……

なにげなくのばした手に、ふれた……、これは、なに？

ねばりつく、やわらかい……。

わたしは思い出せるわ。わたし自身のことではないから。

指にまつわる長い髪。掌に吸いつく肌。女のからだ。

わたしの指がまさぐるのは、女のからだの傷口。一つ、二つ……。おびただしい傷。

わたしかしら……。これは、わたしの骸？

わたしが、死んだの？

いいえ、真紅の階段を一段一段、心臓にむかって下りて行く血の足音を、わたしは聞くわ。

これは、私の骸じゃない。

だれの骸？


鏡にかけた縮緬の覆い。その色も模様も見えます。盲目となったわたしですが、覆いの色は見えています。

朱と金と、緑と青と。

瞼の裏にひろがる太陽。裂け目からのぞく月。ひらめいて眼底を刺す風。

覆いをとれば、わたしは、見ることができる。この骸が、だれなのか。

わたしに……わかるかしら。

鏡を見れば、わたしの記憶は、また一つ失われます。おそらく、最後の記憶が消え、わたしは空洞となるのでしょう。

貨車に乗ったおぼえがある、あれが、最後の記憶……。黒光りのする石炭ばかりで、つまらなくて、すぐ、下りた。山積みになった漆黒の石炭のすきまを、朱と金と緑と青と、縮緬の振袖かしら、鏡にかけた覆いと同じ色。あれが、わたしでした。ただ一つ残された記憶。あれが、わたし? そうだったの? わたしは、わたしの姿をおぼえているのね。

漆黒の石炭のすきまにのぞく、鮮やかな色。それだけだけれど……。まるっきり何もわからないより、少しはましね。

九十九夜、わたしは耐えました。盲目のまま。

これ以上、何も失わないために。

他人の記憶の断片のほかに、なにも持たない状態で、生きていくことができますか。しかし、これでは、わたしは、宙づり。

ここにあるのは、だれの骸? それだけでも、知りたい。

思い切って、鏡の覆いを……とります。

「ばかね」倒れている女の骸が言いました。

「あと、一嚙みで、成就するところだったのに」

女のからだに、無数の嚙み傷。

いま、わたしは、すべてを見ることができます。

「おまえが美しくなるごとに、わたしが醜くなる」

たおれ伏したまま、女の骸は言います。

骸ではありません。命の糸は、まだ、かすかに絶えずにいます。

「百夜と、私はおまえに言ったわ。おまえには、記憶する過去など、なにもありはしなかった。私が醜くなるごとに、私の記憶が一つ、おまえの記憶となった」

　思い出せます。

　時はいま、過去に向かって流れはじめました。

「おまえは、いつも、私を見ているのね」

　膝に這い寄ったわたしに、逃げ腰にもならず、あなたがそう言ったのを、思い出します。

「どこに住んでいるの？　草むら？　川べり？　井戸端で洗濯しているとき、草のかげで見つめていたのは、おまえの赤い目ね。草のあいだを、すばやくうねって逃げたのは、おまえの背中の色ね。朱と金と、緑と青と」

「噛んでもいいよ」そう、あなたは言いました。あなたの手には、剃刀がありました。

「一思いに……。それよりも、一夜に、一つの傷。百夜かけて、私は死ぬわ」

　わたしの鋭い牙が、女の皮膚を突き破る、その感覚が、あざやかによみがえります。皮膚のかすかな抵抗。そして、やわらかな肉のなかに。

　腕の、腿の、腹の、一夜ごとに増える傷口から溢れる生命。女のからだは、生命の泉。

　一夜に一つずつ、女のからだに噛み傷をつけながら、わたしは耐えました。

　一夜明けるごとに美しくなる。一夜明けるごとに、わたしは、女といれかわっていく。記憶も、外見も。

　最後の一噛み。百回目の、とどめの牙を喉に。それで、すむはずでした。

わたしは、耐えきれなくて、九十九夜目、鏡に覆いをしてしまったのでした。

瞼の裏にひろがる太陽。裂け目からのぞく月。ひらめいて眼底を刺す風。

覆いを取り払った鏡に、いま、うつるのは、一面、丈高い雑草。死にもならず生きるもならず、魂は宙づりのまま横たわる女。顔は女、姿は蛇。真昼の光の矢で地に縫い止められたわたし。

蛇女《レイミア》と、かつて西欧の詩人が名づけた異形の、わたし。

かすかな地響きは、石炭を積んだ貨車。

――そしてお前が不毛の大地の中に倒れるだろうとき
わたしは名づけるだろう　お前を支えていた稲妻を虚無と。――

（参考・ジョン・キーツ『蛇女《レイミア》』今西信弥訳
冒頭と末尾の引用・『イヴ・ボンヌフォア詩集』より「真の名」宮川淳訳）

花の眉間尺

油煮えたぎる釜のなかに投じられたのは、三つの首。肉は爛《ただ》れ融け、底に髑髏《どくろ》が残った。

〈肉の融け混じった油は、さぞ、美味しくなったんでしょうね〉

そうさ。だからこの油を、壺におさめ、王女は毎夜、床に就く前に一匙ずつ服んだというよ。美味なだけじゃない、不老長寿、若返りの効果もあったという。わたしは長寿はいらないけれど、若返りはいいね。父であった王の肉と、父王を仇と狙った若者の肉と、もうひとりが、得体の知れない男の肉なのだけれどね。

〈男ばっかりか。女の肉もまじったほうが、おいしいんじゃないかな〉

王女には、合い挽きより、純粋な男肉のほうが、好ましかったことだろうよ。正常な性嗜好をもった女性であれば、当然だ。

〈首では、肉の量は少ないでしょう。臀《しり》とか太股にくらべたら〉

いいえ、脳もとろけているのだもの。そりゃあ珍味さ。おまえ、猿の脳を食べたことがおありだろう。ない？　気の毒な。生きたままの猿の手足を縛り、身動きならぬようにして、頭蓋を鋸で挽き切り、かっぽりとはずすのだよ。そのとき、脳を傷つけてはいけない。しゃくう匙は錫《すず》と決まっている。富裕なものなら金だの銀だのを使おうとままだが、錫が、古来の作法にかなっているのだよ。なぜ、金銀より錫かって？　理屈を言ってはいけない。昔から決まっていることなのだから。脳の舌触りは、鮟鱇《あんこう》の肝とよく似ている。それをいいことに、ごまかす手合いがいるのだよ。鮟鱇の肝を猿の脳と称して料理し供する悪徳店が。料理してしまえば、区別がつかないからね。肝だって、貴重ではあるけれど、高価なのは脳のほうだ。だから、ごまかしてはおりませんという証に、生きているやつの頭蓋を、客の目の前で、押し切って、かっぽりと開けてさしあげるのだよ。これなら、ごまかしはいっさいきかない。先に殺しておいたら、脳のいきが悪くなる。生きたまま、少しずつしゃくって食う。活き作りの刺し身、白魚の踊り食いと同じさね。伊勢海老なんざ、おまえ、殻をはがれ、身をきざまれても、ひげと尾は生きて動いている。その執念のすさまじさ。猿だってねえ、頭骨の蓋をはずされて、脳をしゃくられながら、悔しい、恨めしいと、涙ぐむ。それが、かくし味になるのだよ。

〈猿もいい気分だったんじゃないでしょうか〉

脳をしゃくられて、なにがいい気分なものか。どんなマゾヒストだって、恍惚となりはしない。

〈マゾヒストでなくても、恍惚となる可能性はあります。脳のその部位が、快感を感じる箇所であれば、どんな刺激でも、快く感じられるんです〉

ほんのことかえ。

〈仮説です。わたしのたてた〉

どうせ、全部しゃくうんだから、快感部位だけではすまない。快感をおぼえる所があるのなら、痛みや、憎しみや、不快や、妬みや、そねみや、怨みや、苦しみや、憤りを感じる箇所もあるのだろう。

〈マイナス面ばかりならべたてましたね。どうして、プラス思考にならないんだろう。暗いですねえ〉

闇から産まれ闇を生き、闇に帰るのだもの。どこにプラスがあるものか。

〈しゃくるたんびに、ちがうところを刺激されて、猿は、泣きながら笑い、笑いながら激昂し、疲れるでしょうね〉

いまは、いい刃物があってね、医者が使う電気メスの一種といえばよいか。小さい円盤に柄をつけたようなものとお思いな。おまえ、足の骨を折ったことはないか。

〈いいえ〉

ギブスというものがあろうが。

〈ギプスっていうんです、正確には。ギブスは、訛りです〉

生意気を言うんじゃない。足を折ったこともないくせに。ギブスをはめて固めるだろうが。

〈あれは、石膏末を含ませた包帯ですから、はめるんじゃなくて、巻くんです〉

見たこともないくせに、一々言葉咎めをおしでない。やがて折れた骨がくっついたなら、ギブスを……。

〈プです。ブじゃない〉

うるさいねえ。わたしゃ、ギブスと言い馴れているんだから。そのギブスをさ、はずすのに、切るだろ。そのとき使う刃物だよ。電気をいれると、ウィーンと音をたてて、ギブスを切るのだけれど、怖いよ、ぐいと押しつけて切るのだから、手加減をちょいとまちがえたら、肉が切れる。

〈年取りましたね〉

だれが。

〈年取るとね、話が、一直線にいかなくなる。あっちこっち寄り道して、寄り道からさらに枝分かれして、そのうち、混乱して、本題が何だったか忘れてしまう。肉入り鍋の話だったでしょ〉

ちがう。猿の脳を食べるのに、まず、頭蓋骨を切る。その刃物の話だろ。

〈ギプスを切断する刃物で、頭蓋骨も切れるんですか〉

石膏が切れるくらいだ。おまえの頭蓋骨など、わけもない。

〈ぼくの骨、石膏より軟弱？〉

だろうが。

〈やはり、話が無駄な経路をさまよっている。年だ〉

そして、その、猿の脳よりも、肉のとろけた油は美味だったと、ちっとも混乱してはいない。明快なもんだ。さまよわせるのは、おまえだ。

扨《さて》、ことの次第を語ろうなら、昔、呉の国に、王がいたとお思い。

剣をつくれと、刀工干将に命じた。

刀工は、精魂込めて、刀を作った。名刀を打つには、よい鋼が必要だが、それにもまして、よい火が要る。よい火を得るためには、よい燃料がいる。あれこれ燃やしてみて、妻の莫耶《ばくや》の髪が、もっともよいとわかった。

〈奥さん、丸坊主ですか〉

つくりあげるのに、三年もかかった。

〈そりゃ、そうでしょう。髪の毛なんて、あっという間に燃えつきます。薪に混ぜたんでしょうね。それにしたって、一本、二本ずつじゃ、いれないも同じだ。一摑みずついれたとして……丸坊主一回分では足りませんね〉

生え揃うまで待って、また丸刈りにしたんだろうさ。一々、理屈で考えるんじゃないよ。そうですか、と、おとなしくお聞きよ。三年かかったのは、刀工が、剣を二振りこしらえたからなのだよ。雌剣と雄剣さ。

〈シケンとユウケン？　一振りは、テスト用なんですか。ユウケンは、権利を有するわけですか。試験用と権利保持用……〉

メツルギとオツルギ。

〈雌と雄？〉

刀工が二振りの剣をつくりあげたとき、妻は身ごもっていた。

〈だれの子を？〉

刀工の子にきまってるじゃないか。

〈三年かかったんでしょ、二振りの剣をつくるのに。その間、精進潔斎とかいうの、しなかったんですか。ああ、一本作り終わって、もう一本をつくりはじめる、その間隙を縫って、欲望をみたしたのか。いや、それだと、計算があわない。一本に一年半ずつでしょ。二本目を作りおわったときにみごもっていたとなると、十五カ月以上も胎内に……。最初は慣れないから二年二カ月以上かかり、二本目は熟達して短期間でつくれた。そう考えればいいんだな〉

男は、仕事に没頭するんだから、いいよ。邪念をはらうとかいって、女房をよせつけない。そのあいだ、女房はどうする。フリンしたら怒るだろ。

〈なにかに没頭したら……〉

趣味を持つとか、なんとか講座にかようとか？　だけど、女が自分の仕事に没頭している最中に、男が刀を一本つくり終えて、さあ、床入りなんて言うの、勝手だよ。そして、身ごもっちゃったら、女は仕事に没頭できない。不公平だ。

〈アメリカなら夫が夜の床をともにしないというのは、離婚の理由になります。日本でも、昨今、それはフリンの公明正大な理由になると、週刊誌に書いてありました〉

オトコなんて、トコに敬称をつけただけなんだからね。主体は女にあるのだよ。女にとって、男はお床。トコの役に立たないオトコは、存在理由を失う。なんの話をしていたっけか。

〈やっぱり年だ。くだらない駄洒落の迷路で出口がわからなくなるなんて。男は身勝手だって話です。ちがった。刀工が、二振り剣をつくったって話です〉

そう。雄剣と雌剣。

〈猥褻だなあ〉

どこが猥褻だえ。おまえの精神が淫らなんだよ。はしたない。刀工は、雄剣を裏の山の一本松の根方にある石の下に埋めた。妻にだけ、その秘密の隠し場所を教えて、そして、言った。「私は雌剣だけを王に献上する。しかし、王はかならず、私を殺すにちがいない」

〈ちょっと、待ったァ。なぜ、殺すんです〉

剣の完成があまりに遅れたから。一振りつくるだけでも大変なのに、二振りつくったのだから。

〈王様が命じたんでしょ、二本〉

いいや、王はただ一振りの名剣を望んだ。しかし、刀工は、二振りつくることにした。

〈納期が遅れたら殺されるとわかっていて、なぜ、二本つくったんです〉

これからそのわけを話すところじゃないか。茶々をいれずに、黙ってお聞き。刀工は、雄剣を裏の山の一本松の根方にある石の下に埋めた。妻にだけ、その秘密の隠し場所を教えて、そして、言った。「私は雌剣だけを王に献上する。しかし、王はかならず、私を殺すにちがいない」

〈そこは、さっき喋ったところです。それで、なぜ、殺すんですか、と質問した〉

「剣のできあがるのが遅くなったからだ」と、刀工は、妻に言った。「おまえの産んだ子供が男子であったら、成人の後、雄剣を掘り出し、王のところに行け。そして、雄剣をもって王の首をはね、父の仇を討て」

〈無茶苦茶だ。まったく非論理的です。完成が遅くなったから、王に殺される。なぜ遅くなったか。一本だけでいいのに、かってに二本つくったからだ。一本献上して、一本はかくしておく。なぜ、一本を残したのか。息子に父の仇討ちをさせるためだ。そういう展開ですね。矛盾してます。自家撞着です〉

『捜神記』という書物に、そう書いてあるんだからしかたない。

〈もっと合理的、論理的な解釈をすることができます。名剣を作り上げて献じれば、その後にくるものは死と、刀工はわかっていた。王に献じた剣よりも、さらにすぐれた剣を、刀工はつくるかもしれません。未然に防ぐためには、作り手を殺すにしかず。ね、王の思考経路として、順当でしょう〉

そういう、がちがちの近代合理主義が、本来おおらかであるべき物語を隘路《あいろ》におしこめ……。

〈だれの受け売りですか。あんまり小難しいことは言わないほうが、ぼろがでなくていいですよ。舌がもつれてますよ。殺されると、先は見えても、刀工は、名剣をつくらずにはいられなかった。名人気質というものですね。それとも、芸術家魂であったのでしょうか〉

名人と芸術家は、別ものだろうが。

〈まあ、こまかいことをつつくのは、重箱の隅の老人（Ⓒ新保博久）にまかせて。刀工が刀を作らなかったら、刀工とは呼べません〉

なんと呼ぶんだろうね。その男は癇癪持ちだったから癇癪玉とか、寝起きが悪かったから寝坊助とか。

〈平凡な発想ですね。もう少し個性的な呼び名をつけてください〉

おまえがつけたらいいだろ。

〈で、都に上り、雌剣を献上した刀工は、予感のとおり、王に殺されてしまったのですね〉

そうだよ。

〈王は、殺さざるを得なかったのではありませんか。殺せ、殺せと、無言で強要したのは、刀工でしょう。この話においてですね、殺すことに、王の存在の意義はあるのです〉

小うるさいことをごじゃごじゃお言いでない。殺すよ。莫耶は男の子を産んだ。その子は、眉間《みけん》がひろかった。

〈おでこですか〉

眉と眉の間ッ。一尺あったといわれる。

〈メートル法に換算すると?〉

知らないよ。わたしは曲尺《かね》と鯨尺で育ったのだよ。一坪は、一間つまり六尺四方、畳二枚分とすぐわかる。三・三平米なんていわれて、見当がつくか。

〈畳二枚が六尺四方なら、畳の短い一辺が三尺ですね。眉と眉の間が畳の幅の三分の一。ほぼ三十センチですか。化け物だ。ふつうは、顔の幅だって、よほどでかくて十七、八センチですよ〉

身の丈一丈五尺、面《つら》の長さ三尺、眉間が一尺。

〈身長五メートル弱、五頭身ですか。不気味だ〉

中国の故事だからね。白髪三千丈のたぐいとお思い。眉のあいだがちょっと広め。愛らしいんじゃないかね。美形だったということにしよう。

〈いいんですか、かってに変えちゃって。五頭身の美形なんて……〉

美形の方が、話に身が入る。

〈聞く方としても、美形の方が身を入れて聞けますが〉

珍しく、意見が一致したなあ。合意というのは、嬉しい。気分がさわやかになる。

〈ディベート、苦手なんですね〉

もてた。二十年前までは。

〈デートじゃないです。うけ狙いじゃなくて、ほんとにボケなんですね。もてたとしても、五十年以上前じゃないのかな。米寿とかいうのでしょ、じきに〉

母なる莫耶は、美形の眉間尺に、

〈美形を強調するんですね。具体的に描写してください〉

説話に個性はいらないんだよ。

〈手抜きだなあ〉

少女マンガを見てごらんな。美形はみんな、同じ顔だ。こっちは、髪形で見分けなくてはならない。

〈マンガ、読むんですか、その年で〉

曾孫が持ってきて……、なにを言わせる。母なる莫耶は、美形の眉間尺に、父の遺言を教えた。美形の眉間尺が、遺言どおり、松の根方の石を斧でかち割ると、一振りの剣があらわれた。

しかし、この眉間尺、武術ははなはだ、つたなかった。

〈ヒーローの条件に欠けていますね。美しい、強い、やさしいと、三拍子そろわなくては、ヒーローといえません。特に、強くなくては。最近は、それに、アル中であるとか、女房に逃げられたとか、組織のはみだし者であるとか、マイナスの要素がくわわって、プラスに変化することになっています。美形で性格が悪いっていうのも、いいですねえ〉

眉間尺がマッチョだったり武術の達人だったりすると、この話はなりたたないんだよ。マッチョがもてはやされるのは、戦争に負けてわが国の文化がアメリカの植民地みたいになってからだ。

〈いつから、文化評論家に……〉

わが国には、金も力もない軟弱な二枚目に、〝つっころばし〟というれっきとした呼び名がある。

〈それ、自慢になることなんですか〉

身の丈一丈五尺、面の長さ三尺、眉間が一尺の怪異な男を、こっちの好みで美形にしたけれど、そのほかは、もとの話を忠実に再現している。

夜、王は、すすり泣く声を聞いた。雌剣が雄剣を慕って、泣いているのだよ。

空にあっては比翼の鳥、地にあっては連理の枝。猿の脳の味も知らないおまえでは、この譬えの意味もわかるまいが。深く契った男と女。二本の剣を離したから、雄は雌を呼び、雌は雄を慕って泣くのだよ。

〈その表現は、男女差別ですね。現代においては、慕い寄るのは男のほうです。うるさいなァと、振り払うのは女〉

ほんにこの節、男はしっこしがなくなった。

〈しっこしって、何ですか〉

字引をひいてごらんなね。

〈広辞苑ですね。しっこし＝尻腰の転。度胸、意気地、根気。度胸と根気は、まるで意味がちがうと思うんですが。度胸は瞬発的、根気は持続です。そして、なぜ、尻と腰がないのが意気地なしなんですか。意気地なしは、胸から下はすぐに脚ですか。尻と腰の境界線はどこなんでしょう〉

硬いのが腰で、やわらかくてぷよぷよなのが尻。腰骨はあるが、尻骨はないよ。

〈痩せこけると、全部腰で、尻なしになるんだ〉

品の悪い言葉にこだわらないでおくれな。からだの半分から下のことは口にしてはいけないと躾《しつ》けられて育ったのだよ、わたしは。

〈おなかが痛いって言ってもいけなかったんですか〉

そういうときは、さしこみが……と言う。話を混乱させているのは、おまえのほうだよ。

〈雄と雌が呼びあうって、ずいぶん露骨だと思う。下半身の話じゃないですか〉

剣に上半身も下半身もない。

〈鍔《つば》でわけるんでしょう。柄《つか》が上半身です〉

雌剣は嫋々《じょうじょう》とすすり泣き、王は夢を見た。眉間が一尺もある……じゃなかった、この世のものとも思われぬ美しい男が、雄剣を抱いて、親の仇と、自分をつけねらっている夢だ。王は男を捜し出したものに、賞金をあたえるとおふれを出した。

軟弱な眉間尺は、怯えきって、山に逃げ込んだ。

〈情けないなあ。ほんとに、そういう話なんですか。それじゃ、だれも感情移入できませんよ〉

しかたない。少々手を入れよう。父の仇を討ちたいと、王の都をめざした。途中、山の中で病気になった。心は弥猛にはやれども、

〈弥猛にルビふってください〉

やたけ。はやれども、一足もすすめない。歌舞伎にもあったな、仇討ちにでた若いのが、足をわずらい、歩けなくなった。そこに、仇が通りかかり、返り討ちになる。

〈王が通りかかって、返り討ちにしたんですか〉

通りかかったのは、見知らぬ旅人だ。もし、おまえさん、どうしなさったえ。

〈中国の話なんでしょ。そんな、江戸の下町の女みたいな口をきいたんですか。旅人は女?〉

男。おう、おめえ、どうした。

〈旅烏だな。たびびとじゃなく、たびにんのイメージだ〉

かくかくしかじか、と、眉間尺はわけを話す。「このまま、山中で朽ち果てるのは、そりゃあ、悔しかろうな」と旅人。「おめえの首には褒美の金がかかっている。おれにおめえの首と、その剣をよこさねえか。そうしたら、おめえのかわりにおれが、仇を討ってやる」眉間尺は、承知した。

〈それって、どうしようもないアホですよ〉

アホを、うすらとんかちと言ったな、わたしが子供のころは。死語かな。

〈旅人は、賞金が目当てなんでしょ。行きずりの相手に、おとなしく、首をさしだすやつがありますか〉

この話、わりあい、よく知られているんだよ。ということは、人気があるわけだろ。

〈不治の病ならまだしも、元の話のように、捕まるのが怖くて山を逃げまわっていたなんて、魅力ゼロです。ゼロ以下です。マイナスです〉

かわいいんじゃない？

〈それこそ、しっこしがないじゃないですか。この節、男はしっこしがなくなったって、慨嘆したばかりなのに、眉間尺はゆるすんですか〉

美形だからね。死に方は、なかなかいいのだよ。眉間尺は、己の首を我が手で断ち落とし、血にまみれた剣とともに、旅人にさしだした。旅人が受け取ると、はじめて、地に倒れ伏した。不合理だとか、あり得ないとか、騒がないのかい。

〈そこは、さわりの部分でしょ。グロテスクで、いいですよ。キリスト教の聖人伝説にもあり

ますね。異教徒に首を切られた聖者が、自分の首を抱いて、泉の側まで歩いていってどうとかいう話が〉

旅人は、都にのぼり、眉間尺の首を王に献上した。

〈道中、首が腐らなかったのか、なんて、野暮な質問はしません〉

生首を持ち歩くには、塩漬けだの酒漬けだの、干し首にする方法だのがあるけれど。

〈死体保存なら、カプチン会です。イタリアの修道会ですが、地下の納骨堂に、ミイラがずらりと並んでいる〉

見たの？

〈荒俣宏さんの著書で写真を見ただけですが〉

ザルツブルクの近くの岩塩坑で、十六世紀に、ミイラが発見されている。

〈中国から突然、十六世紀のオーストリアに話がとぶんですか。ああ、年ですねえ。あっちこっち寄り道して、寄り道からさらに枝分かれして、そのうち、混乱して、本題がわからなくなる〉

本題は、生首をはこんだ話。なにも混乱なんざしていねえわな。ザルツブルク年代記に曰く。一五七三年十二月十三日、恐怖の彗星があらわれ、その直後、ザルツブルク近郊デュルンベルク塩坑において、地底六百三十シューの深さより、一個の死骸が発見されたり。身長九シュパネン。肉、骨、髪、髭は腐爛せず、ただ黄変硬化せるのみ。腐爛せざるは、悪魔の介在せる証拠なれば、悪魔祓いを執り行いたり。

〈ペダントリーをひけらかしたいんだ。どうせ、孫引きでしょ〉

眉間尺の生首は、目を見開き、王をにらみつけた。震え上がる王に、旅人は具申した。眉間尺は、王様をいたく憎んでおりまする。このままでは、かならずや、祟りをなすにちがいありませぬ。油を煮えたぎらせた鍋に投じ、さらに煮爛らせておやりなさいませ。大鍋に油をそそぎ、薪を燃やした。油は沸騰した。王は眉間尺の首を投じた。しかし、三日たっても、首は少しも爛れず、鍋の底から油越しに王をにらむ。

「怯えてはなりませぬ。にらみ返しておやりなさいませ」旅人のすすめに、王は鍋のへりに身を乗り出し、首をのばした。隠し持った剣で、旅人は、王の首をはね、油の中に落とした。ついで、自分の首も切り落とした。三つの首は、油のなかで煮え爛れ、肉が融け、底に髑髏が残った、という話なんだけど。

〈それが、どうしたんですか。ああ、あ〉

なにを悶えているのさ。

〈納得できませんよ。旅人が自分の首をなぜ切ったのか、その動機づけがない〉

でも、もとの話がこうなっているのだよ。

〈通りすがりの旅人でしょ。眉間尺が自分では仇討ちができない。かわって仇を討ってやろう。それはいいですよ。眉間尺の首を王にさしだし、賞金をもらう。それで逃げちゃったっていいんだけど、約束をまもって、王の首を切り落とした。ああ、あ、あ。それで、話は完結するじゃありませんか。もちろん、それだけじゃ、つまらないんです。旅人が自分の首も切るという

のは、意外な結末です。しかし、十分な動機がなくちゃね。全然、必然性がないんだもの〉

花田清輝も、それで苦労している。皮肉で辛辣な評論家であり小説家であったあの花田清輝が、眉間尺を素材に戯曲を書いているのだけれど、旅人を奇術師に変えてある。眉間尺はその弟子。奇術師は、弟子の仇討ちを助けようと企てる。ところが、首を切っても死なないという奇術に失敗して、弟子の首をほんとに切り落としてしまった。しかたないから、その首を利用して、弟子にかわり、王を討とうと思った。眉間尺の首を油鍋に投じ、それから、策を弄して王の首も断ち落とした。眉間尺と王と、二つの首は鍋の中で闘い、王のほうが、優勢になった。助太刀するため、自分も首になって鍋に入った。でも、三つとも煮え爛れて髑髏になって、幕。

〈すっきりしませんね。もっと強い動機がほし……ああ……〉

へえ、そのあたりが、快感部位なのか。

〈ああ……〉

そこで、王女を登場させる。王女は、美形の眉間尺に恋をした。だから、彼の肉の融けた油がほしかった。一方、旅人も、王女に恋をした。自分の肉を、王女に飲んでほしかった。我が肉が、恋しい王女の血となり肉となる。それなら、動機になるんじゃないかえ。

〈王の首が、浮いちゃいますね。あ、あああ……。いえ、油に浮くんじゃなくて、存在が浮いちゃう。王女は、王の肉はいらない……〉

まざっちゃったものは、しかたない。おまえ、語尾がはかなく消えていくね。

〈旅人の、どう……〉

動機が、それであれば、と、言いたいのだろ。王の首を切る必要はないと、おまえの言いたいことぐらい、お見通しだ。でも、眉間尺と約束したんだから。王の首を断ち落とさないと、眉間尺の首は煮え爛《ただ》れない。

〈…………〉

はや、言葉も浮かばず、思考もならずか。無理もない。おまえ、ずいぶん、骨が見えてきたもの。

〈……〉

おまえひとりを、とろけさせはしない。煮えたぎった油のなかで、ともに融けあうこの心地よさ。ほんに、おまえのいうとおり、どんな刺激も快い部分が……。おまえのしゃりこうべは、白くて透きとおっているのだね。心中油地獄だねえ…………、…………、………

空の果て

疲れて倒れこむように、めざめた。

夢を見たのだろうが、なにもおぼえていない。からだの芯から疲れが湧き出て、そのくせ、妙に心地よいような。ふと、思った。花がみずから、かたくむすぼれた蕾を一ひら一ひら、握り拳の指をひらくように開いて、ひらききったとき、このような疲れをおぼえるのではないだろうか、と。

男がわが身を花にたとえるなど、人前で口にできたものではない。心中に浮かんだ思いを見抜くような相手は狐狸《こり》のほかはいまいから、さりげなく身をおこし、そのとき、襖の向こうから、

「おめざめでいらっしゃいますか」

女の声なので、寝巻の襟元をあわせた。

一夜寝とおせば、宿の浴衣は、しごき一本でかろうじて結びとめられ、はだけた前のだらしなさ。

敷居際にひざまずき、仲居はこちらが起きるのを待っていたらしい。「朝湯をおつかいにな

りますなら、湯殿にご案内をいたします」

「あ、どうも」

「ゆうべ遅くにお着きになられて、お風呂もお食事も抜きで、お休みになられましたもの。ご気色が悪くておいでだろうと、存じまして」

「大浴場もございますが」と、幾重にも曲がった廊下を案内しながら、「昨夜湯を抜いて掃除しまして、いま、湯をはっている最中なんでございます。内風呂で、ご辛抱くださいまし」

長い渡り廊下を抜けた先に、二坪ほどの小さい湯殿。湯槽《ゆぶね》も洗い場も檜らしい。洗い場の一郭を長四角に掘りくぼめた湯槽の、低い縁は、朱塗りだった。初めてではないような気がした。浸って縁に肘をかけ、脚を長々とのばす。ほくりほくりと、疲れの塊が、湯に誘われてからだの奥から流れでる。昨夜宿に着いたときより、今朝のほうがよほど疲れている。なんだって、こうも疲れたか。一夜すぎて前日の疲れが残る年ではない。数えで二十と一。

湯上がりに、脱衣場の乱れ箱に仲居が揃えておいてくれた新しい浴衣をまとい、丹前をひっかけて部屋にもどろうとして迷い、廊下をうろうろしていたら、障子があいて、「どうぞ、お入りなさいまし」と、声をかけられ、部屋に入った……らしい。そのあたりの記憶がおぼろだ。

宿の主と、その女が名乗ったのだったか。客用の部屋とことなり、三尺の床の間のとなりに、はめこみの仏壇。六畳ほどの真ん中に置炬燵で、「どうぞ、おみ足をお楽になさいませ。朝の御膳は、こちらにはこばせましょう」

〈で、何を食べたか、わからない。夢って、そんなものだな。大事なことしか、はっきりしな

い〉

〈食べ物の味も思い出せなくなったのか〉

苦笑した。

〈夢のなかで目が覚めて、疲れていたのが、まだ、夢のなか?〉

〈疲れていた。ほんとに、疲れていた。くたくただった〉

〈戦闘機から下りたときより疲れていたか?〉

〈きれいな仲居さんだった。色が白くて肌がきめこまかくて〉

〈夢の中の顔を、思い出せるのか〉

思い出せる。

昨日逢ったひとのように、はっきりと。

＊

ひさしぶりに訪れた伯母の部屋には、椿油のにおいがかすかにただよっていた。

旅館業は、十一年前、伯母が還暦をむかえたとき、廃業した。地所の大部分を手放し、建物もとりこわされた。住まいにしていた離れだけが残っている。ここも、生前、借金の抵当にあてている。死んだからには、債権者に根こそぎ、もぎとられるのだろう。独身をとおした伯母の、ただひとりの身内であるわたしもまた、四十になるこの年まで独りで、翻訳で身を立てている。相続税だの借金だのはらう甲斐性はないから、相続権を放棄した。

それでも、遺品の整理はしなくてはならない。

簞笥の中の着物は、暮らしの糧に、なしくずしに売っていたのだろう、残った畳紙《たとう》はわずかだった。

仄かに紅をふくんだ桜鼠《さくらねず》の明石をひろげ、白地に桔梗を薄墨で描いた帯をあわせてみる。

中腰になって後ろからのぞいているお葉さんに、

「着物も、帯も、お葉さん、みんな使ってちょうだい。わたしは和服着ないから」と言うと、

「めっそうもない」お葉さんは皺ばんだ手を振った。「こんなお値打ち物、いただいても、着るときなんかありませんもの」

がっしりと骨太のお葉さんの、白粉っ気のない頰は、七十代半ばにしてはきめが細かく艶がある。しかし、手と喉に、長い歳月を生きてきた証《あかし》の皺《しわ》が、きざまれていた。

お葉さんは、伯母より二つ三つ年上で、わたしが伯母にひきとられたころ、すでに、住み込みで仲居をしていた。幼かったわたしの身のまわりの世話は、お葉さんにしてもらうことが多かった。わたしは伯母よりお葉さんのほうに、なついていた。今思うと、お葉さんは、わたしをずいぶん甘やかしてくれた。

旅館を廃業し、仲居さん、板前さん、みんな暇をだした後も、お葉さんは残って伯母の世話をしていた。ほかに行き場もなかったのだろう。この後は、老人ホームに入所がきまっている。家政婦でもして、稼げるあいだは稼ぎますよ、と、お葉さんはからっとした口調で言う。

「伯母さん、まだ、椿油を使っていたの?」

「そうなんですよ。おなくなりになるまで、水白粉《おしろい》に椿油でした」

お葉さんは、鏡台の抽斗《ひきだし》をあけてみせた。においが濃くなった。抽斗の底に敷いた和紙に油がにじみ、瓶の底に椿油は三分の一ほど残っていた。

伯母は、頑固に、おそらく娘のころから使い慣れたのであろう化粧品を変えなかった。

子供のころ、この鏡台の前で化粧している伯母を、わたしはよく眺めていた。

肌脱ぎになって、板刷毛で水白粉を喉から首筋にぬり、顔には薄めたのをぬり、牡丹刷毛で粉白粉をたたきこむ。

伯母の櫛は、椿油をしみこませたガーゼで丹念にぬぐうので、かおりと艶が芯までしみこんでいた。その櫛で、髪を梳く。油をじかに髪につけることはしなかった。おかっぱに切りそろえたわたしの髪も、ついでに、その櫛で梳いてくれた。

水白粉や椿油は、わたしが子供のころ、すでに時代おくれなしろもので、お葉さんでさえ使っていなかった。近所の小学校にかようようになって、わたしは、友達から、おかしなにおいの髪、と言われた。さいわい、あざ笑ったり、それを種にからかったりする子はいなかった。

伯母がわたしをかまってくれるのは、髪を梳いてくれるときだけだったように思う。膝に乗ったり、手をつないだりした記憶はない。なんのはずみだったか、伯母の袂をにぎろうとし、振り払われた。汚い。一言、伯母はそう言って、そそくさと母家にむかった。

……と思い出したとき、わたしは、なにげなく口にしていた。

「伯母さんが飼っていた袋、あったわねえ、あれ、どうなったのかしら」

お葉さんは、わたしが意外に思うほど、うろたえた表情をみせた。

「あ、あれ……」口ごもってから、「嬢ちゃん、よくおぼえておいででしたねえ」

人前で嬢ちゃんと呼ばれたら、身の細る年だけれど、お葉さんは昔ながらの呼び方を変えない。この部屋には、二人きりだし。

「飼っている、なんて、おかしな言い方をしたんだもの」


祖父の代から、旅館業をいとなんでいた。祖父母にあとつぎの男子はおらず、子供は、二人の女子——伯母とわたしの母——だけだった。

母は高等女学校を出ると東京の女子大にすすみ、在学中に、妻子のある男の子を産んだ。それがわたしなのだが、当時としては、とんでもないふしだらとみなされた。わたしを実家にあずけ、母は、フルブライトの奨学金を受け、アメリカに留学した。

ほどなく祖父母があいついで他界し、伯母は旅館業をきりまわすことになった。そんな事情は、だいぶ後になって知った。

鏡台の前で念入りに化粧する伯母をながめているあたりから、わたしの記憶ははじまる。たぶん、わたしは四つ五つ。伯母は、三十代のはじめごろだった勘定になる。

古い温泉旅館。床も柱も黒光りするほど磨き込まれた木造。玄関には、破風作りの屋根がついていた。

同じ敷地のうちに、離れがあり、そこが、伯母とわたしの住まいであった。

六畳と三畳の二間に水屋と手洗い、内風呂のついた、こぢんまりした造りである。旅館の建物とは、長い渡り廊下でつながっていた。母屋からの視線を建仁寺《けんにんじ》垣《がき》でさえぎった陰に小さな坪庭があった。

冬は雪をかぶった寒椿の紅、初夏は藤棚の淡い紫の波、と、四季のいろどりを考えた庭造りだった。幼いわたしは、南天の実や落ち椿で地上に絵を描いて遊んでいた。

客の前にわたしが出ることを伯母は嫌い、旅館のほうには、めったに行かせなかった。子供はうるさい、わずらわしいという客もいる。子供好きの客は、反対に、ちやほやしすぎて、わたしを甘やかす。

ほかの暮らしを知らなかったから、わたしは、両親ではなく伯母と暮らしていることも、住まいが古びた旅館の敷地内の閉ざされた一郭であることも、あたりまえに思っていた。泊まり客が出立し、掃除がはじまる。そのときは、わたしも、部屋の外にでてもかまわないので、旅館の二階に行ってみたりする。客用の座敷は、長押《なげし》も襖の枠も、障子の腰板から桟まで、黒い漆塗りで、のしかかってくるような重々しさがあった。

雑巾掛けの邪魔になるし、せっかくととのえた部屋をよごしたり、まして襖や障子を破いたらいけないということで、下女たちにみつかると、うるさがられた。

伯母が飼っていた袋……。伯母に手を振り払われた記憶からひきだされた連想だった。

あのとき、わたしの手を振り払った伯母は、気ぜわしげに部屋を出ていった。

夏の昼下がり、外出するところだったのだろう、白地のひとえが、目に残っている。五つかそこらの子供だったから、布地まではわからないけれど、麻のような、しゃきっとした感触だった。帯は濃いお納戸《なんど》。子供がそこまで正確におぼえているのも奇妙だ。たぶん、常々伯母が好んだよそおいが、記憶にかさなっているのだろう。

べそをかいたわたしを、「おかみさんは、客の前にでる仕事だから、しじゅう身ぎれいにしていなくてはならない。しかたないんですよ」そんな言葉で、お葉さんがなぐさめた。

抱くと着物が汚れる。子供の手はべたべたしているから、さわると洗わなくてはならない。そういう意味のことを、お葉さんは、やわらかい言葉で言った。

子供って、そんなに汚いものなのか。わたしは、自分の存在そのものが否定されたような気分になった。「ほら、ここにいらっしゃい」お葉さんは、わたしを抱き上げ、膝にのせた。膝に抱かれるのは少し気恥ずかしかった。赤んぼじゃない、と思ったのだろう。でも、抱かれるのは気持ちよくて、お葉さんの胸に頭をもたせかけた。

いつもと違うにおいを、かすかに感じた。

「お葬式かなにか、あったの?」「え、どうしてですか」「お香のにおいがする」「鼻がいいんですねえ。昨日が、大事な人のお命日だったんです。それで、お葉は、お香をたいてね、お祈りしたんです」その後の言葉を、わたしは聞きそびれた。「ちょっと待ってくださいね」お葉さんはハンカチをだし、胸にあて、その上に頭をもたれさせた。今なら、着物が髪油で汚れたら後の手入れがどれほど厄介かわかるから、当然なしぐさだと思うけれど、そのときは、お葉さんにまで汚がられたと、涙がにじんだ。泣くまいとこらえたら、しゃっくりのような変な声がでて、それをきっかけに大泣きに泣いた。

　手こずったお葉さんは、わたしをシーソーにのせたように膝の上でゆっくりゆすり、歌った。言葉は勇ましいし、メロディも長調なのだが、御詠歌のように、もの悲しく、そのときのわたしには聞こえた。「……ハヤブサは行く、雲の果て。翼《よく》にかがやく日の丸と、胸に描きし荒鷲の……」お葉さんの頰を涙が伝い落ちた。

　目をそらせたわたしの視野のすみに、見慣れない袋が鏡台の上に無造作に投げ出されたようにおかれてあるのが、うつった。

　濃い紫のビロードで、巾着型につくられたものだった。

　きれいで、手に取りたくなったけれど、汚いという言葉が耳にきざまれていたので、見るだけにした。

　お葉さんは、気をとりなおしたように、

「さ、おぶう、つかいましょ」わたしを抱いたまま立ち上がろうとして、よろめいた。抱いて歩くには、重すぎたのだろう。お葉さんの手から離れ、風呂場に行った。

　客の到着がはじまる夕方までは、仲居も板前もくつろぐ。そんな時間に、わたしは、離れの内風呂にひとりで入る習慣だった。伯母は深夜に入る。ふつうなら、幼い子供は夕食後、就寝前の時間に入浴するものだということも、知らなかった。夕方は、皆いそがしくて、わたしの世話に手はさけないから、午後の入浴になるのだった。子供はだれでもそうするものだと、思っていた。脱ぎ着の世話は、お葉さんがしてくれていた。

「はい、すっぽんぽん」

襷で袂をからげ、裾をはしょったお葉さんは、わたしの素裸の背をかるくたたく。

湯槽の朱塗りの枠をまたぎ越え、からだを湯にひたすと、だれもいないのに、肌をくすぐられるような感覚をおぼえた。湯がいたずらをしているのだろうと思った。高窓からさす陽光のいたずらかもしれなかった。しかし、その感触には、なんだかうしろめたいものがあった。

いつもなら、「背中を流しましょ」と入ってくるはずのお葉さんの声がしないので、脱衣場を見ると、お葉さんは後ろ向きにすわり込み、背中が小刻みにふるえていた。わたしは、音をたてないようにして、湯槽にからだを沈めた。お葉さんが忍び泣いているということに、わたしは、受け入れがたい違和感をおぼえた。

泣くのは、子供だけ。大人は泣かないものと思っていた。子供が泣くと、大人は、なだめ、あやし、しまいには叱りつける。だから、泣くのは、いけないことだと思い込まされていた。伯母やお葉さんのような大人は、いけないことはしないはずだ。お葉さんが、いけないことをしているのを見てしまった。見られたと知ったら、お葉さんは恥ずかしいだろう。こざかしく、見ないふりを、わたしはした。

お葉さんは、伯母の前では泣けなかったのだ。人目のない脱衣場で、ようやく気がゆるんだのだ、というふうに思いやるには、わたしは幼すぎた。

また、ちらりと目をやると、お葉さんは洗面台で顔を洗っていた。涙目を冷やしたのだろう。

上がり湯をかけて脱衣場にいくと、湯上げタオルをひろげてお葉さんが待っている。わたしのからだをすっぽり包み、こしこし拭く。汗疹《あせも》よけのシッカロールをふくませたパフで、ぽんぽんと背中や喉首をたたく。

そのとき、襷でからげたお葉さんの袂から、華やかな色が、床に落ちこぼれた。錦紗でできた巾着型の袋だった。その口の中に、濃い紫の色があざやかだ。

お葉さんが拾うより早く、わたしは手にとっていた。

くるりと引っ繰り返すと、紫のビロードが表になった。裏表、どちらも使える腹合せなのだった。

「これ、お葉さんの？」

「いえ」

伯母の鏡台の上におかれていたあの袋だ。

ビロードの手ざわりが心地よくて、わたしは、掌でなでた。手はまだ濡れていたし、シッカロールがついていた。紫のビロードは、水に落ちた子猫のようになり、そこに白い粉がまだらについた。

わたしはふたたび、べそをかく羽目になった。お葉さんの持物でなければ、伯母のものだ。

「よ、よごした」

と、泣くわたしを、お葉さんはタオルごと抱き、「いいんですよ」となぐさめた。

「お葉がいけないんですから、嬢ちゃんは、泣くことないですよ」

頼もしい言葉に、ほっとしたけれど、お葉さんの何がいけないのか、わからなかった。伯母のものを、お葉さんが袂に……。わたしは、ぎくりとした。まさか……まさか、お葉さんが盗み……。

使用人のなかには、手癖の悪いのもいて、とんでもない悪党のように伯母や番頭に罵倒されるのを、目にしている。

その番頭が帳簿をごまかしたのが露見し、たいへんな騒ぎになったこともある。そのときは、わたしには詳しい事情はよくわからなかったのだが、警察につきだす、とか、懲役、とか、おそろしげな言葉がいきかい、なんだかぎすぎすした雰囲気で、わたしは息をつめていたおぼえがある。

人さまのものに手を出すのは、極悪人。

そんな疑いをもったとお葉さんに思われるのも怖くて、わたしは胸がどきどきした。

悪いことをしたから、お葉さん、泣いていた……。

「袋のこと、黙っているから」

お葉さんが盗んだことを、黙っていてあげる、というつもりだった。

お葉さんは、汚したのがわたしであることを黙っている、という意味にとったらしい。

「ええ、ええ、黙っておいでなさい。お葉がよくお詫びしますから、大丈夫ですよ」

「お詫びしちゃ、いけない」

盗みを伯母に知られたら、たいへんなことになる。

わたしの言いたいことが通じなかったようで、

「はい、はい」と、お葉さんは、大人がいいかげんに子供をあやすときの口調になった。

わたしは、気の重い午後をすごした。

夕方のいそがしい時間にかかる前に、伯母は帰宅した。

「おかみさん、もうしわけございません。粗相いたしまして」

汚れた袋を、お葉さんは伯母の膝前におき、頭をさげた。

「鏡台の上を拭きますとき、つい、袂にいれて、そのまま忘れて、嬢ちゃんのお風呂のお世話をしまして、湯殿に落として、汚してしまいました。まことに、もうしわけございません」

そうして、奇妙な一言をつけくわえた。

「大事に飼っていらっしゃいますものを」

は、は、と、伯母は、めったにない闊達な笑い声をだした。

「大事じゃないから、邪険に飼ってるんだわよ。気にしなくていいわよ。こうやって」

笑いながら、伯母は袋の紐を持ち、振り回して鏡台の上にたたきつけた。

「いい気晴らしになるよ」

それから、ぐいとねじりあげ、それでまた、鏡台をひっぱたいた。

――飼うって、そういうことなの……。

わたしは、なんだか拍子抜けした。

袋をいじめてるだけじゃないか。

「昨夜も、ずいぶん、邪険になさいました……」

そう言ったお葉さんの声に、いつもとちがう強いものを、わたしは感じた。うらみがましいような、責めているような。

「ゆうべは、こうやってさ」

お葉さんを見て、くすりと笑い、袋を両手にはさみ、もみしだき、撫でるしぐさをした。

わたしは、なんとなく、見てはいけないのだという気がした。エロティックという言葉を、そのときは知らなかったけれど、伯母の仕草から直観的にわたしが感じたのは、言葉になおせば、それだったのだと思う。

「いい心地だったわ。中身があるのも、いいものだわね」

お葉さんは唇をひきむすび、短い沈黙がつづいた。

「せっかく、わたしが……」と言いかけて、お葉さんはひくっと語尾をのみこみ、気を変えたように、「毛並みが、濡れてだいなしになってしまいましたけれど」と言った。

「乾けば、もとどおりよ。かまやしないわ」

「洗濯屋にだしましょうか。汚れが……」

「いいわよ。汚れるだけ汚れれば、かえって気持ちいいわ」

「でも、あの……」

「なに？」

「いえ」

わたしにはわけのわからない会話はそれだけで終わった……と記憶している。大人の話に子供が口をはさんではいけない。そうきびしく躾けられていなければ、何のこと？　とお葉さんに後でたずねただろう。わたしが聞いてはいけない大人の話。

伯母のもとをわたしが離れたのは、小学校の三年のときだ。

母が帰国し、東京で英会話学校の教師の職につき、わたしを引き取ったのだ。

安アパートの一部屋で、母と顔をつきあわせて暮らすのは、うっとうしかった。

そうかといって、伯母のところが居心地よかったわけでもない。小学校三年ぐらいになれば、そうそう、お葉さんに甘ったれているわけにもいかない。

伯母の離れにはなくて、母の部屋にあるのは、本だった。

壁ぎわにおかれた本棚だけではおさまらず、畳の上にまであふれだしていた。わたしには読めない英語の本が多かった。

東京の学校になじめず、わたしの日々は暗鬱になった。

母は、わたしを学校に送り出してから英会話学校に出勤し、夕方一度帰宅して夕食をつくり、六時の授業にまにあうように、またでかける。帰りは十時過ぎになる。夜のクラスを希望する生徒のほうが多いということだった。土曜、日曜も、母は仕事に出ていた。学校だけではなく、個人の家での授業もひきうけていた。

ほかの家には、テレビが入りだしていたが、わたしの家にはなかった。母の収入だけでは買う余裕もないし、余裕ができても、母には買う気はなかった。いずれアパートを出て、小さくても一戸建ての家を買いたい、その頭金をためなくては、と、がむしゃらに仕事をしていたようだ。

近くに図書館があるのが、わたしには救いになった。

図書館に入り浸り、本を読みふけることで、時間を忘れた。

子供向けの本は、ほとんど気に入らないものばかりだった。描かれる子供はたいがい、根はいい子で、まわりの大人も妙にものわかりがよくて、うわっつらの葛藤はあっても、最終的に子供と大人は理解しあい和解しあい、しかも、たいがいの場合、大人のほうに分がある。本に書いてあることがまちがっているか、あるいは、わたしだけが、外になじめないのか。本に書いてある調和のとれた世界が正しいのなら、わたしが悪い、ということになる。責められているような気にさせられる本ばかりであった。

大人の本なら、そんな失望はおぼえなくてすむということを知った。絶望と不安のうちに自殺する主人公だっている。

一冊の本が、とりわけ気に入った。『にんじん』というタイトルで、そばかすだらけで赤毛のために、にんじんと呼ばれる少年が、母親に徹底的にいじめつけられる話であった。実の母なのに、長男と娘ばかりかわいがり、年の離れた末っ子のにんじんを、継子いじめみたいにいびりぬく。父親は、子供に関心がない。母親と父親の間に、愛情はまったくない。

夏休み、母が珍しくわたしを映画に連れだした。子供向けのマンガ映画を見せようとしたのだが、その傍の小さい映画館、いま思えば、古い洋画をかける名画座といった館だったのだろうと思うが、『にんじん』というタイトルとスチールが目についた。ふだん、母に自分の望みを主張したことはなかった。なにが欲しいと聞かれても、なんでもいい、と答えていたのだが、はじめて、「こっちが見たい」と、言った。「ママもこれ、見たかったんだ」そんなふうに母も言って、地下の小さい小屋に入った。

映画が終わって明るくなると、母は、きまり悪そうにハンカチで瞼をぬぐい、「最後にお父さんが理解してくれて、よかったね」と言った。そこが、つまらないと、わたしは思った。

映画の『にんじん』では、いじめるのは母ばかりで、まわりの大人は、彼の孤独に気がついている。息子が自殺しかかっていると知らされた父親は、宴会をほうりだし、駆けつける。納屋で首を吊ろうとしたところを、助け、ふたりで話し合う。

にんじんが生まれたころから、母親と父親のあいだは、まったく冷えきったままだ。その苦痛を、母親はにんじんをいたぶることで、まぎらせる。そう、映画は理屈づけている。母親のにんじんいびりに、理由の説明なんかいらないじゃないか。

小説の『にんじん』には、最後まで、救いの手をのべてくれる大人なんていない。

「ラストで、とつぜん、ものわかりのいい、頼もしいお父さんになっちゃうんだもの。あんなこと、ほんとには、ない」そう言うと、母は、ちょっと顔をこわばらせた。まずいことを言ったと思って、わたしは、「手足のひょろっとした、主人公の男の子、とても好き」と、話を変えた。

「あの子役、ロベール・リナン、戦争で、ドイツ軍の捕虜になって殺されちゃったのよ」母の言葉の意味が、よくわからなかった。

「そんな映画もあるの？　見たいな」

「映画じゃなくて、本当に殺されたの。『にんじん』は何十年も前の古い映画だから、戦争のころは、あのロベール・リナンも、もう二十を越えていたわ。二十二か三で殺されたはずよ」

映画のラストでは泣かなかったけれど、そう聞いたとき、涙がでそうになった。『舞踏会の手帖』という映画に、若者に成長したロベール・リナンがでていると母は言った。戦争で殺される前だ。

その夕方、母は古いアルバムをひっぱりだして、わたしに見せた。にんじんの父親のように、長い間放り出していた子供とどうやったら仲良くなれるのか、とまどいながら、なんとか手を打とうとしていたのだろう、と、今になって思う。

「ほら、これが伯母さん。これがママ」

「あの袋、わたしの母親が着ていた着物と服から作ったみたいね」

「あら、そうなんですか」

お葉さんは、それを知らなかったようだ。

「母の小さいときの写真をみていて気がついたの」

どの写真を見ても、母はきれいに着飾っているのに、伯母のほうは、じみな恰好だ。子供のころの写真でみるかぎりでは母は美少女、伯母はもっさりと、くすんでいた。わたしは、どうせ似合わないもの。そんなふてくされた言葉を吐きそうな顔。それとも、親が、愛らしい妹のほうばかり着せかえ人形のように扱ったのか。

正月に撮ったらしい写真。伯母も母も、和服だ。ふたりとも、小学生ぐらい。モノクロだから色はわからないけれど、母の肩上げをした着物の、手のこんだ染めと刺繡の模様に、見おぼえがあった。そのころの流行りなのか、大きいリボンを頭のてっぺんより少し斜めにずれたところに飾っている。伯母はといえば、大人のお下がりのような地味なものだ。

もう一枚、段飾りの雛の前にふたりが座った写真がある。これも色はわからないけれど、母は、濃い色のビロードのワンピース。レースの華やかな衿。伯母の洋服はおそらく鼠色だろう、野暮ったいワンピース。

母が身につけていた服を、伯母は切り刻んで、その端切れを袋に仕立てた、と、わたしは想像した。〈飼っていた〉などと言わなければ、そうして、叩きつけ、ねじりつけたあの仕草を見ていなければ、悪意のない、廃物利用とでも思ったところなのだが。

憎悪のすさまじさを、わたしは感じないわけにはいかなかった。でも、身近においていたのは、憎悪とともに、いささかの愛情もあったということなのだろうか。母は女子大にすすんだが、伯母は高等女学校どまりだ。わたしの知らないどんな葛藤が姉妹のあいだにあったのか。旅館業をおしつけられ、それ以外の選択はいっさいゆるされなかった長女の伯母。思うままにふるまえた母。おそらく、葛藤の一つ一つは些細なことなのだろう。

「伯母さんと仲悪かったの?」母に、一度たずねたことがある。

「いいも悪いも、あまりつきあわなかったもの。まるで、話はあわないし」

わたしを引き取ってからは、母は、盆暮にデパートから届け物をするだけで、わたしを連れて会いに行くということはしなかった。

「お出入りさしとめよ。勝手だってさ。そうだわね。困るときはあずけて、後、引き取っちゃったからね。でも、そうそう、厄介かけられないしね」母はけろりとしていた。

わたしが二十をすぎると、伯母は、早く結婚させろ、相手をみつけてあげるから、見合いの写真をよこせ、などと、母に電話でうるさくせっつくようになった。わたしが電話口に直接でて、好きな相手がみつかるまで、結婚する気はないんです、と言うと、それきり、電話はこなくなった。

母が死んだとき、わたしは三十を過ぎ、家族持ちの男とごたごたしていた。葬式は、ごくささやかだった。伯母はそのときは上京し、列席してくれた。じきに、わたしはその相手とも別れた。

「この旅館、戦争のころ、出征軍人がよくきたんですってね」

「はい」

「お葉さんの写真、あったわよ。若い人たちといっしょの。お葉さん、とっても、きれいだった」

「いやですよ」

ちょっとお待ちになって、と、お葉さんは押入れをあけてごそごそしていたが、「この写真でございましょ」セピア色にくすんだ一枚を見せた。

「あら、同じの持ってるんだ」

「航空隊の子たちでねえ」お葉さんはくすっと笑い、「子といったって、そのころは、わたしもおっつかっつの年でしたけれど。この後、出撃して、みんな死んじゃいましたねえ。生きていたら、おじいさん。幻滅ですね」

「ロベール・リナンに似た子がいるわ」

「ロベール？」

「戦争で、若くて殺された映画俳優」一人を、指さした。「『舞踏会の手帖』って映画、お葉さん、見た？」

「いいえ。題だけは有名ですから知ってますけれど」

「そのラストに、ほんの短い場面だけれど登場するの。似てるわ。ビデオ出てるから、こんど、送ってあげる」

「わたし、あれ、使えないんですよ。おかみさんもだめで、二人とも、録画ですか、あれもできなくて。衛星放送で、古い映画は見ていましたけれど。……そうですか、コバさんに似た人が出ているんですか」

「コバさんていうの？　この人」

「小林って名字で、みんな、コバって呼んでました」

あの夜、きたんですけどねえ、と、お葉さんはつぶやいた。

「おかみさんが、袋にいれて、いたぶっちゃって」

会いたくて、会いたくて、と、お葉さんは言った。「あのとき、十三回忌でしたか……お命日に願掛けして呼んだのは、わたしでしたのに、あの人、せっかく来ても、わたしにはまるで気がつかなくて。おかみさんが、一晩、袋にいれて遊んじゃったんですよ。疲れたでしょうね、あの人。次の朝も、朝風呂にわたしが案内したのに、あの人、おかみさんの部屋に……そして、何もわからないで、帰っていきましたっけ」

「袋……」と、わたしは言った。「まだ、あるの？」

「おかみさんが、燃やしてしまいました」

「いつ……、どうして？」

「さあ、どうしてですか。嬢ちゃんのお母さまが亡くなられてすぐでしたかねえ」

「その人、くるわよ、また。伯母さんがいなければ、お葉さん、一人占めできるじゃない。がんばりなさいよ」

わたしの冗談に、お葉さんは、はにかんだ顔で、うなずいた。少女のように愛らしかった。

袋を飼うくらい憎んだり、願掛けして死者を呼んだり、昔の人って、愛憎が激しいんだ。わたしは、伯母やお葉さんをちょっと羨んだ。わたしは、だれをも、それほど激しく愛しもしないし、憎みもしない。育ててくれた伯母も、ほったらかしたり引き取ったり、わたしを物みたいにあつかった母も、かくべつ懐かしくもなければ憎くもない。そのことが、ただ、淋しい。

＊

空中戦は、神経をすりへらすけれど、爽快でもある。こっちが優勢にあるときは。

高度七五〇〇。飛行機雲が空に軌跡を描く。

敵は三〇〇機の大編隊。空の要塞と呼ばれる四発重爆撃機だ。こっちは、上方から襲いかかり、操縦桿の発射ボタンを押す。敵機のエンジンをぶち抜く。火を噴きながら、相手は機首を立て直そうとする。エンジンの後流にまきこまれ、こっちも、大揺れに揺れる。急上昇。離脱。旋回し、正面から再度攻撃をかける。一三ミリ機関銃の一斉射撃。重爆撃機は、錐揉み降下、空中で爆発した。炸裂してばらばらになった他機の破片が、頭上から降り注ぐ。かろうじて、よける。尾翼や胴体に被弾しながら、無事に帰着できたのは、つきがこっちにあっただけだ。明日は、こっちが錐揉みか。何人の僚友が死んだことか。

しかし、空にいるときは、地上勤務より、はるかにくつろいだ。

なあ、と話しかけて、だれひとり、答えるものは、いやしない。みな、薄れて消えてしまった。

何も見えやしない。

夢も、このごろは、まるで見ない。いつだったか、夢のなかで疲れ果ててめざめて、まだ夢のなか、と奇妙な夢をみたっけが、あの疲れさえ、なつかしい。

死人の楽しみは、夢を見るぐらいなものなのに。

（参考資料・I FLEW FOR THE FÜHRER by Heinz Knoke　梅本弘訳）

川

橋の手すりにもたれた老人は、昏《くら》い川面に視線を落としていたが、やがて片手で左の眼をおおった。

歌声が流れていた。哀切なメロディであった。

老人の手は、眼窩《がんか》から義眼をとりだし、水に投げた。小さい波紋がゆるやかにひろがって画面いっぱいになり、エンドマークがあらわれた。

場内がしらじらと明るくなった。彼は席を立った。定員は五十人ほどの小さいスペースに、観客は七、八人にすぎず、次の回の入場者もなく、だれもが目を伏せ、なんとなく間が悪そうな、不機嫌な表情をみせていた。

一時間半ほどのあいだ、共通の世界に身をおいたにもかかわらず、だれもが、自分だけは連帯の外にいるのだと、そそくさと出口に急ぐことで示していた。無邪気で暴力的なアメリカ大衆娯楽映画の観客のようにスクリーンにすなおに同化することを、この数人の観客は拒んでいた。

制作のスタッフだろう、黒いセーターにジーンズの女と、これも同じように黒ずくめの、長髪をうなじでまとめた男が、入場のさい渡したアンケート用紙を回収するために、出入口のきわに立っていたが、書き込んで返却するものは一人もいなかった。欄は空白のままの紙片は、ポケットにつっこまれたり、座席に半ば故意に置き忘れられたり、床に捨てられたりしていた。

彼は、男と視線があってしまい、ちょっと困惑した。感動していたのだったらどんなによかったかと思った。思わずスタッフの手をにぎり、よかったですよ、と言葉がほとばしりでるようであったら。感想を態度にあらわすことを気恥ずかしく思う年ではない。若い相手をいたわってやりたかった。わずかな観客は、みな二十代で、彼だけがきわだって老いていた。

内部にみちるものを表現したい、その欲望を制御できず、乏しい資金をやりくりして創ったのだろう。彼は、椅子に座りなおし、万年筆をスーツの内ポケットからだし、アンケート用紙の欄を埋めていった。

名前。住所。そして、感想。これまでに観たなかで、よかったと思う映画の名前。

男が彼に注いでいる視線を感じた。書きおえて手渡し、立ち去ろうとすると、「あの……失礼ですが」男は声をかけてきた。


壁に沿った細長いシートの隅に彼は席をさだめ、男は向かい側の椅子に腰かけた。喫茶店はほどほどに混んでいた。邪魔にならぬ程度の他人の話し声は、あまりに静まり返っているより、落ちついた雰囲気をかもす。

「やはり、あの、T＊＊さんだったんですね。珍しい苗字だから、もしかして……と思ったんです。でも、あの……」

男は口ごもった。「実は、三十代ぐらいの絵描きさんを想像していたんです」

「古希を三年すぎましたよ」彼は笑った。まわりの客がそれとない視線を送るほど、大きい笑い声になった。

彼の年を知ると、たいがいの者は、お若いですね、と目をみはる。ある程度以上の年配の者への社交辞令と彼も心得ている。

彼の前に腰掛けた若い男は、きまり文句を口にしなかった。そのかわり、「ダンディですね」と言った。

外出するときは、一張羅の白いスーツを着ることにしている。同じものを二枚。いまさら新調するゆとりはないから、その二枚をこまめに手入れし、自分でアイロンをかける。白いスーツを、口の悪い知人は、昔、南方の植民地に駐在したオランダ領事館員の戯画みたいだという。背筋をまっすぐにのばすように心掛けている。長身で、すらりと脚が長い。老い朽ちまいと気を張るのは、独り暮らしのためでもある。身仕舞いに気をくばらなくても、だれも咎《とが》めはしない。自分で律するほかはないのだった。

「ダンディなんて、死語じゃないの。よく知っていますね」てれくさいのを、また、爆発するような声で笑ってごまかした。相手が名前を知っていてくれていたということが、彼を異様に陽気にしていた。

「ほんとに偶然なんですけど」相手はズボンのポケットから、文庫本をだした。書店のカヴァーをとりのぞいた。

「ああ、それね」さりげなく言いながら、嬉しかった。

「昨日、古本屋で、たまたまT＊＊さんの装画が目についたんで、中身も作家の名もおかまいなしに買ったんです。でも、読みだしたらけっこう面白くて、いま、持ち歩いて暇々に読んでいるんですけど」

　十年ほど前に、ひさしぶりに一度だけ注文のあった仕事だった。

「T＊＊さんの装幀をはじめて見たのは、去年、図書館でなんです」相手は、四十年も前に故人となった作家の名をあげた。「全集でした」

「ああ」吐息のような太い声を、彼はもらした。

　文学史上に名の残る大作家だった。三十になるかならないころの彼は、その作家に目をかけられ、全集の装幀も、名指しでまかされた。出版社としては、ずいぶん思い切った起用であったろう。彼はまるで無名だった。

　美術学校でまなんだわけではなく、戦前、昼は働きながら夜デッサン塾にかよって、技術を習得した。美校に籍をおきながら落第をかさねている学生たちが、交代で指導にあたっていた。

　戦後、独学で身につけた繊細で緻密《ちみつ》なペン画の技法を駆使し、裸体の男を好んで描いた。知り合いがやっているバーの壁を借りて、作品をならべた。それがL＊＊の目にとまったのだった。

「L＊＊は好きな作家ですけど、それ以上に、T＊＊さんの装画に溺れこんでしまいました。

考えてみると、あの全集がでたのが四十年も前ですから、T＊＊さんがいま三十代ってことはないわけですけれど、あの絵の印象が強烈だったので。H＊＊の短篇集の装幀もなさってますね。あれも、古本屋でみかけて買ったんです。装画のおかげで、H＊＊というすばらしい作家を知りました」

「なくなったね、あの方も」

「このごろ、もう、装画はなさらないんですか」

「週刊誌の連載にイラストを描いていますよ」

「あ、それは気がつかなかった。どの週刊誌ですか」

さっそく買います、と相手は言い、その後、話題は今日の映画のことになった。男は、映画のシナリオを書き監督した本人だった。資金繰りの苦労、客が入らないのは、宣伝力の不足と、評論家に無視されたため。憤りと愚痴のまじった言葉は、彼の耳を半ば素通りした。

彼は自分の挿画を思い返していた。古い友人のつてで、たまに映画ポスターやCDのジャケットのデザインなどの仕事がくるほかは、この数年、ほとんど、無為に過ごしていた。乏しい年金が唯一のたのみだ。からだの具合が悪くなってもたよれる者はいないから、足腰だけは鍛えておかなくてはと、アパートから商店街まで二十分ほどの距離を、散歩がわりに毎日歩く。途中に学園の並木道があり、往路はここちよいのだが、スーパーマーケットで買った野菜の重い袋をさげての帰途は、息切れする。

切りつめた暮らしのなかで、これと目をつけた映画や、バレエ、オペラなどの公演を観ることだけを楽しみにしている。海外からの来日公演のチケットはとほうもなく高いから、三階席でしか見られない。ローンでレーザーディスクのデッキを買い、ふだんはLDで贅沢な雰囲気にひたっている。

去年、突然、週刊誌の編集者から電話があり、イラストを依頼された。作者が、ぜひと希望しているのだと言われ、気をよくした。映画、バレエ、オペラは楽しんでも、小説はまるで読んでおらず、最近どういう作家がどんなものを書いているのか、まったく知識になかった。指定の喫茶店に出向き、小説家に引き合わされた。女性であった。若くつくっているが、肌の衰えぐあいからみて、四十前後だろう。化粧はあわく、長い髪をうなじでひっつめ、黒いゆったりしたセーターという、洒落《しやれ》っ気がないようで、かなり気を配ったみなりであった。

小学校に上がる前、L＊＊の全集を親の本棚で見て、中身はむずかしくて読めなかったけれど、装幀の絵に惹《ひ》かれ、忘れられないでいた。そう、小説家は言った。「今度、連載をはじめるのに、イラストはどなたがいいか、編集者にきかれ、こんな感じの絵をと、L＊＊全集の一冊を担当者にみせたんです。そうしたら、ご本人にたのむのが一番だろうということになって。イラストの仕事はしておられないようなので、お引き受けいただけるかどうか、心配でした」

タブローの画家と思いちがいしているようだ。自分の意思でイラストの仕事をしなかったのではない。依頼がなかったのだ。L＊＊の全集の仕事をした直後は、雑誌のイラストや詩集の装幀などを頼まれもした。L＊＊は彼を気に入って、しばしば行動をともにした。しかし、L＊＊の妻は彼を嫌っていた。ホモセクシュアルのにおいを、敏感に彼の絵からかぎとったのだろう。L＊＊と彼のあいだを疑い、家によせつけなかった。L＊＊も彼も、ジェンダーにこだわらぬ性愛を受け入れていたが、ふたりのあいだに、L＊＊の妻が嫌悪するようなことはなにも起こらなかった。ふたりは、むかいあうのではなく、同じ方向に視線をむける同士であったのだ。

L＊＊は死に、波が引くように、イラストの注文はこなくなった。それでも、ひとりの暮らしをまかなうくらいの仕事はどうにかあった。彼は積極的に仕事をもとめもしなかったが、まれには、彼の絵に魅せられたという編集者や小説家から注文がきたりもした。たいがい、あまり人目にふれぬささやかな出版社の仕事ではあったが。それも、ここ十年ほどはとだえていたのだった。

昨今のイラストレーターならだれでもそなえているファクシミリを、彼は持っていなかった。必要がなかったのだ。七十を過ぎてなお無名である彼に、この先、他から注文が来るかどうか、こころもとない。命の先もみえている。高価な機器をもとめる余裕はなかった。編集部から毎週、使いの者が原稿をとどけにおとずれ、引換えに彼は原画をわたすことにした。

作者が満足したかどうか、気がかりでならなかった。ペンをとってみて、彼は愕然《がくぜん》としたのだ。かつて、L＊＊をよろこばせたのは、彼のペンの繊細流麗な線と、内からにじみでる粘っこい黒い煌《きらめ》きであった。彼はしばしば、鋭い刺をもった薔薇《ばら》の蔓《つる》と男の裸身のからみあいを描いた。陰影は微妙な線できざまれ、銅版画を思わせた。

彼の描く女は冷やかで玲瓏《れいろう》だった。白い紙にいったんペン先をおろしたら、瞬時のためらいもなく、長い髪を一気に、彼はうねらせ、乱れさせた。

いま、彼の手は、思わぬ顫《ふる》えをみせた。線は途中でさまよい、思わぬほうにそれた。髪の一筋一筋を描き分ける技法を、彼はおぼえていたが、彼の手は、それを失っていた。

若いときに身についたからだの動きは、たとえ脳がおかされても、必要に応じよみがえるものだが、彼の手はこわばっていた。線は太く、ぎくしゃくした。それを、認めたくなかった。その上、目が思った以上に悪くなっていた。線の行方をみさだめるのに苦労した。

第一回をのせた週刊誌が店頭にならんだとき、掲載誌がおくられてくるのを待ちきれず、ページを開いてみた。週刊誌は紙質が悪く、線はつぶれていた。その夜、小説家から電話がかかってきて、いい絵をありがとうございました、と言った。声音の奥を、彼はさぐった。「原画を見ていただければわかるんですが」と、弁解がましく言わずにいられなかった。「紙が悪くて」

手の顫えや紙の悪さだけではなかった。昔の作品にあったセクシュアルな煌きが、消えていた。同じような構図で描いても、L**をはじめ、ある種の人々を惹きつけ、そうでない人々には嫌悪すらおぼえさせもした、言葉にいいあらわせぬ華麗でみだらな雰囲気、それが、あらわれてこないのだった。小説家が気づいていなければいいが。気づいているだろう。彼は絶望的にそう思った。若いときの作風を、老いた彼が、模倣していた。香りの失せた下手な造花。

独りの思いのなかに身をゆだねているのに、目の前に腰掛けた監督の言葉は、彼の脳にとどいていた。「あの少女に、ぼくは、ぼく自身を託したんです。孤独と誇り」

映像がたいそう美しかった、と彼は褒めた。

彼の連想は、二十になる前に死んだ妹にうつった。

長崎で、彼は生まれ育った。父親は負傷して現役を退いた退役軍人で、そのころ、職にはつかず、一家四人、母親の実家に寄食していた。母親の姉がふたりいた。ひとりは未婚のまま婚期をすぎ、もうひとりは離婚して戻ってきていた。実家は唐物屋であった。祖父が店をしきり、奥向きは祖母がしきっていた。店員がいるので、伯母たちも母も店のてつだいはせず、奥の座敷で、外出の着物をえらんだり、化粧したり、にぎやかだった。ふたりの伯母はお喋《しゃべ》り好きだった。畳の上に、色鮮やかな着物が投げ散らされ、香水のにおいが襖《ふすま》にも障子にもしみついていた。

彼は、祖母に甘やかされ、父親にやかましく怒られ、母には放任されて育った。

父親は、彼を軍人の子にふさわしく育てたがった。彼はブリキ製のドロップの箱の蓋《ふた》に印刷された泰西名画に目をうばわれ、伯母たちの着物の柄に惹かれ、部屋のすみにひっこんで絵を描くのを好んだ。父はそれを嫌ったが、伯母たちは上手だとほめそやし、いまに、えらい画家になるよと、おだてた。妹は、西洋人のような女や男を描く彼を、尊敬の目で見上げた。

伯母たちは、ときどき、父と祖父には内緒で、彼に女の子の恰好《かっこう》をさせ、活動写真館につれていった。はじめてみた外国の活動写真は『ハイディ』だった。封切りではなく、古いのを二番館か三番館でやったときだ。都会につれてこられたハイディが、ガラスの玉に封じ込められた田舎の家の玩具《おもちゃ》をみて、ホームシックになって泣く場面で、彼も泣いた。ガラス玉の中は、たえず雪が降り注いでいた。泣きながら、彼は不思議でならなかった。どういう仕掛けで、ガラス玉の中に雪が降るんだろう。——いまでも、その仕掛けはわからない。記憶のまちがいかもしれない——。ハイディを演じた子役は、シャーリー・テンプルといって、たいそう人気があるのだと、伯母たちは彼に教えた。彼は家に帰ってから、父にみつからぬように、愛くるしいハイディと美しいクララの絵を描いて、妹に物語を話してやった。そして、おまえはシャーリー・テンプルに似ているよと言った。彼は、クララを演じた美少女に惹かれた。後年——それも戦争が終わって二十年あまりたってからだが、リメイクされた『ハイデイ』が公開された。まったく健康的なハイディに魅力のないクララで、なんの面白味もなかった。戦前のそれは、時代の頽廃《たいはい》、不健康なエロティシズムが、おのずと二重写しになっていたのかもしれない。童女の妖《あや》しい愛らしさをみせたシャーリー・テンプルも、成人したら凡庸な女になったが。

母が、結核に罹患《りかん》し離れに隔離されたのは、彼が小学校の六年、妹が七つのときだった。伝染病なので、近づくことを厳禁された。

ふたりの伯母は、あいかわらず陽気に喋り、しかし、さすがに彼を女装させることはなくなっていた。

三年ほど療養して、母は他界した。彼が旧制中学の五年になった年、父親も死んだ。画家になりたいという彼の希望を阻止する者はいなくなったので、彼は上京した。じきに祖父が死に、店が左前になって、仕送りが絶えた。彼は昼間働き、夜、デッサン塾にかよう生活になった。ときどき、妹に、絵入りの手紙を送った。

二十になって徴兵検査をうけたところ、丙種で不合格になった。まわりから非国民という目でみられた。

やがて戦局が悪化し、丙種でも召集令がきた。出征の前に一度、長崎に帰った。

「ずいぶん、おひきとめしちゃいました」

若い監督が、伝票に手を伸ばした。彼はいそいで、伝票を取った。年金暮らしではあっても、はるかに年下の、金に苦労しているとわかっている相手におごらせるわけにはいかない。彼が熱心に聞いていないのに、相手も気づいたのだろう。すまないことをした。

喫茶店を出ると、陽がかたむいていた。監督と別れて、彼は渋谷の駅にむかった。私鉄に乗るために、歩道橋をわたらねばならない。幾筋もの道が谷底にむかってゆるやかに流れこんでいる広場の上に、歩道橋は、あちらこちらに脚をのばし、中空に複雑な道を架けている。

毎日往復四十分歩いているとはいえ、それは平らな道だ。階段の昇り降りは辛い。しかし、手すりに頼り息をきらす老いさらばえた姿をさらすのは、彼としては耐えがたい。彼がどのような恰好で階段をのぼろうと、目にとめる者などいはしないのだけれど、背筋をのばし、上体をゆらさず、一段一段踏みしめ、のぼった。その歩き方は、L＊＊から学んだ。L＊＊が階段をのぼるのを人ごみの後ろから見ると、斜面をエスカレーターでのぼるように見えたものだ。交互に動く足は人の背にかくれ、上体はこゆるぎもしないのだった。L＊＊は、彼より背は低かった。並んで歩くとき、彼はいつも少し身をかがめた。L＊＊が気づかぬていどに。

歩道橋の頂上までの道のりは、とほうもなく長い。からだが少しも前に進んでいないような気がした。下りのエスカレーターをのぼろうとするかのように。

上体を毅然《きぜん》とたもち、足をあげ、ふみおろす。その動作をつづけるのが精一杯で、周囲を目に入れるゆとりはない。影のように、何人もが彼を追い抜いていった。下ってくるものの腕が、彼の肩にふれた。そのたびに、彼は鷹揚《おうよう》に、やあ、失礼、と明るい声を投げた。つぶやきのような声にしかならなかったが。

夜が彼を浸しはじめていた。暗い水のように、肌にしみいった。戦前、彼は、渋谷駅のそばのしもたやに下宿していたことがあった。道玄坂と宮益坂が落ち込む窪地《くぼち》の一郭に建つ家の三畳間を借りていた。そのころの渋谷は場末めいていて、間代も安かった。馬が挽《ひ》いた荷車が行き来するので、坂道はいつも馬糞のにおいがただよっていた。東横百貨店の近くで、筒形のアイスクリームの表面にチョコレートを薄く巻いたマックスというのを売っていた。洒落た菓子だった。道路の向かいがわには甘栗屋があり、冬の夜、デッサン塾の帰りに、熱い袋を買って懐にいれると、寒さしのぎになった。夏の夜は、道玄坂に夜店が出て、アセチレンランプの昏い灯が、闇をいっそう濃くした。坂が二股にわかれるところに、高島屋の十銭ストアがあり、安物を買うのに便利だった。

召集令も、その下宿で受け取った。帰郷してひさしぶりに会った妹は、彼が予想したとおり、クララのように﨟《ろう》たけた少女になっていた。ふたりの伯母は老けたが、ますます賑やかだった。日本軍の軍服は野暮だといって笑いころげた。ドイツやフランスの軍服は洒落ているのにね。

彼は、南方にむかう輸送船にのせられた。

歩道橋の頂上にたどりつき、手すりにもたれた。へたばったようにみられたくはないので、さりげなく夜景を見下ろしているふりをして息をととのえた。

車のライトがとめどなく夜を流れる。目眩《めまい》をおさえるために瞼《まぶた》を閉じた。騒音に、大洋の波の音がかぶさった。

輸送船団は、敵機の爆撃を受けた。砲塔が砕けた。船尾には、南方にはこばれる春婦《しゅんぷ》たちがかたまっていた。故国の歌を、彼女たちは歌っていた。いつもなら、故国の言葉で喋ったというだけで制裁を受けるのだが、このときはだれも咎めなかった。艦は轟沈した。彼は不思議に助かった。救命具をつけてただよっているところを、敵艦に拿捕《だほ》され、捕虜になった。

敗戦後、二年目に、釈放され帰国した。妹と伯母たちは、郷里ごと消滅していた。

彼は再上京した。しばらくは担ぎ屋で暮らし、その後、手当たり次第の職につき、かたわら、画業をつづけた。そして、L＊＊の目にとまったのだった。

美しいもの、芸術的な舞台に目をむけさせてくれたのは、L＊＊だった。そのころは、L＊＊のおこぼれで、特等席で鑑賞することもできた。いったん、美味を知ってしまうと、まがいものはからだが受けつけなくなる。

海外のバレエダンサーの来日公演をみながら、妹をよんでやれたら、と、思った。見せてやりたかった。母が隔離されるより先に、妹は結核性の脊椎《せきつい》カリエスで、ほとんど寝たきりになっていた。だから、彼は、伯母たちに映画に連れていってもらうと、帰宅してから、妹に絵を描いて話してやることにしていた。

出征する前に帰郷したとき、妹の病状は進んでいて、背骨の周囲が膿《う》み爛《ただ》れ、皮膚が破れてガーゼは膿汁《のうじゅう》をたっぷり吸い込んでいた。伯母たちと郷里が消滅する前に、妹は先に死んだのかもしれなかった。

L＊＊の死後急落した暮らしのなかでも、彼は美しいものだけを見つづけてきた。

彼は瞼を開いた。歩道橋の下を、川が流れていた。

左の眼は、義眼である。輸送船が爆破されたとき、命は助かったが、左の眼が損傷をうけ、眼球を摘出された。捕虜に対しては破格のことだと思うのだが、義眼を支給された。粗末な義眼であった。もともと眼窩が深くくぼみ、性質とは裏腹に、顔つきを鋭くしていた。L＊＊がひどく彼を気に入ったのは、ひとつには、義眼のせいだと、彼は察している。L＊＊は、彼のために、精巧な義眼をあつらえ、はめさせた。ふたりきりのとき、性のたわむれはいっさいなかったが、彼の義眼をはずさせ、それをしゃぶってL＊＊は娯《たの》しんだ。ほら、いま、おまえの眼は、おれの内臓を眺めているんだ。彼は、自分の眼窩の内側を舐められているような感覚をおぼえた。L＊＊は、そして、言った。おれの眼が片方、義眼だったらな。ふつう、見られないものを視《み》ることができるだろうに。

装幀のギヤラで、彼は別に義眼をあつらえた。それは、L＊＊の前では決して使わなかった。

L＊＊が死んだ後、L＊＊のたわむれにもちいられた義眼は、綿に包んで、小箱にしまった。処分しようと思ったが、肉体の一部のようでもあり、捨てることも焼くこともできず、引っ越しのときも、いつも、荷物の片隅にあった。

自分であつらえたものを、彼は、ずっともちいている。美しいものばかりを見てきた、無垢《むく》な眼だ。肉眼は、得た情報を脳につたえる中間器官だが、義眼は、視たものをその球体のなかに蓄積している。

黒い川の流れの下から、妹がふりあおいでいる。

橋の手すりにもたれた彼は、昏い川面に視線を落としていたが、やがて片手で左の眼をおおった。

歌声が流れていた。哀切なメロディであった。沈む船の船尾で女たちが歌っていた歌だ。

彼の手は、眼窩から義眼をとりだし、水に投げた。妹の笑顔の上に、小さい波紋がゆるやかにひろがって画面いっぱいになり、エンドマークがあらわれた。

場内がしらじらと明るくなった。彼は席を立った。定員は五十人ほどの小さいスペースに、観客は七、八人にすぎず、次の回の入場者もなく、だれもが目を伏せ、なんとなく間が悪そうな、不機嫌な表情をみせていた。

一時間半ほどのあいだ、共通の世界に身をおいたにもかかわらず、だれもが、自分だけは連帯の外にいるのだと、そそくさと出口に急ぐことで示していた。無邪気で暴力的なアメリカ大衆娯楽映画の観客のようにスクリーンにすなおに同化することを、この数人の観客は拒んでいた。

制作のスタッフだろう、黒いセーターにジーンズの女と、これも同じように黒ずくめの、長髪をうなじでまとめた男が、入場のさいわたしたアンケート用紙を回収するために、出入口のきわに立っていたが、書き込んで返却するものは一人もいなかった。欄は空白のままの紙片は、ポケットにつっこまれたり、座席に半ば故意に置き忘れられたり、床に捨てられたりしていた。

彼は、男と視線があってしまい、ちょっと困惑した。感動していたのだったらどんなによかったかと思った。思わずスタッフの手をにぎり、よかったですよ、と言葉がほとばしりでるようであったら。感想を態度にあらわすことを気恥ずかしく思う年ではない。若い相手をいたわってやりたかった。わずかな観客は、みな二十代で、彼だけがきわだって老いていた。

内部にみちるものを表現したい、その欲望を制御できず、乏しい資金をやりくりして創ったのだろう。彼は、椅子に座りなおし、万年筆をスーツの内ポケットからだし、アンケート用紙の欄を埋めていった。

名前。住所。そして、感想。これまでに観たなかで、よかったと思う映画の名前。

男が彼に注いでいる視線を感じた。書きおえて手渡し、立ち去ろうとすると、「あの……失礼ですが」男は声をかけてきた。

蜘蛛時計

昼は、仮面をつけた夜にすぎない。光は、闇のまばたきにすぎない。私は、おまえの背中であるがゆえに、おまえの主《あるじ》だ。黄金と青と白のロココ風宮殿は水に映る影であり、地上に建つのは、内壁に龕《がん》をくりぬいた石の家である。

幅一メートル、奥行き七十センチ、高さ一メートル半の龕が、私の住処《すみか》である。龕の前には食器戸棚の背面が密着し、本来あった鉄扉の代替物となっている。

戸棚の背板の一部をとりはずすと小窓が開く。食事の差し入れにもちいられる。そのとき、食堂のようすを、わずかな間だが見ることができる。

住人は、看守長一家である。私に食事が給されるのは、彼らの食事がすんでからなので、食べている光景を見ることはできない。

看守長の女房の父親も、看守長であった。婚姻によって、婿は、舅の職業をついだ。世襲制度ではないが、役職は売買できる。婿は、娘に甘い父親から、ただで役をもらったのである。とうに鰥夫《やもめ》になっていた父親は、娘夫婦に身のまわりの世話をまかせ楽隠居をするつもりだったのだが、夫婦は力をあわせて父親を癲狂院に送り込んだ。阿片浸りだったから、狂人とほとんど変わりはなかった。

私は、彼らが結婚する前から、ここにいる。そのころは、龕の中ではなく、食堂でいっしょに食事をとりもしたが。

私の経歴は赫々たるものだ。名誉脱獄囚とたたえられた時代もある。

この龕からではない、本物の監獄から逃げおおせたのだ、かつて。独房のベッドの上で爪先立つと、鉄格子のはまった高窓から外をのぞくことができたのだった。

沼地を埋め立てて造られた首都は、大小の島から成り、その間を幾重にも運河が弧を描き、最大の運河をはさんで監獄は皇帝の冬の宮殿とむかいあっていた。

運河は霧を生む。一年のうち、霧が街並みをおぼろに包まぬ晴れ渡った日は、何日あっただろう。住民は空気のかわりに霧を吸い霧を吐く。霧は運河を生む。数えるたびに、運河の数がふえる。


私が産まれ育ったのは、東の寒村であり、親は農奴だった。解放令のおかげで私たち一家は自由という空間に放り出され、農地を主人から買い取らねばならず、借金ばかりふくれあがった。

私は職をもとめひとり郷里を出て首都にのぼった。中途半端な年齢であった。これがごみ溜めに産み捨てられた赤ん坊なら、ずいぶん高い値がつくのだ。乳飲み子の相場は一日二十五コペイカ。競りあってもっと高い値がつくこともある。首尾よく乳飲み子を手に入れた女乞食は、ぼろでくるんで辻に立つのだが、赤ん坊が風邪を引こうが腹をくだそうが、元手以上に稼ぐまでは、手放すことはない。死骸になっても抱きかかえて、施しを強請する。

三歳になると、十コペイカに値が下がる。私は十歳をすぎていたから――いくつ過ぎていたか、正確には自分でも知らないのだが――自発的に〈父ちゃん〉や〈母ちゃん〉を探し、自分を売り込まねばならなかった。縄張りを親方から借りているのは〈父ちゃん〉〈母ちゃん〉たちである。子供が勝手に物乞いしたら、私刑にかけられ殺されかねない。

私は幸いやさしい〈母ちゃん〉をみつけることができた。物乞いするとき、裸足になったほうが実入りがいいことを教えてくれたのも〈母ちゃん〉であった。雪の日、私が料理屋の出入口に立ち、客のために扉を開けてやって小銭をかせぐあいだ、〈母ちゃん〉は教会の前で人々に手をさしのべながら、私の靴を懐にいれてあたためておいてくれた。稼ぎを母ちゃんにわたし、ひきかえに靴を受け取って履くと、霜焼けの足に血がかよって、じんじんと痒くなる。樹皮で編んだ靴は、じきに溶けた雪の泥水を吸いこんで裸足より始末が悪くなるのだが、それまでのほんのいっときの心地よさといったらなかった。

大河の北の島の東端、少しでも増水すれば水浸しになる貧民窟の木賃宿に、母ちゃんといっしょに棲んでいた。

河は湾にそそいでいた。満ち潮は河を逆流させ、溢れさせた。風や雨がくわわると、広場は湖になり、道路と運河の区別はなくなるのだった。

木賃宿は、床から七十センチぐらいの高さに板を敷いたのが寝床で、筵で間仕切りしていた。

洪水になれば、ひとたまりもなかった。

母ちゃんは、隣の寝床を定宿にしている〈仕立屋〉といい仲になっていた。その男は、下着まで売り払ってしまったので、いつも裸で寝床にもぐりこんでいた。

外に出ないから、〈仕立屋〉の肌はぶよぶよと青白く、淡い褐色の眼はもぐらのように小さくて、陽の光を浴びたらつぶれてしまいそうに頼りなかった。

ほかに男はいくらもいるのに、母ちゃんがなぜこんな霧がしみ込んでふやけてしまったような男の占有物になっているのか、私は少し歯がゆい思いをしていた。

母ちゃんの相手だから私にとっては父ちゃんにあたる、というわけではなかった。仕立屋は、私とはまったくかかわりなかった。それでも、母ちゃんのために、もう少しましな男が望ましいと私は思ったのだ。

仕立屋が仕事にありつくのは、泥棒を商売にしている連中が獲物を持ちこんだときだけだ。極上物の青貂のコートや銀狐の襟巻き、宝石を縫い付けた絹の夜会服などが山のように仕立屋の前におかれる。

高貴な森のような毛皮を、仕立屋は大きな裁ち鋏で、ためらいなく断ち切る。針をはこぶ。一枚のコートは幾つもの帽子やチョッキにかわる。宝石をとりはずされた夜会服は、数着のほっそりした上着にかわる。翌日、別のやつが市場に売りにいく。警官がさがしにきても、コートも夜会服も見当たりはしない。仕立屋がうけとる分け前はわずかだった。裁ったり縫ったりする仕事は、泥棒にくらべたら、危険はほとんどない、という理由からだが、なにも手をわずらわさない宿の主人の分け前は、泥棒たちより多かった。

泥棒がもちこんだ獲物のなかに、聖像画があった。金箔も塗られず金や宝石の飾りもない、三文にもならない安物だが、母ちゃんは欲しがった。仕立屋にひざまずいて頼んで、泥棒から買い取らせた。

母ちゃんと私の関係は、母ちゃんと仕立屋の関係が終わるより早く終わった。

私は十四になり、物乞いにはむかなくなっていた。その上、私に情婦ができた。十歳の女の子で、左の腕の肘から先がなく左足も義足だった。私が知り合ったときは売春婦をしていた。酒は私より強かった。

私はそれまで母ちゃんと一つベッドに寝ていたので、女のからだには慣れていたのだけれど、情婦は母ちゃんより上手だった。

母ちゃんは、私のかわりに、しなびた赤ん坊を手に入れた。私の情婦は、経験者として、片腕を折るかあるいは片脚を切断することを母ちゃんに勧めた。情婦は、物心つく前に、彼女の〈父ちゃん〉にその処置をされたのだった。母ちゃんもその利点はわかっていたが、自分でやるのは嫌だと言った。

情婦は私に、ヒモになってもいいと言った。しかし、年上の男として、私は自分が養ってやる立場になりたかったので、仕事口をさがし、銭湯の小僧にやとわれることができた。

つてのあるものは、十から十二くらいで小僧にやとわれるのだが、私はあいにく、だれも知らなかったから、出だしは物乞いであったのだ。

小僧の仕事は走り使いと束子《たわし》つくりからはじまる。週二日、月曜日と火曜日は釜の火を落とすので休業するが、そのあいだも雑用は次々にある。

真っ赤に焼けた炉石に水をかけ、濛々とたちこめる湯気で蒸されたからだを、白樺のはたきで三助がうちたたく。爪切りや肉刺《まめ》けずりも、小僧は見よう見まねでおぼえていく。医者をかねた床屋が、散髪や髭そりといっしょに、蛭や吸い玉による吸血だの放血だの治療をするところでもある。私の働く銭湯には、コーカサスからきたペルシャ人の三助がいて、寝そべった浴客のからだの上で、マッサージがわりのダンスを踊った。

私は不器用ではあったが誠実につとめていた……と思う。十七、八年ぶじにつとめ、銭湯のしきたりや客あしらいを身につければ、うまくいけば昇進させてもらい、結婚だって望めないものでもないのだった。

情婦を養うために仕事についたのだが、いそがしくて逢う暇がろくになくなってしまった。数カ月後、使いに出たとき、時間をやりくりしてたずねてみたら、相手は消えていた。金持ちの相手に鞍替えして、妾宅にひきとられたのだと、母ちゃんは教えた。仕立屋もいなくなっていた。ほかに女ができて、よそに移って行ったという。宿の寝床から一足も外に出ない男が、どうやってほかに女をこしらえたのか。奇跡というのは、あるものだ。

たった数カ月のあいだに、母ちゃんは老いが目立つようになっていた。小さく萎み、藁稭《わらしべ》のような髪がひび割れた顔に散っていた。

母ちゃんは赤ん坊の臀《しり》をむきだしにして、汚れ濡れたぼろをとりかえた。赤ん坊は、片足がねじれた飴のように曲がっていた。やったのかい、母ちゃん。あの娘がやったのだよ。金持ちの世話になるから、おまえによろしくと言いにきてね、そのとき、おばちゃん、あんたに神様のお恵みがありますように、と言って、へし折ったのだよ。

腹だけふくれた赤ん坊は、枯れ枝のような腕を動かし、しゃがれた声でひわひわ泣いた。頭のてっぺんの割れ目をおおった皮膚が、細い溝にかぶせたゴム布のように、へこへこ動いた。歯のない口のなかにたまった泡は、煮えたぎったお粥のように、噴きこぼれた。私は毛布を赤ん坊にかぶせ、全身の力をこめて腹をおさえつけた。高い買物だったのに、だいなしにしてしまった。そう嘆く母ちゃんに背を向けて、銭湯に帰った。

帰り道、ポケットに手を突っ込むと、固いものがふれた。母ちゃんの大事にしていた聖像画であった。祈れという母ちゃんの命令か。それとも、私の手が、かってにとってきたものか。あれは化け物だ、と母ちゃんに説明するべきだったろうか。泡の中に黒い糸が浮いているのに、母ちゃんは気がついていなかった。糸は赤ん坊の腹のなかから口の外にあふれ、母ちゃんの手にからみつこうとしていたのだ。

ふくれた腹は、思い返すと、薄い縞模様になっていたような気がする。

思い返すたびに、瞼の裏で縞模様は濃くなった。私は『穴』にかようようになった。銭湯からほど近い料理屋『黄金の錨』の地下室である。一階と二階はまともな料理をだした。魚の頭の入ったキャベツ汁だの、赤酢とわさびをつけたハムだの、シベリア風水餃子だの、羊の串焼きだの。染みだらけとはいえクロスをかけたテーブル。地下の『穴』のテーブルは、クロスはなかった。テーブルがあるだけ、望外というものだ。教会の天井のようなアーチ状の梁と周囲の壁は、煤と脂で塗りかためられ粘ついたごみが、飴色の氷柱《つらら》になって垂れ下がり、洞窟のようだ。ここにくる客には、料理をだす必要はない。阿片を楽しむのに食い物はよけいだ。『黄金の穴』と顧客に愛称で呼ばれるほど安く提供してくれるのだが、それでも、ほとんど給料をもらわず、気まぐれな客のチップにたよる小僧が始終かようには、辛い値段であった。銭湯の客の脱いだ服や靴をかっぱらう板の間稼ぎに協力して分け前をもらうことをおぼえた。

徒弟としては、銭湯の小僧はましな働き口なのだ。せっかくやとわれたら、おとなしく辛抱して、チップをため、出世の道を踏みはずさないようにするのが利口なやり方なのだが、いったん外れたら、軌道修正は容易なことではない。

最初はうまくいった。しかし、たびかさなる被害に客の苦情がふえたので、主人は、ほかの板の間稼ぎと契約をむすび、監視役に雇った。同業だから、やり口はよく心得ている。つかまえられた板の間稼ぎは、裸で柱に縛りつけられ、あとの始末は、被害にあった者たちの入念な私刑にまかされた。私は、つかまる前にすばやく逃げ出していた。相棒としての私の名が出ることはわかりきっていた。

かつて情婦がかせいでいた界隈に行き、かっぱらいの仲間に入った。巧みな剃刀《かみそり》さばきで名をあげた。床屋仕込みだ。

やがて、学生のデモが盛んになった。〈去れ、専制政治よ!〉と記したポスターが町中に貼られ、警官がはがすと、翌日はさらに増えた。いっしょになって、去れ、専制政治よ、とわめきながら、彼らの行く食堂になだれこむと、只で飲み食いできた。そのかわり逮捕されるのも差別なく平等であった。つかまったとき、あいにく、警官の髭を、喉笛とともに剃刀でざっくり斬っていたので、狂暴な殺人者として監獄の独房に入れられたのであった。

即座に死刑にならなかったのは、初犯であるのと、聖像画を身につけていたことから信仰心がある、更生できそうだと思われたためらしい。独房の壁に聖像画をかけることをゆるされた。不可能といわれる脱獄をしおおせ、以後、名誉脱獄囚と讃えられるようになった。脱獄できたのは、蜘蛛のおかげであった……のではないか、と思う。あいつの糸は強靱で、鉄格子の切断に役に立った……のではないか、と思う。独房に巣くっていた蜘蛛と赤ん坊を結びつけるつもりはない。母ちゃんのように信心深くないおかげで、私は迷信とも無縁だ。強引に迷信を援用しても、蜘蛛が赤ん坊の化身であれば、私を助けるわけはないのである。

政治犯を革命家の連中が救出した。そのどさくさにまぎれこんで、脱出できた……のではないか、ということも、考えられなくはない。入獄がどさくさまぎれなのだから、出獄もどさくさで平仄《ひょうそく》は合うのだが。

看守長――親父のほうだが――が私を居候させたのは、革命屋から身を守るためであった。脱獄した同志の世話をしています。専制政府によって入獄させられていた革命家です。そのころ、娘はまだ愛らしかった。

しかし、王党派が勢力をもりかえすと、いそいで私を龕に押し込め、戸棚でかくさねばならなかった。

龕の内部はきわめて住み心地がよいとわかった。独房は、身のまわりに自由な空間があった。その空間を私はもてあましたのだった。ベッドから下りるべきか。それとも、寝ているか。右を下にするか。左向きになるか。壁から壁まで歩くべきか。歩くとしたら、何歩で歩くか。歩幅はどのくらいにするか。だれも教えてはくれない。

限られた龕の中であれば、なにも思い迷うことはない。ただ、立っている。肉体の苦痛など、なにほどのことがあろう。自由に選択する難解さにくらべたら。

聖像画を壁にとりつけた。その上に蜘蛛が棲んだ。

娘は結婚し、夫が看守長になり、ふたりで阿片狂いの父親を癲狂院にぶちこんだ。

デモ隊と兵士たちが一体となって要塞を占拠し、冬宮に砲口をむけた。

双頭の鷲の紋章を記した旗がひきずりおろされ、赤旗がかかげられた。

新看守長は、妻に新聞を読み聞かせる。

〈革命のどさくさまぎれに、二万の強盗が監獄を脱出した。首都に犯罪があふれた。彼らの一部は再逮捕されたが、じきに人民が解放してくれるとうそぶいている〉

〈旧体制下の裁判判決は無効になった〉

〈中国人労働者たちは、これ以上彼らを鞭打つことができないように、搾取者の両手を切り落とした〉

教会は破壊された。修道院は新政府の官舎になった。

新看守長は私によって身を守ることはできなくなっていた。戸棚をどけて龕の中の私をみせれば、聖像画の存在が明らかになる。蜘蛛の糸が幾重にもかかっているけれど、その隙間からでも聖母子の姿は見てとれる。しかし、戸棚の陰の龕のほかに私をかくす場所はなかった。追い出せば、私は密告する。聖像画を所持する敬虔な正教徒である私をかくまっていたことを。戸棚は動かされることなく、私の存在はいまだに秘密である。

民警と赤衛兵が衝突した。そう看守長は言って、制帽を妻にわたす。

窓の下をデモ行進する銭湯の小僧や下働きの声が聞こえる。不当解雇されたものの再雇用。労働時間の短縮。労働には特別な支払いを。

頭上に金の輪を持った聖像画の幼児に私は言う。私は、おまえの背中であるがゆえに、おまえの主だ。

蜘蛛が糸を吐きながら、聖像画からゆるやかに垂れる。糸の長さが時をきざむ。

火蟻

のか。

甃《いしだたみ》の坂道より一段高くなった石の上に腰をおろした女が、なぜ、ことさら目にとまったのか。

塗料のはげた木製の扉を背に、木綿の長いスカートにかくれた膝をひろげ、両足をだらしなく投げ出していた。

色とりどりの細長いリボンの束を握った右手を通行人にさしのべ、かるく動かしているが、注意をひくためというより、無意識な動作のようにみえた。赤ん坊を抱いた母親が、腕をゆらさずにはいられないように。

力のはいらない腕を、目に見えない空気の流れにまかせているようにも見えた。

通行人——といっても、歩行する者は、わたしとガイドのほかには、ほとんどいない。

街路は無人ではない。半裸や薄汚れたシャツに擦り切れたズボンの男たちが、若いのから老爺まで十四、五人は佇んでいるのだが、だれもが、石壁にもたれ地に腰をおろし、陽光の針で縫い止められたように黙然と動かず、数人いる子供たちもまた、大人たちと同じように、けだるくうずくまる。これでは通行人とはいえない。

彼らの風貌、肌の色がさまざまなのは、昔、海を越えて侵攻した葡萄牙人《ポルトガル》と、原住者、奴隷としてはこばれてきた黒人、三種の遺伝子が数百年のあいだに複雑に混りあったためだ。

侵攻者は、まず、この地を首都とし、故国の街並みに似せて建物を築いた。やがて、首都はいくらか気候のましな南の地に移り、住人も繁華な街に居を移し、古い都は、古い南欧の気配を残したまま放置され、長い歳月がたった。住人のいなくなった建物は、観光用に保存された……ということは、弟から得た知識だ。

甃の道と色とりどりのファサードは残っているが、窓からのぞくと、内部は荒廃したまま放置されている。街路にたむろしているのは、観光客めあてに近郊からやってくる土産物売りと、乞食、浮浪者だ。

その女は濃い褐色の肌に彫りの深い欧人の顔だち、虹彩が青い。うなじで束ねた亜麻色の髪のおくれ毛がほつれて、やつれた顔をいっそう淋しくみせる。

かたわらに敷いた白いレースの布の上に、貝殻だの小石だの。これも商う土産物だろうか。手編みのレースは編み目がゆがんでいる。

女のかたわらに、十ぐらいの男の子が並んで腰をおろしている。息子だろうか。女と同じ褐色の肌に、象嵌されたトルコ石のような眼。首筋の華奢な、顎の細い、繊細な印象だ。これもリボンの束を手にしているのは、母親の商いを手伝っているのか。目が合うと、女の肩に顔を寄せ、はにかんだような笑顔をちょっと見せた。

一センチ幅の吹き流しのようなリボンの束は、色によってそれぞれ呪《まじな》いの意味があるのだと、ガイドのヘロニモが言う。

赤はなにやらの神、白はなにやらの神。風の神、樹の神、水の神、戦の神とたどたどしい英語で説明するヘロニモは、黒人の血が濃くあらわれている。黒人といっても、体軀は子供のように貧弱で、癖なのだろう、ときどき、左の小鼻を人指し指でこする。

いわくありげに見えるリボンだけれど、帰国してあらためて見れば、しらじらしいただの布切れと予想はついて、いらない、と首を振る。

観光地だというのに、見物の客の姿はみかけない。ドイツ人がたくさんくる、とヘロニモは言った。小鼻のわきをこする指がせわしなくなり、ドイツ人たちは女を買いにくるのだと告げた。しかし、ドイツ人も、買われる女も、あやしげな家も、見当たらない。

頭上から焙りつける陽に精気を吸い取られ、ゆらゆらと動いているのは、女の手のほかは影ばかり。いや、視野にある姿が一つ、動いているのに気がついた。

上半身裸の男が、屋台の前で、砂糖黍の茎を圧搾機のローラーにかけている。足踏み式で、動いているのはその足と、砂糖黍をあつかう手のみだ。押しつぶされた茎からにじむ汁を紙のコップに受ける。

その足元からローラーの上まで、飴色の帯がかかっている。ローラーに巻き込まれ、のみこまれ、帯は無限運動をつづける。

昨夜のホテルを、いやでも思い出す。

長い空の旅の果て、この異国の首都の空港についたとき、出迎えの群れのなかに、弟の代わりに、わたしの名を記したボードをかかげた女がいた。こちらの支社で弟の下で働いていると、女は言った。顔に見覚えのあるような気がしたが、そんなはずはない。弟の海外勤務先をおとずれるのは、これが初めてだ。女は、弟からの伝言をしるしたメモと、航空券をよこした。急な仕事がはいり、隣国に出張する。姉さんの観光の旅のつきあいはできなくなった。急なことで、この街の気のきいたホテルはどこも空室がない。国内便に乗り継ぎ、もう一つの街に行き、そこに宿泊してください。ホテルはとってある。ガイドも頼んである。

乗り継ぎの便はすぐに出ますと女にせきたてられ、搭乗手続きをし、いったん取った荷物をまたあずけて、あわただしく国内便に乗り継いだ。

弟の不実をなじる気力もわかない。わたしにつきまとわれるのがうるさいので、ひとり放り出したのだと邪推する気にもならなかった。疲労と暑さは、思考の力を鈍麻させる。

三時間ほどのフライトで、小さい空港に到着した。ボードをもって出迎えたのが、ヘロニモであった。タクシーで、弟が予約しておいたというホテルに行った。外観もロビーも、一流とはいえないまでも、小綺麗なシティホテルだった。

しかし、フロントの女は、予約は受けていない、空室もない、とそっけなかった。こちらは言葉が通じないから、交渉は、空港の出迎えからホテルへの案内もつとめてくれたヘロニモにまかせるほかはなく、だめですと彼に肩をすくめられれば、ともに吐息をつくほかはないのだった。

ほかにもホテルはあるでしょう、どこか紹介してほしいと頼むと、小鼻を指でこすり、暗夜に光がさしたという顔で、身内が経営しているホテルに案内すると言った。

タクシーで連れていかれたのが、気泡だらけの角石を積み上げた長方形の建物で、中央の土間の両側を石壁で四つずつの小部屋に仕切った、簡素きわまりないホテルであった。フロントというものもない。ホテルの隣に付随する掘っ建て小屋が経営者の住まいで、ヘロニモが声をかけると、素肌に木綿の裾長のシャツを一枚まとった娘が出てきて、鍵をよこした。

八つの部屋はどれも同じ殺風景な真四角の造りだが、ほかはツインだけれどこの部屋だけはダブルベッドだから一番上等、とヘロニモは言い、わたしのトランクを運び入れ、明日迎えにきますと言い残して去った。ほかに泊まり客はないようで、夕食はどこでとるのかと、身振り手振りで娘にたずねると、向かい側にある平屋を指さし、娘は住まいに戻っていった。

その小屋は、食堂ではない、ただの売店で、ガラスのケースに入っているのは飲物ばかりだった。食べ物は？　身振りで問うと、黒人の血の濃い肥えた売り子は、紙コップ入りのヨーグルトを示した。せめてパンでもあればと見まわしたが、缶入りのコーラ、ジュースの瓶、ビール、そのほかには、何もない。クッキーもチョコレートもない。液体以外のものと言ったら、売り子がすすめるヨーグルトだけだ。

内壁は積石がむきだしで上塗りもしてない部屋にバスルームはなく、狭いアルコーブに洗面台と便器、シャワーの設備があるだけだ。バルブをまわしたが、シャワーからは水一滴出なかった。

旅のよごれを肌にそのまま、ヨーグルトを飲み干した。ここ数カ月慢性化している胃の痛みと、時をわかたず胸をしめつけてくる不安感をおさえるために処方してもらい持ち歩いている鎮痛剤と安定剤、そして強引に眠りをもたらすために常用している睡眠剤とメラトニンを服み、天井の灯を消し、枕元のスタンドだけつけて、広さだけは孤《ひと》り寝に十分すぎる固いベッドに横になった。

安定剤は、わたしを鈍くする。いたたまれない不安に苛まれて当然な状況なのに、ただぼんやりと、ほの暗い天井を眺めていた。胸の底に蟠《わだかま》る、薬でもごまかしきれない重苦しさは、眠りで忘れるほかはない。スタンドを消し、目を閉じた。激しい緑の波が襲いかかった。幾重にもかさなった樹林の、一葉一葉、その葉脈までくっきりと見え、大輪の花が揺れ動きながら迫り、それらの色彩は鮮烈な原色ではあるけれど、上に一刷毛《はけ》薄墨を刷いたようだ。原色の奥底から闇が滲みでるようでもある。

視野にあるものはたえずゆらめき動き、輪郭が溶け流れたかと思うとくっきりとし、めまぐるしい。

これまでにも、眠りに落ちる前にひとしきり、鮮やかな色彩の動きがまなかいに顕《た》ち、困惑することはしばしばあった。脳が興奮しているときにその現象は激しく、幻像が不眠の原因になるのか、あるいは不眠をもたらすものの結果としての幻像なのか、因果はともかく、眠れないのは辛い。医師に相談すると、あっさり睡眠剤を処方してくれ、それ以来、欠かせなくなっている。どれほど大量に服んでも、不愉快な副作用があるだけで、決して死ぬことはできない成分だと医師は言った。睡眠剤に親しむようになってからは、幻像に悩まされることはなくなっていた。

以前、経験があるとはいえ、このおびただしい執拗な巨大な幻像は、そのころの状態を越えていた。かつて見慣れた幻像が小型テレビジョンの画面とすれば、これは大映画館の超ワイドスクリーン、三次元の立体映像が、遠い奥のほうから津波のように押し寄せ、ゆらめいて流れ去ると思うと、新たな色彩の波が盛り上がる。

不安をのぞき、眠りをもたらすための薬を服んでいるのに、なぜ逆の状態になったのか。四種類の薬を同時に摂ったためだと、ようやく思いあたった。通常は、鎮痛剤と安定剤は食後に、睡眠剤とメラトニンは就寝時と、時間をおいている。ヨーグルトしか入っていない胃は、四種の薬をたやすく吸収し、脳になんらかの影響をあたえたのだろう。

恐怖感は生じなかった。時がたち薬の効果が薄れれば、眠れる。そう腹をくくったが、流れ動く色がうるさくてならず、スタンドをつけた。闇をはらえば幻像も消えると期待したのだが、明るんでもなお、濃緑の熱帯雨林、それもアンリ・ルソーの絵のようにプリミティブに様式化されたのが視野を占めた。扁平な板のような根がねじれ曲がり、盛り上がり、気根が幹を抱き抱えて垂れ下がり、蔓性の宿り木が幾重にもからまり、うねうねと波うって動き、巨大な蝶と巨輪の花が舞い、その上、虹までかかって、息苦しい。裸の男女が木々のあいだを走って消えた。

樹肌が剝げて垂れ下がり、飴色の帯が流れ落ち、床に川をつくり、ベッドの足を浸し、サイドテーブルの足をのぼり、スタンドの台を浸し、かたわらに飴色の湯飲みを形作るように見えたのは、子細に目をこらせば、小さい蟻の群れであった。

ヨーグルトの空き殻に群がっているのだとわかったが、棄てるためには触らねばならない、手にたかられたらかえって厄介だ、そっとしておけば、人間よりはヨーグルトの空き殻のほうがはるかに魅力があるだろう、と、ようやく兆した眠気に身をまかせた。

四種の薬の相乗作用もどうにか薄れ、最後の勝利を得たのは睡眠剤で、華麗な幻像を溶かした闇は、わたしをも溶かした。

やがて、薄い生地のカーテンを朝の陽光がつらぬき、仮死から覚めた。

飴色の流れは、ひきもきらず続いていた。石壁の隙間に巣をつくっているのか、ぞわぞわとわきだし、ヨーグルトの空き殻に群がっていた。

洗面台には、鏡がついていなかった。コンパクトを持ち歩く習慣がない。洗顔したあと、ローションを叩きつけ、日焼け止めクリームをいい加減になすりつけた。

ホテルは朝食もついていなかった。迎えにきたヘロニモに、近所の店に案内してもらい、チーズとソーセージとマンジョーカを立ち食いした。どうしたのですか、と、ヘロニモはわたしの顔に目をそそいで、言い、そこも、と、左手をさした。手首の肉が少々嚙みちぎられ、傷口は小さいけれど深く、骨がのぞいていた。痛みはなかった。

顔も、こうなっているの？

ヘロニモはうなずいて、顎の骨の下、喉に近い皮膚の柔らかいあたりを指さした。

探ると、傷口の感触が指につたわった。

蟻かしら。でも、蟻はこんなひどい傷はつけないわね。

ヘロニモは、小鼻のわきを指でこすり、甘いものを部屋におきましたか、と尋問口調になった。

ヨーグルトに群れた飴色の大群のことを告げると、ああ、なんと愚かなことを、と、ヘロニモは叱りつけた。火蟻です。どこにでも入り込んで、鉤みたいな顎を突き刺して、何でも齧る。嚙みつかれたら、火傷みたいに腫れ上がって熱が出て、ひどいときは死ぬ。生きている豚や牛でも、齧る。骨だけにしてしまう。甘いものを部屋におくなんて、あなたが悪い。わざわざ、火蟻を呼び寄せたんです。その程度ですんで、幸運だった。あなたは、運の強い人だ。

蟻の大群が絨緞のように数十平方マイルにわたって地を埋め、生物を食いつくすさまを描いた古い映画をビデオで見た記憶がある。飴色ではなかったと思う。火蟻にも、いくつか種類があるのだろうか。

傷口は気のせいか熱っぽいように感じられたが、痛みはない。

それじゃ、火蟻ではなかったのかな。ヘロニモは小鼻のわきを重々しくこすり、ひょっとしたら、蟻の毒で、神経までやられたのではないだろうか、それで痛みを感じないのではないか、とこちらの気の滅入るようなことを言った。

砂糖黍の汁を絞る圧搾機に群がる飴色の帯は、昨夜ヨーグルトを襲った蟻と同じ種類であるように見えた。

甃だの石壁だの、そこここの隙間からわきだし、列は圧搾機の脚下までつづき、整然と帯状になって這いのぼる。

一匹一匹をみれば、芥子《けし》粒ほどのはかなさ、存在もあやふやな半透明、数の数えようもない大群をなして、ようやく飴色の帯と人目にうつる。

ヘロニモは、手垢で厚ぼったくなったよれよれの紙幣をズボンのポケットからだした。そのとたん、うずくまっている子供たちのからだの中で、バネがはじけた。地を蹴って飛び出し、ヘロニモのまわりにむらがり、いっせいに手を突き出した。数人のはずだったのに、どこからわきだしたのか、倍以上に増えていた。

わたしのそばにも寄ってきた子供の群れに、ヘロニモは声をあげ足を踏みならし、拳をふるって追い散らした。

紙幣と引換えに紙コップを受け取り、わたしに差し出したので、いらないと首を振った。コップの縁には、早くも、蟻の群れが、動く模様をつくっていた。

子供たちの大半は散ったが、ひとり残った子供が、シャツの裾をまくりあげ、むきだしの腹を突き出して、粘り強く空腹をうったえ、ヘロニモは、それも追い払った。ふたたび、ものうい静寂。

骨がのぞく傷口は、痛くはないのだが奇妙に敏感で、視線がむけられているのを感じ取る。

そちらを向くと、視野にリボンがゆれる。

女の前にしゃがみこんだ。

無言で、女はリボンをゆらすだけだ。

貝殻や小石をならべた布の上に、カードの束がおかれてあるのに気がついた。普通のカードより少し細長い。手擦れしていた。

「占いをするんですか」

指さして訊くと、ヘロニモが通訳する前に、女はうなずいた。

「占ってください」

手相も姓名判断も占星術も、信じたことも頼ったこともない。胎児が胎内で拳をにぎっていた名残の皺が、何を語るものか。カードにしたところで、要は占い師が、よいことにほんの少々悪いことも薬味にそえて、どうともとれるご託宣をのべるだけのことだ。

それでも、Tarot の古風な絵柄や物々しく秘儀めかした意味付けやらが楽しくて、世界一邪悪な魔術師というふれこみのアレイスター・クロウリーが描いたというカードの写しを買いこみ、『トートの書』の邦訳に目を通し、難解でほうりだした、という経験もある。なに、暇つぶしだった。弟は、わたしがいかがわしい神秘書に興味を持つのを嫌った。いんちきだって、わかっているわよ。神秘なんて、ありはしない。ただの玩具《おもちゃ》よ、とわたしは受け流し、弟が嫌がるからなおのこと、目の前でシャッフルし、スプレッドしたカードから、物語を組み立ててみせるのだった。

弟が、カードが語る物語に参加したのは、大学に在籍しているあいだだけだった。中学や高校のころは、ばかばかしいと、オカルトじみたことはいっさい受けつけなかったのだが、二十《はたち》前後ともなれば、こころにゆとりもできたのか、家にこもったわたしの嘘物語につきあってくれた。しかし、就職すると、カードをひらくわたしに、露骨にうんざりした顔をみせるようになった。——そして、海外勤務。子供のころの願いって、かなうものなのね。熱帯雨林の国へ。

女は、占い師特有のもったいぶった手つきはせず、無造作にカードをとりあげた。

幼い息子が、ちょっと乗り出した。好奇心が青い目を活気づかせる。

大アルカナだけを使っているとみえ、カードの数は少ない。

片手に持ってシャッフルし、気のない声で、好きな枚数だけとりのけてくださいと言った。

わたしの知っているやり方ではなかった。いいかげんなのかもしれない。どの道、占いそのものが、いいかげんなのだから、と気にはとめず、五枚とりのける。こういうとき、奇数を選びがちなのはなぜだろう。三枚、五枚、七枚を選ぶ確率は、かなり高いのではないだろうか。

六枚目のカードを置き、女は同じことをさらに二度くりかえさせた。三枚の札が、過去、現在、未来を告げる。

過去は、ことさら告げられなくてもわかっている。弟とふたりで暮らした。父も母もいたけれど、わたしがかかわりを持つのは弟だけだった。わたしが子供のころ、家はすでに古び、老いた材木のにおいがこもっていた。ぼんやりと暗くて、晴れわたった日でも、家の底までは陽光がとどかず、水回りはいつも湿っていた。

明るい家に移りたいねと弟にいうと、こんなに明るいのに、と弟は言うのだった。

リボンの束のなかから、女は一筋抜いて、わたしの手首にまわし、真結《まむす》びに固く結んだ。色は青。

あなたの守護の神様のしるしだから、と、ヘロニモは女の言葉をとりついだ。ほどいてはいけない。

蝶結びならたやすくほどけるけど、こんな細結びでは、断ち切らなくてははずせないのに、鋏の先をいれる隙間もない。

布の上にならべた貝殻や小石のなかから、無造作に小さい巻き貝をとり、わたしの手のひらにのせ、あなたのお守り、と言う。

過去のカードを女は開き、目を落とし、函の中にいましたね、と言う。閉じ込められていましたね。

函の中にいました。でも、その前は、弟と、しじゅう画集をみていました。ルソーの絵もあったわねえ。弟は素人が描いたみたいなあの絵が好きだった。こんな国があったら、いつか行く。弟は、次第にむずかしい本を読むようになって、わたしもいっしょに読みました。弟の知識は、わたしの知識になりました。

二枚目のカードを見て、いまも函の中ですね、と女は言う。いいえ。違います。わたしはきっぱり否定し、カードを集めて揃えなおし、帰ろうね、と息子に言う。

女客にもらった紙幣を息子にわたすと、はにかんだような笑顔をちょっと見せて、砂糖黍のジュースを買いに走った。

搾りたてのジュースを入れた紙コップを大事そうに持つ息子の脚から腕に、火蟻がむらがりのぼる。

息子は、半分飲んで、わたしにも飲めとすすめる。

甘い汁といっしょに、蟻の群れも舌の上を流れ、のどに入る。

商売物のリボンや貝殻を布の一つに包み、手提げに入れて、歩きだす。

弟と夕陽の道を歩いたのを思い出す。なんのために歩いていたのか、もう思い出せない。

市街地を抜けると、道は未舗装で、赤土がむきだしになる。雨期だ。昨日の大雨で、道はひどくぬかるんでいる。息子は裸足だ。わたしも踵の平たいぼろ靴を脱ぎ、手提げに入れ、裸足でぬかるみを行く。

弟と夕陽の道を歩いていたとき、雨が……。そんなはずはない。夕陽がさしていれば、雨は降らない。記憶が混乱している。

雨のなかを歩いたこともある。俄雨《にわか》に、わたしは裸足になって走った。弟は半泣きになって後を追ってきた。弟は、この息子ぐらいの年だった。あのころの弟は、年のわりに幼く泣き虫だった。

樹林をつらぬく道を行く。人の眼が少しでもそれれば、熱帯樹は根を道にひろげ伸ばし、枝がおおいかぶさり、道を樹林の茂みにもどそうとする。

扁平な板のような根がねじれ曲がり、盛り上がり、気根が幹を抱き抱えて垂れ下がり、蔓性の宿り木が幾重にもからまり、うねうねと波うって動く。

幹は深い裂け目が走り、皺ばみ、剝がれ落ちた樹皮が垂れ下がり、蔓性の宿り木とからまりあう。

また、降りだした。肌まで濡れとおりながら、歩く。長いスカートの裾が足にまつわる。くずれそうに木材を積み上げた巨大なトラックが、赤いしぶきを噴きあげて、飛び跳ねながら走り抜ける。轍が、息子の背丈の半分はある溝を残す。

慎重に走ってきたバスが、溝に落ち込み、立ち往生する。その脇を四輪駆動が走り抜ける。無線で呼ばれたトラクターが、バスにワイヤを結びつけ、ひきずりあげるのを横目に、息子の手をひいて、わたしは歩く。頭から赤土の溶けた水がしたたる。

しぶきのなかを、巨大な蝶と巨輪の花が舞う。やがて雨があがり、樹林の梢から梢に虹がかかる。

樹林が切れ、草地になる。痩せこけた牛の群れは、擦り切れた毛並みのあいだに露を光らせる。その足元を、これも痩せこけた鶏がよぎる。

杭にわたした綱に、朝干した洗濯物が、ぐっしょり濡れて雫を垂らしている。雨が降りだしたからといっていそいで取り込む必要はない。陽が照れば、たちまち乾く。

板でかこってトタンをのせた小屋が、ぽつりぽつりと建つ。通り抜けの土間には、脚のがたつくテーブルに、脚のがたつく椅子をおいて、老人も男も女も子供たちも、涼風をもとめてマテ茶を飲む。

わたしは手提げをテーブルに放り出し、夕食の支度にかかる。ソーセージとチーズをきざみ、パン、マンジョーカといっしょに皿に盛るだけだから、なんの手間もかからない。

亡夫の父親が、牛の角のカップに入れた飲みさしのマテ茶をわたしにまわしてよこす。金属の細い管の吸い口は老いた舅《しゅうと》の唾で濡れている。茶の葉に水をそそいで、管で吸う。煙草のような後味が舌に残る。

息子がすり寄り、カップに手を出す。はにかんだ目をわたしに向ける。なめらかな褐色の頬にちょっとくちびるをつけ、わたしは気まぐれに、手提げから商売物の手擦れしたカードを取り出し、シャッフルする。老いた舅は関心をしめさないが、息子は好奇心に青い目を活き活きさせ、身を乗り出す。

占いを信じたことはない。頼ったこともない。カードなど、一枚一枚の絵がどのような意味を持とうと、それを組み合わせて物語を作るのは占い師の恣意。

ただの暇つぶし。過去。現在。未来。

過去のカードをひらく。函の中。閉じ込められていましたね。過去のカードは言う。殺しましたね。そのために、函の中、と因果関係ははっきり物語られている。

現在のカードを開く。空白。予備のカードがまぎれこんでいたのだ。未来をひらくのは、やめる。

青いリボンは手首に食いこみ、火蟻に齧られた傷は肉が盛り上がらず骨がのぞいたまま、淡々と日が過ぎる。

老いた舅と息子と、三人の生活。簡単な食事。簡単な洗濯。少し手のかかる家禽と豚の世話。牛は飼っていない。豚を殺して焼く。牛の肉は、ほかの家でつぶしたとき、買う。痩せた牛の肉は固い。

昼間は、息子をつれて旧市街に行く。旧大陸からはるばる女を買いにくるドイツ人というのは、噂だけか、影もない。

色とりどりの細長いリボンの束を握った右手をさしのべる。力のはいらない腕を、目に見えない空気の流れにまかせる。

上半身裸のジュース売りが、屋台の前で、砂糖黍の茎を足踏み式の圧搾機のローラーにかける。押しつぶされた茎からにじむ汁を紙のコップに受ける。

その足元からローラーの上まで、飴色の帯がかかっている。ローラーに巻き込まれ、のみこまれ、帯は無限運動をつづける。

わたしの前に、黒人のガイドを連れた女が立つ。飴色の蟻が、女の脚を這いのぼる。

「占ってください」女は言う。

傷口に骨がのぞく手首に、わたしは青いリボンを巻き、固く結んでやる。あなたのお守り、と、巻き貝をわたす。

わたしはカードをシャッフルし、好きな枚数だけとりのけるように指示する。

三枚のカードが、過去、現在、未来を告げる。

過去のカードをひらく。

「殺しましたね」

弟を。

女はうなずく。

U
Bu
Me

前略。いつもお世話になっております。

このたび、左記に転居いたしました。

いささか不便な田舎ですが、閑静で仕事には向いています。来年の春の創作発表にむけて、専念するつもりでおります。

お知らせまで。

*

深夜、人の気配の絶えた病院の廊下を、胎児がへその緒をひきずって這っていた、という話をわたしに聞かせたのは、あなただったでしょうか。帝王切開の術後ほどない女のベッドに這い寄り、よじのぼり、縫合《ほうごう》した傷口をひらいて、胎内にもぐり込んだという話がつづくので、いくら嘘話とわかっていても、思い出すと、あまり楽しくはありません。

その話を聞いたのは、わたしも入院していたあのときだと思います。子宮摘出の手術をした後ではなかったでしょうか。あなたは見舞いにきてくれて、そして、わたしの退屈をまぎらせるために、そんな話をしてくれたのではなかったでしょうか。怖いというよりなんだか滑稽で、わたしは笑ってしまい、そのとたん、縫合した傷口に焼け火箸《ひばし》をあてられたような痛みが走り歯を食いしばった、その痛みは明瞭におぼえています。ほかのことは、ほとんど忘れてしまいましたのに。

いいえ、もう一つおぼえています。全身麻酔が醒めたときの衝撃です。麻酔がきいているあいだというものは、死にひとしい状態です。突然、脳髄にひびく音とともに、銀色の光が視野に入り、その壁に数人の人物が平たくはりついているのです。宇宙船の中にいると思いました。ほどなく、人物は立体感を持ったのでしたが。実際は何も聴覚にとどく音はなかったのです。光が、音と同様に感じられたのでした。

その二つは明瞭に思い出せるのに、胎内にもぐりこむ胎児の話をだれがしたのか曖昧《あいまい》なのは、なぜでしょう。

胎児の寝床のためにのみある臓器を失ったからといって、他人が想像するような悲壮感も喪失感もいっこうになく、盲腸の摘出よりいくらか大がかりなので、回復も盲腸よりは時間がかかるというていど、摘出手術というのは、内科の病のように陰湿にながびくことはなく、一定のコースをたどり、確実に回復するのが、ここちよいほどでした。

ああ、こんなことを書くつもりはありませんでした。新しい家での暮らしをお知らせしようと思い、パソコンに言葉を打ち込んでいるのです。

農家です。何十年も放置したままで朽ちかけていたのを安く買いました。藁葺《わらぶ》きの屋根。広い土間。腐りかかった濡れ縁。雨戸はあってもガラス戸はこの家にはないのです。雨が降りこむときは雨戸をたてなくてはなりません。

　水道がなくて、台所と外と、二カ所に掘り抜きの井戸があります。保健所の検査では、水質は問題ないそうです。あなたには、こんな話は、どうでもいいことですね。

　台所を兼ねた土間に竈《かまど》が築かれ、風呂は母屋の外に造られた小屋のなかに五右衛門風呂が据えてありどちらも薪《まき》で焚くのです。

　手に負えないので、地元の工務店にたのみ、プロパンガスを使えるよう、少し手を入れてもらいました。このあたりでも、もう、薪は手に入りません。

　さすがに、電気だけは使えます。電柱は遠いのですが、電線をひいてもらいました。壁に埋め込みのコンセントはないので、コードを柱に沿わせて、必要な箇所にとりつけました。電話もテレビもおきません。五十年も百年も時をさかのぼったようなこの家に、洗濯機と冷蔵庫、パソコンだけは据えました。電話は嫌いです。呼出し音が鳴るたびに、心臓の鼓動が速くなり、いたたまれない不安感に襲われるからです。猫なで声の押売。鳥肌立つ猥褻なささやき。

　この家を手に入れたのは、未知の不動産屋からの電話の勧誘にのったからではあったのですけれど。

　仕事にむいた家なのです。藍染は、水を選びます。家の裏に川があります。川上におそらく人家は一つもないでしょう。人に見捨てられた土地ゆえに、水は清冽《せいれつ》です。

　工務店からきた作業員にたのみ、広い土間に甕《かめ》を六つ埋め込んでもらいました。

ひとところ手を入れるたびに、予想を越えた出費になります。資金の出所はどこだったのか、忘れました。いらないことは、みな忘れます。

あなたには、こんな話も、どうでもいいことですね。

都会に住みなれた者のディレッタンティズムと、あなたは嗤《わら》うでしょうね。わたし自身そう思います。

自分では職人だと言いながら他人には芸術家とみとめてほしく、いっこうに世評にのぼらないので妙にひねくれ、名声高い人を妬《ねた》みながら口ではさげすみ……といった人々を何人か知っています。

わたしもそうなのかしら。でも、嫉妬するのは、覇気があるからでしょうね。家を買おうと思い、不動産屋と交渉したりしているときは、わたしにも少し覇気がありました。でも、仕事をやるぞという意気込みより、家を買うというそのことに気力を奮い起こしたのだと思えてきます。

ずいぶん前から、仕事はどうでもよくなっていたのです。でも、そう認めたくないから、仕事にむいた家に移るのだと、自分をだましました。

あなたには、どうでもいいことですね。

＊

メールが二通とどいています。

画面にその文字が残っています。でも、未読の印はついていません。どちらも、目を通しました。ここに移ってきてまもないころにとどいたメールです。一通は、ニフティからの料金改定の通知です。消去してもかまわないのですけれど、メールがなにもないのは淋しいので、保存してあります。

もう一通は、なにか猥褻な文書です。どうしてわたしのアドレスを知ったのか。しかも、消去、保存の指定をする記号が記されてないのです。特にわたしだけにあてたものではない、あちらこちらにばらまいているのでしょう、気にいったら次のを送るから連絡してくれというのです。一定期間をすぎれば自動的に消えますから、放ってありますが、不愉快です。

わたしは、あなたへのメールをいま打ち込んでいます。あなたは保存していてくださるのでしょうか。それとも、すぐに消去？

六つの甕は、空のままです。梱包《こんぽう》した荷物もまだほとんど開けていません。食事に最低必要なものだけ。二合炊きの小さい電気炊飯器。使い捨ての割り箸二袋。越すときに冷凍食品を一山買い込み冷凍庫に収めましたから、当分、解凍するだけで餓死はまぬがれましょう。

手洗いは水洗ではないので、カタコンベより深い穴を掘ってもらいました。うつそみの日々の養いの果てを、生の終わるまで呑み込んだとて、なおあまりある穴。

生きたくもないのに、なぜ、食欲ばかりはおとろえぬのか。まことに本能とは手に負えぬものです。

あなたは、幾つになるのでしょう。わたしの年もまだお教えしてはありませんでしたね。

四十をどれほど越えましたか。忘れました。五十にはまだ間がありましょう。若いとおっしゃいますか。それとも、老いたと?

あなたには、どうでもいいことですね。

死をなつかしい親しいものと感じるようになったのはいつからだったでしょうか。怖いのは生から死に移行するときの苦痛だけ。死は安らぎ以外のなにものでもないと、七つ八つのころから感じていたと思います。

いつ聴きおぼえた歌か、短いフレーズだけ記憶に残っています。

Life is a short warm moment and death is a long cold rest……

わたしには、warm と cold が、逆であるように感じられるのです。

冷たい人生は束の間、死は長い優しい休息。

死よりも、産むことのほうが、どれほど恐ろしいか。父も母も産科医であったからでしょうね。父は病院勤務ですが、母は自宅の一部を改築して、診療室と分娩室、産婦の部屋にしました。入院者はいつもひとりだけです。医師である母と住み込みの看護婦がひとりというスタッフでしたから。

待合室で診療を待つ妊婦の多くは、出産となると父の勤務する病院に入院するのでした。ことに、逆子だの帝王切開を必要とするような産婦は、すべて病院に送りました。母と父の連携プレーですから、うまくいっていたようです。

ふつうの住宅を改造したので、わたしの部屋は分娩室の真上にありました。二階だから物音はわたしには聴こえないと父も母も思っていたのです。

よく聴こえました。ものごころつくかつかないころから、産婦の陣痛の呻き、悲鳴が時をかまわず、わたしの耳にとどくのでした。なぜか、昼間よりは深夜のほうが出産は多かったのです。わたしの睡《ねむ》りをひきちぎって、産婦の声は侵入してくるのです。呻き、悲鳴と書きましたが、あの声を正確に表現する言葉を、わたしは持ちません。一定のリズムをもった、せつない、つらい、哀しい波なのです。

それを、悦びと呼ばなくてはいけないのです。それというのは、出産のことですが。全身にたまった哀しみを絞り出すような声が、どうして、悦びなのでしょう。母と看護婦の産婦を叱咤する声も、わたしは聴かなくてはなりませんでした。

種を絶やさぬために産まねばならぬさだめなら、なぜ、もう少し楽しく……とはいわぬまでも、楽に、産むことはできないのか。十にみたぬころから、出産は、わたしには恐怖の根源となりました。十にならぬうちに、わたしは孕《はら》みました。恐怖という胎児を。歳月をかけてわたしの子宮のなかで、それは育っていきました。女は、胎児のときから、さらなる胎児の巣を持っているのでしょうか。専門家である父にも母にも、訊いたことはありません。

あなたには、どうでもいいことですね。

＊

わたしのメールは、保存されているのでしょうか。読後ただちに消去されているのでしょうか。わたしにはどうでもいいことです。

六つの甕はまだ空のままです。一つの甕にひとつずつ胎児がいたら、滑稽でしょうね。鳥の雛《ひな》に似ているのではないでしょうか。口をあけて、しじゅう餌を欲しがっている。いえ、餌をほしがるのは、嬰児《えいじ》でした。乳首に吸いつく赤ん坊は、おそろしく貪欲です。出産後、うちの病室で静養していた産婦の嬰児が、黒い便をだしたことがありました。血便だとわかった看護婦は、赤ん坊がこんな血便をだしたら死ぬと言い、産婦は泣きました。母がすぐに見抜きました。産婦の乳首が血を噴いていたのです。赤ん坊の乳を吸う力があまりに強くて、初産の産婦のやわらかい乳頭は爆《は》ぜ割れ、乳といっしょに血をも赤ん坊は飲んでいたのでした。わたしもそうだったのでしょうか。母に訊いたことはありません。あなたもそうだったのでしょうか。

かわいいと、言わなくてはいけないのです。赤ん坊を見たら。狭い産道をしゃにむにくぐり抜けてきた赤ん坊は、瞼《まぶた》がふくれ、鼻がひしゃげ、皺だらけで、死に物狂いの泣き声をあげて、退院するころになったって、まだ、化け物みたいです。それでも、みんなで寄ってたかって、かわいいわねえ、かわいいわねえ、と褒め上げなくてはいけません。

夫や両親が迎えにきて、晴々と退院していく女が多いのですが、搔爬《そうは》にくる女も数は劣らないくらいいました。

母は、わたしに隠し立てしませんでした。事実はそのまま冷静に事実としてうけとめる。そういう教育をわたしにほどこしたつもりなのでしょう。父も母も——どの指でしたか忘れましたが——中指だったかしら、それとも人指し指——胼胝《たこ》が盛り上がっていました。度重なる搔爬によってできたものです。病院ではどうしているのか知りませんが、うちの分は、台所の生ゴミといっしょに処理していました。大きいところで業者が集めにきて豚の餌にすると、わたしに教えたのは看護婦でした。からかわれたのかもしれません。

母は自分自身を革新的な女性と認識していました。わたしに、結婚しないで子供を産もうと、それは少しも悪いことではないと言いました。でも、と、つづくのです。今の社会は、結婚しない女が子供を産んで育てるのは、苦労が多いわよ。まだ、そういうのを受け入れるほど社会が進んでいないから。あなたが産むのはいっこうかまわないし、責めないけれど、私は面倒はみないからね。結婚どころか恋人もいない高校生のとき、そう宣言されたのでした。

劇薬を保管してある戸棚から強い睡眠薬をもちだし、のんだことがあります。致死量をのんだつもりでしたが、両親が医師であるということはこういう場合きわめて不都合で、きれいに洗浄され、覚醒後からだの中を火で焙《あぶ》られるような苦痛がつづき、死ぬのはむずかしいと思い知りました。

なぜ、生きなくてはいけないのかと父に訊きましたら、父は苦笑してわたしの頭を小突きました。その後、少し腰を上げ、ズボンの両脚の隙間から、豪快な音を放出しました。肉体が健康な証拠の音で、大きいのを父は自慢にしていました。母には訊くだけ無駄とわかっていました。

あなたには、どうでもいい……ことかしら。

郵便受けには、ときどきダイレクトメールが入っています。どうやってわたしの住所を知るのでしょう。

＊

パソコンに残っているメールは一通だけになりました。ニフティからの料金改定の通知は消えました。未読のメールはありません。あなたからメールがとどいたのは、何年前のことだったかしら。簡単な文面でした。〈私は＊＊さんではありませんか。間違いではありませんか〉わたしが送ったつもりの相手とあなたのアドレスがよく似ていたのです。23と32。あとは全部同じでした。相手に送りなおし、あなたにはお詫びのメールを送りました。どちらからも、返事はきませんでした。

ああ、深夜、人の気配の絶えた病院の廊下を、胎児がへその緒をひきずって這っていた、という話をわたしに聞かせたのは、あなたかもしれない、などと、どうしてわたしは錯覚してしまったのでしょう。以前、あなたへのメールにそう書きましたよね。あなたが見舞いにきてくれて、そして、わたしの退屈をまぎらせるために、そんな話をしてくれた……などということは、ありません。わたしはあなたの顔も知らない。なにも知らない。知っているのは、あなたのアドレスだけです。

いま、わたしは思い出しました。縫合した傷口に焼け火箸をあてられたような痛みが走り、からだのなかが燃えあがるようで、歯を食いしばったのです。あの胎児が、わたしのベッドに這い寄り、よじのぼり、縫合した傷口をひらいて、胎内にもぐり込んだのでした。わたしの傷は、帝王切開ではありませんのに。胎児の寝床を除去するためのものでしたのに。
今日、わたしは、足の指を一本、失いました。柱に奪われたのです。

*

作ること、造ること、創ることに、生きる悦びをおぼえなさいと、わたしに言ったのは、だれだったかしら。こころが疲れた人のための施設にいたときでした。悦ばないのは、悪いことでした。悦びたくても悦べないのは、もっと悪いことでした。悦ぶには疲れ過ぎています、と言うのも、悪いことでした。命は大切にしなくてはならなくて、自分の命でも、自分の望むようにはできないのでした。どうして、大切なのですか。その疑問は禁忌です。口にするのは大罪です。毎日、入所者は食事の前に声をそろえて言うのでした。命を大切にしましょう。わたしは口だけ開けて、言葉には出しませんでした。食堂に、何人いたかしら。おぼえていません。
いま、わたしに、そう命じる人はいません。いないことに悦びをおぼえます。足の指をもう一本、奪われました。奪ったのは、別の柱です。この家に、柱は何本あるのかしら。

*

毎日、一本ずつ指を奪われました。足の指はなくなってしまいました。でも、パソコンに文字を打ち込むのに不自由はしません。

ききわけのいい家です。手の指は残しておいてと頼んだら、承知しました。足の指がなくなったあとは、髪の毛を奪うようになりました。屋根を葺いた藁に、わたしの髪の毛が編み込まれます。

血がほしいと、家は言います。乾燥しきっているので、湿りけがほしいと。六つの甕に、ひと垂らし、ふた垂らし、公平にわけてやります。依怙贔屓《えこひいき》はしません。六つ、似ていますけれど、少しずつちがうのですよ。一つ一つに名前をつけてやりました。あなたには教えてあげません。

＊

踝《くるぶし》を奪われ、足首から先全部を奪われました。奪ったのではない、家はわたしを愛してくれているのですね。少しずつ、愛がしみとおって、わたしのからだは、家に移っていくのです。もう、手の指も要りません。こころに思うだけで、画面に文字はあらわれますし、あなたのアドレスだって打ち込めます。でも、あなたが保存していようと読みもせず即座に消去しようと、どうでもよくなりました。

まだ首は残っています。首をほしがっているのは、大黒柱です。最後にあげることにします。家とすっかり一つになってしまったら、あとはすることがありませんもの。

孕んだ六つの甕が六つ子になるよ。

と、家が言う。野太い声で。子育てが控えているよ。

愛されるって、ここちよいのですねえ。わたし、生きます。生きることは悦びです。大黒柱と梁《はり》の交点に綱がさがっています。家が、屋根の藁とわたしの髪を綯《な》いまぜて編んでくれたのです。

いつ、首をあげようかしらねえ。その後ずっと、愛しあって生きていくのよね。甕のなかで子供たちが、産まれ出るときを待ちかまえているわ。

あなたには、どうでもいいこと？

深夜、人の気配の絶えた病院の廊下を、胎児がへその緒をひきずって這っているとわたしに教えたのは、あなたじゃなくて？

だれか、ささやいた。あんたが初めてじゃないのよ、この家に愛されたのは。

そら耳です。

愛されるって、いいのねえ。

心臓売り

姉は金魚売りが好きで、のんびりした呼び声がすると、すぐに表にとびだしていくのだが、心臓売りは、売り声をあげず、黙々とリヤカーをひいてまわるだけだから、路地の気配に気をつけていないと、知らないうちに通りすぎてしまう。

夏は金魚売りのほかに氷売りもくるし、風鈴売りもくる。秋は虫売り、冬は猫売りがくる。春はなにもこない。心臓売りは梅雨のころにくる。

金魚は死ぬし、虫も死ぬ。猫は春になると捨てる。氷は溶けてなくなる。風鈴は死なないけれど、こわれやすい。そして、一年たつとなんだか古びて、新しいのと買い換えたくなる。心臓はこれ以上死なないし、腐ることもないし、もともと古いものだから、古くさいのは気にならない。それどころか、わたしは、古いのほど好きだ。

こっちのほうがずっと綺麗だと姉は、金魚を移し替えた小さい洗面器をみせびらかす。金魚売りは、幾つもの立方体のガラス鉢に、種類別に金魚を泳がせているから、たいそう賑やかで華やかなのだけれど、洗面器に一匹うつしたとたんに、まるで別のもののように貧弱になる。姉も、じきにそう気がつく。家の台所に持ち帰るころはもう興味を失い、流しの隅のごみ捨てに、洗面器の水ごと捨てられる。心臓売りがあきなう心臓のように防腐処置をほどこしたものなら、ごみ捨てのなかで鰓《えら》をひくひくさせながらだんだん弱って死んでいくところを見なくてすむのだけれど、固めた金魚はだれもほしがらないとみえて、作られていない。金魚はじゃがいもの皮や大根のしっぽや食べ残しの鰯の骨など一日分の厨芥といっしょに、台所の土間にもうけられたゴミ穴に放り込まれ、水で流される。穴は地下の公共の粉砕機と直結し、廃棄物は肥料に還元されるのだそうだ。

冬の猫売りを重宝がるのは祖母で、毎年、新品を買う。手触りがあたたかくて気持ちいいということで、いっとき大流行したそうだけれど、このごろは、買手が減ったと、猫売りは祖母に愚痴をこぼしていた。一冬置いて春めいてくると、ゴミ穴に捨てて水で流すのだが、金魚のようにおとなしく死なないで、腐汁まみれで這い上がってくるのがときどきいる。

昔は不要猫を引き取る業者がいたものだけれど、と祖母は言う。このごろは、売るばかりで引き取らない。引き取らせるには、こっちが金を払わなくてはならない。

猫を夏までおいている家はない。どうして、と訊ねたら、わかりきったことを訊くのはばかだと、姉は言った。夏に猫がいたら暑苦しくて不愉快なのだそうだ。

不愉快というのがどういう感じか、愉快というのがどういう感じか、直接は知らないけれど、察することはできる。

凝固粘土で固められたゴミ穴の壁に爪をたてて這い上がってくる猫を棒でつつき落とし水を流すのは兄の役目で、そのときは、父も母も祖母もわたしも、みな集まって兄に声援することになっている。同じころ、隣近所でも同じことをしている。

冬の手触りをたのしむためというより、春に捨てるために買うのではないかと、わたしは思う。そして、捨てるときわたしが感じるのは、不愉快とも愉快ともちがうと思う。どの心臓からも、わたしは、こういう感じをあたえられたことがないので、なんと表現したらいいのか、わからない。

心臓売りは、古くなって飽きたのを買い取ってもくれる。只に近い安い値段ではあるけれど。でも、それはわたしだけ特別なので、ほかの人から買うことはないと、心臓売りは言った。買ってきて、とわたしは頼んだ。そのほうが、古いのが手に入る。心臓売りは、卸問屋から買う。問屋は、防腐屋から買う。防腐屋は病院から買って防腐処理をする。そういう流通経路なのだそうだ。不要になったら、砕いて不燃ゴミとして廃棄する。なるべく細かく砕くように、そして、生ゴミといっしょにしないようにと、ときどき、町内会の回覧板で指示される。だから、古い心臓はどんどんなくなる。惜しいとわたしは思う。

金魚売りも猫売りも氷売りも毎年ちがった人がくるが、心臓売りは、わたしの知るかぎりでは同じ人だけれど、以前はちがう人がきていたと、母は言った。

金魚売りや風鈴売り、氷売り、虫売り、猫売りは何百年も昔からつづいているけれど、心臓売りがはやりだしたのは、祖母が子供のころからだそうだ。

最初は、心臓だけではなく、胃だの腸だの、いろんな内臓が売られた。内臓の水分を他の物質——樹脂かなにか——と置換して、絶対腐敗しないようにする方法が発明されたのは、祖母が生まれるよりずっと前のことだそうだ。医学研究所でしかあつかわれなかったのだが、そのうち、市販されるようになった。たいそう珍しがられ、富豪が買って床の間にかざり自慢した。製造が簡単になり、安価にだれでも買えるようになって、希少価値が失せた。自分のからだのなかにあるものを、わざわざ金をだして買うのはばからしいという風潮がひろまり、くねくねして場所を取るだけの腸だの、つまらない形の肝臓だの、ちっぽけな膵臓《すいぞう》だのはだれも買わなくなり、流行は一気にすたれたのだそうだ。むしろ、新鮮なうちに食用にするほうが一般的になった。保健所が管理して、危険な病気で死んだものは許可しない。法定病は、昔にくらべてずいぶん減ったそうだ。

人間にはL本能とD本能が生まれつきそなわっていて、D本能が優勢になると、積極的あるいは消極的に自殺するのだそうだ。昔は、Lを善、Dを悪と決めていたから、自殺より病死が多かったそうだ。薬剤をもちいた自殺体は食用に適さない。いちばん好ましいのは、拳銃で口腔の奥を一発。即死で出血量も少ない。長時間の苦痛や恐怖は肉を固く不味《まず》くする。

両方の本能が強く、葛藤のあげくDが勝ったという自殺体は、いきがよくて美味だそうだ。どちらの本能も脆弱《ぜいじゃく》で、なんとなくだらだらと長生きし、老衰のあげくの死体は、肉も脂肪もおち、歯ごたえがなく、じつに不味いという。

子宮と性器だけは、発売を禁止されているために、いまでも高い闇値がついて売買されているというのだけれど、行商人はもってこない。それらがどういうものだかわたしは知らないけれど、家族にたずねてはいけないということだけは感じられ、黙っている。その名前を口にするのもいけないのだそうだ。

心臓は、形に魅力があるせいか、人気がまったくなるということはなくて、行商がなりたっている。花瓶のかわりに使う人が多いようだ。底の安定が悪いから、吊り下げて、観葉植物をかざったりする。上のほうを切って中をくりぬき、ボンボン入れにもする。

心臓を売る人になったらどんな感じがするのだろうと、姉に言ってみたことがある。姉は肩をすくめて、あんたが心臓売りになってみればわかるんじゃない、とそっけなく言っただけだった。

でも、なりたいからといってなれるものではないらしいし、何になっても、結局最後はDなのだとみんな知っているから、だれもが似かよった日々をすごしている。

生まれて三日で死んでも、百ぐらいで死んでも、死んでしまえば同じことで、そのあいだをどんなふうに生きたって、たいしてかわりはないと、みんな言っている。たしかに、わたしはいま七つで姉は十三だけれど、十三まで生きなくても、どういう暮らしがあるのか姉を見ていればわかってしまう。ちがいといったら、姉は金魚が好きで、わたしは心臓が好きという程度のことだ。祖母をみれば、八十まで生きればどういうふうになるか、生きてみなくてもわかる。

父は母以外の女性とつきあっていて、そういうのは、ごくありふれたことなのだけれど、母としては、一応、怒るのが正しいやり方なのだそうだ。母は正しい怒り方を本で読み、父も、その本に書いてあるとおりに応答し、わたしは、めんどうくさいなと思った。姉は、よかったじゃない、とわたしに言った。どこでもやっているのに、うちだけやってないと、学校で友だちと話があわなくて困るもの。

梅雨になる前、大叔母が死んだ。脳の血管に瘤ができる病気だった。家人がそろって葬式に出かけようとしているとき、台所のゴミ穴の蓋があいた。一月も前にゴミ穴に捨てた猫が、厨芥と溶け合ったような姿で、凝固粘土の壁を這いあがってきたのだ。大騒ぎになった。こういうことは、これまでに、隣近所にもなかったから、みな、とまどってわめきちらしていた。心臓からおぼえた知識に照らし合わせれば、こういう状態は、恐慌というのだろうと、私は思った。

祖母でさえ、こういうことは初めてなので対処法がわからないというのだった。近所の人もみな、初体験だった。この猫はD本能が欠如しており、L本能ばかりが異常に強いのだという結論になったが、結論が出ても、恐慌はおさまらなかった。だいたい、人間の場合、L本能があまり強いのは、はしたないと嫌われる。D本能も同じように強くて、その葛藤が明瞭なら許されるし、結果としてDが勝てば称賛さえ得られるのだけれど、Lばかりでごり押しに生きる者は、監禁される場合もある。

L本能とD本能は等量で、人全体の総量は一定しているので、だれかがLを独占すれば、だれかのLが少なくなる。

最終的には、本能の如何にかかわらずDなのだから、あまりL本能をむきだしにするのは、見苦しく、恥ずかしいことなのだそうだ。

いくら兄が棒で突き落とし水を流しても猫は這いあがってくるので、蓋《ふた》をし、その上に重石をのせて、大叔母の葬式にでかけた。わたしは留守番に残った。

大叔母は、病気のせいか、D本能が欠如し、Lばかりが旺盛で、見苦しくはた迷惑だったと、まわりの大人たちは話していた。食用にすることを許さず、心臓を硬化して問屋におろすこともさせず、肥料になる土葬もいやがり、そのまま火葬という、生きているものに何の役に立たないやり方を望んでいたので、それも非難の種になった。

大叔母に、わたしは、母や姉や祖母と少しちがう感じを持っていた。

本来、子供は、男女ひとりずつであるべきだとされている。人口の配分がちょうどいいぐあいになっているので、増減のないことが望ましいのだそうだ。法的な強制はないが、不文律になっているので、おかすと世間から非難の目をあびせられ、暮らしにくくなるのだそうだ。姉が幼いころ病弱だったので、父と母は、念のために予備にわたしをつくった。姉は丈夫になったから、わたしをどうしようと親類中で相談した。大叔母は子供がいないので、ふたり分の余裕がある。そのひとり分をわたしにふりわけてくれた。結婚もせず子供もいなかったので、世間体が悪いと、大叔母は親類一統からかなり非難されていた。わたしはいいとして、もうひとり、だれかが男の子をつくらないと数があわないのだが、みな、きっちり男女ひとりずつ持っているので、それ以上ほしがらない。わたしは浮いている。将来結婚する資格もないのかもしれない。したいとも思わないけれど、行商人から買う心臓のおかげで、DよりLのほうが楽しいから、存在のスペースを提供してくれた大叔母に感謝している。

感謝というのは、大切なことだと、大人たちから教えられている。でも、大叔母には、感謝という言葉から少しはみだす気持ちも持っていて、それを何と言いあらわしたらいいのかわからない。好きというのと似ているけれど、姉が金魚売りを好きなのとは、ちがう。

家人が葬式にでかけた後、わたしはひとりになったので、ゴミ穴の蓋をあけてみた。猫はいなくなっていた。

とても妙な気分になって、二階のわたしの部屋に行った。六畳の部屋を衝立《ついたて》で半分に仕切って、奥が姉の領分、手前がわたしの領分になっている。正確に半分こではなく、わたしの分は畳二枚だけだ。姉がいないときに、少し向こうに押してみたりするのだけれど、姉はすぐに気がついて、前よりよけいに、こっちに押してくるから、わたしの領分はいっそう狭くなる。あんたはLが強いから、人のところを侵略してくるのよ、と姉は言う。そのくせ、Dは希薄なんでしょ。みっともないわ。ほんとに、恥ずかしいことよ。

長押《なげし》に釘をうって、三つだけ、心臓が吊るしてある。ほかのは、心臓売りに買いとってもらった。おもしろくなかったからだ。

三つのうち、一番古いのは、もう何度も感じ返したので、さわらなくても全部思い出せるくらいだけれど、気に入っているので手放さない。

でも、猫のことであまり妙な気分なので、その心臓を長押からはずし、両手でそっとくるんだ。

海が見えてくる。わたしは、海を見たことはない。海というものがあることも、心臓によって知った。家人はだれも、海を知らない。砂浜も、汐のにおいも、わたししか知らない。

波打ち際に、ベッドがある。ベッドは、ふつうの家では使わない。使うのはよほど大きい病院だけだ。大叔母が入院していた病院は、ベッドを使っていた。

ベッドの金属製の脚を、浅い波が洗う。脚はくすぐったがって笑う。

笑うということも、わたしは、心臓がみせてくれる——そして感じさせてくれる——ものによって、知った。

白い敷布でくるんだマットと白い上掛け。だれもいないときが多い。まれに、女の人がその上にいる。姉とも母ともまるきりちがう、やわらかい顔だちをしている。

うちの庭も近所の家の庭も、雑草が繁っている。刈り取ってもまた生えるし、冬になれば枯れるから、刈るのは無駄なのだそうだ。そのなかに、雨降り朝顔というやわらかい花があって、女の人の感じは、その花に似ている。

女の人が浮かぶと、わたしはたいそういい気分になる。

その人は、赤い表紙の本を手にしている。それを本と呼ぶということも、女の人から、——つまり心臓から——わたしは知った。祖母が子供のころ、すでに、本というものは、なくなっていたそうだ。

本に目を投げながら、その人の、くちびるは、それはやさしい曲線をつくったり、眼のふちに水をあふれさせたりする。

楽しい。悲しい。そういう言葉を、わたしは知った。

わたしが持っている心臓は、たぶん、その人のなのだ。

古い古いものだと、心臓売りは言っていた。古いのはだれも欲しがらないから、毎年売れ残っていたということで、子供のわたしの小遣いでも楽に買える値段で売ってくれた。三年前。わたしが四つのときだった。わたしは、海を知り、本というものを知り、笑うこと、泣くことを知った。

次の年の梅雨、心臓売りにそのことを言ったら、そんなことは初めて聞くと心臓売りは言った。そして、売れ残りの古い古いのを、安く売ってくれた。わたしは、たくさん欲しくて、大叔母がくれる小遣いを、一年の間ためていた。それをそっくり渡して、買えるだけ買った。でも、おもしろいのは、売れ残りの古いのだけだった。

去年は、つまらない不要なのを引き取ってもらい、それに小遣いをあらいざらい足して、五つ買った。怖いのが一つあった。楽しくも怖くもないあたりまえのつまらない四つは、今年心臓売りがきたら引き取ってもらうつもりで、戸棚につっこんである。

猫で妙な気分になってしまった今は、一番古い女の人のしか、さわる気にならない。

怖い心臓は、なにも見せてはくれない。ただ、LとDが、わたしのなかでものすごい葛藤をするのを感じられるだけだ。わたしのLとDなのか、心臓の持主なのか、わからなくなる。あの猫の心臓を防腐処置して固定したら、L本能を強化するお守りになるかもしれない。猫にはD本能はないみたいだから、自殺できなくなる。古い古い心臓を手に入れられるあいだは、Lしていたいと思う。でも、古い心臓がひとつも得られなくなったら、Lは、なんてつまらないのだろう。

渚においたベッドの上で、女の人は、潮風を髪にからませながら、本に目を落としている。いつもはそれだけなのに、そして、それだけでわたしは十分にここちよいのに、このとき、砂に靴の跡を残して、男が近づいてきた。ベッドの端に腰かける。

女が両手を男にむけてのばす。男の肩に両手をかけ、あおむいて、くちびるを薄く開ける。女の舌が踊るのをわたしはみる。男が何か言い、女はうなずく。男は親指の先を女の喉の骨にあて、ほかの四本を首の後ろにまわす。男の顔が真っ赤になり、女の顔も赤くなって、それから黒ずんでふくれあがる。

わたしは、自分のなかで、DとLが、たのしそうに遊ぶのを感じる。猫を突き落とす兄が、浮かぶ。わたしは、兄を殺す。金魚を捨てる姉が浮かぶ。わたしは姉を殺す。

大叔母の葬式から、みなが帰ってくる。

わたしは、浮き浮きと、家族を出迎える。

この子は病気だ、と、父が言う。

＊

キッチンの、白い調理台の上におかれた紙箱は、窓からさす西陽を浴び、汗ばんだように濡れている。室温で自然解凍させるため、母が冷凍庫から出したのだろう。

箱に記された文字。『美味保証』

少年は、心臓をとり出し両手にのせてみた。

心臓にふれて持主のLを知ることができる者は、彼の家族にも友だちにもいない。この自殺した女の子は、彼と同じようにそれができたのだとわかった。

冷凍内臓は、製造後半年以内のものばかりだから、あまり珍しいLはない。彼の住む町には、古いのを売り歩く心臓売りはこない。樹脂で固定した心臓を飾るのは流行遅れで、このあたりでは、デパートでも売っていない。

これは、部屋に吊るしておきたいけれど、防腐処置は、死の直後でないとだめなのだ。もう、手おくれだ。彼の手のぬくもりが、凍結した塊を、やわらかい腐敗にみちびきはじめる。

薔薇密室

『薔薇密室』

四つの文字を記した紙片があった。

わたしが書いたおぼえのない文字であった。

この数カ月、急速に、わたしの脳細胞は死滅しつつある。ことに記憶に関する部分が侵されているのにちがいない。それは何かの刑罰であるかのようだ。

日記をつけはじめたのも、そのためなのだけれど、しかし、ほとんどのページは嵐が吹きすさび去ったあとの真青な空のように、空虚だ。

書き留めておぼえておかねばならないようなことは、今日この頃、何ひとつありはしない。

わたしはかつて読んだことのあるジロドゥの戯曲『オンディーヌ』を思い合わせずにはいられない。水妖姫オンディーヌは水界の掟に背いて人間の男を愛し、男が裏切ったために、水界の王によって、男は死を与えられ、水妖姫は男との愛の記憶のいっさいを奪い去られる。

いつかは記憶をなくして水の底に下りて行かねばならぬ日がくるのを予想して、水妖姫は自分のからだに、幸福な日々の動作を覚え込ませる。

〝ラインの水底で、たとえ、記憶がなくなっても、あたしはきっと、あなたのそばでした、そういうからだの動作しか繰り返すことが出来ないと思うわ。洞穴から木の根っこにとび移ることがあれば、それは、家のテーブルから、窓にとび移ったときのあの動作。砂の上に貝殻を転がすことがあれば、それは家でお菓子の捏粉を転がしたときのあの動作よ。……もうなにもかも、用意が出来ているのよ。あたしの燭台や柱時計や家具が、なくなっていたでしょう。あれみんな、あたしが川の中に投げ込ませたからなのよ。……あたしにはもう習慣がなくなってしまった。そういうものがみんな、不安定な不確かなもののようにみえる。……ああいう品物が、どういう意味をもっているのか、あたしにははっきりわからなくなるかもしれないけれど、あたしはああいう品物の周りで暮らすの。〟

ああ、この台詞はすらすらと口にでる。

薔薇密室。

書いたおぼえはないけれど、わたしのほかにだれもいないのだから、わたしの指がしたことにちがいないのだ。懐かしいものを見るように、わたしは四つの文字をみつめる。

心の奥深いところで、何かが囁きかける。思い出せ、というように。

溜め息とともに、ソファに腰を落とした。

部屋を見まわす。

海の底のような、わたしの部屋。

すべてをわたしの好みで統一した、わたしの隠り沼《こもりぬ》。

この部屋が薔薇色でみたされているのなら、此処こそ薔薇密室といえるだろうけれど……

遠い記憶が呼びかける。

新しい記憶が死につつあるとき、これまでおさえこまれていた古い遠いものが力を得、沼の底から浮かび上がってきたのだ。それはまだ、明確な形をとるだけの力はない。ゆらゆらと頼りなく、ゼリーのように、掴もうとすれば指のあいだから流れ落ちる。

藍色のわたしの部屋を、まもなくわたしは立ち退かなくてはならない。わたしはもう、踊れなくなった。

踊るために、この部屋はあった。正確に言えば、踊り抜いたあとのくつろぎのために。でも、くつろぎは、次の活動に備えてのことなのだから、やはり、踊るために、と言ってもまちがってはいないだろう。

心と軀にやすらぎをあたえてくれる青。何と微妙な階調の青で、この部屋は彩られていることか。

濃い藍ビロードのカーテンが、このごろ周囲に急に増えたアパート群の煤けた鳩の羽色の壁を窓からかくす。漣《さざなみ》立つ湖面のようなソファに、シャワーを浴びたあとのからだを投げ出すと、ほとんど白に近い淡いブルー・グレイのクッションが、やわらかく受け止めてくれる。昨日のことは思い出せない。ついさっき何をしたのか、わたしは知らない。食事はすませたのだったろうか。

彼のために、珈琲の豆を挽《ひ》いた日のことは……。わたしの手ははっきりおぼえている。

階下の稽古場で、ふたりだけのレッスン。

発表会にそなえて。

彼は若く、わたしも今よりはるかに若かった。しかし、そのとき、すでにわたしは、老いすぎたと感じていたのだった。彼はあまりに若かったから。

彼を抱きしめた。振りつけどおりの仕草であった。でも、ほんの少し、決まった間より長く、わたしの手は彼の髪を撫でていた。薔薇密室。それは、彼との日々に何か関わりのある言葉だろうか。

いいえ、ついさっきのことは忘れても、昨日のことは忘れても、彼に関わりのあることなら、針跡ほどであっても、記憶から抜け落ちるはずがない。

彼がくる日、わたしは素足になって、外から二階の私室に直接通じる石の階段を磨き立てたのではなかったか。水を流し、ブラシを持つ手に力をこめ、四つん這いになって。踊るわたししか知らない人には想像もつかぬ姿であったろう。

彼のために、ヴェランダにシャワー室をつけた。観葉植物に水をやるのに、便利だからよ。わたしはそう説明した。彼のためにしたことだと悟らせてはならなかった。極度に、彼は遠慮深いのだから。

ヴェランダに水道はたしかに必要なので、彼は、悪遠慮はせず、利用してくれた。

わたしは鉢植えの観葉植物をかくべつ好んでいるわけではないけれど、緑を溢れさせる丈高いゴムや棕櫚《しゅろ》の葉は、向かいに建ったアパートの裏窓の視線を遮ってくれる。夥《おびただ》しい鉢の多くは、生徒やその母親たちから、誕生日やクリスマスなどに贈られたものであった。ひとりが思いつくと、何か流行のようになり、いつか、数が増えた。わたしは、贈り物で生徒の待遇を変えることなどないのだが、母親たちは、自分の子どもだけに特別な目が注がれることを期待する。それで、協定ができ、全員がおかねをだしあって、プレゼントするということになったようだ。それも、いつも観葉植物の鉢。そう決めてしまえば、あれこれ迷うことがなくて楽なのだ、と、いみじくも、幹事役の母親がわたしに言った。

まるで義務のように、調えられるプレゼント。小さい生徒が、レッスンにくる途中で拾ったの、と、そっと手渡してくれる落ち椿のほうが、どれほど嬉しかったことか。

わたしの浴室を彼に使わせるわけにはいかない。ほかのパートナーになら、たとえば児玉になら、平気で貸したし、向こうもこだわりなくレッスンのあとの汗を流したけれど、彼には、つつしみのないことはできなかった。わたしが素肌をさらし、からだの汚れを落とす場所、もっとも私的な空間。そこに導き入れる……わたしたちはそういう間柄になってはいなかった。彼との関わりはわたしにはあまりに大切であったから、わたしは兎より臆病になっていた。

遠慮深いというより、傲慢なのかもしれない、彼は。他人に負い目を感じるのを嫌うのだ。理由のない贈り物。理由のない好意。理由のない愛……。受け取ることを彼は拒む。だから、わたしは、常に理由を探さなくてはならなかった。たくさんいただいちゃって、わたしひとりでは食べ切れないの。助けてくださらない？　ひとり住まいの彼に御馳走をしようと思うとき、そう、口実をつくらねばならなかった。彼に不足しているであろう栄養を考え、彼の味覚に合うものを工夫し、そんな裏のことは、いっさい見せてはならないのだった。

ふだんレッスンにくるのは子供ばかりだった。わたしは子供が好きだし、小さなバレエ教室を自営することに張り合いも持っていたけれど、発表会となると、男性舞踊手の助力を頼まねばならなかった。

児玉は以前わたしが所属していたバレエ団の仲間で、わたしが独立して稽古場を持ってから、いつも、何かというと手助けしてくれた。もうひとりパートナーが欲しいというわたしの希望に、彼を紹介してくれたのも児玉であった。

彼の名も顔も、わたしはよく知っていた。バレエの世界はせまい。少し名のある同業者なら、直接言葉をかわしたことはなくても、顔や名はわかる。

彼の妻は、彼よりはるかに著名な舞踊手で、わたしが紹介を受けたとき、すでに別居していた。妻は渡欧し、その地で舞踊家として活躍し、愛人もいた。彼は妻が残したバレエ教室を引き継ぎ、生徒の育成に当たっていた。なぜ、離婚しないの。その問いを、わたしは投げられなかった。愛しているから。そう、はっきりと告げられるのを、無意識に避けていたのかもしれない。

あなたを愛している。その言葉も、わたしは口にださなかった。言えば、彼に決断を強いることになる。ノウ。彼が口にすれば、すべては終わる。

でも、全身で、わたしは訴えていたのではなかったか。あなたを愛している。愛している。わたしのどんなささやかな仕草も、そう告げていたはずだ。あなたを愛している。

児玉の紹介で彼がわたしの生徒の発表会に手を貸してくれることになったのは、何年前……。わたしは過ぎた歳月を数える能力を失ってしまっている。わたしが四十を少し過ぎ、彼は二十九になったばかり。その数字はおぼえているけれど。

三度目の発表会に、わたしは『オンディーヌ』のバレエ化をこころみることにした。主人公の騎士・ハンスは当然彼だが、オンディーヌには、生徒のなかでもっとも優秀な中野恵美をあてた。わたしはオンディーヌの理解者である女王の役を受け持った。

発表会は生徒たちのためのものであって、わたしを見せるリサイタルではなかった。バレエ化するために、わたしはジロドゥの戯曲をくり返し読んだ。好きな台詞は暗記するほどに。


まあ、なんて綺麗な人。

……

男の人がこんなに綺麗だってことがわかって、とても嬉しいのよ。

……

旦那さまのすべてになり、旦那さまの愛するすべてのものになるってこと。旦那さまの一番美しい部分になり、一番なんでもない部分になるってこと。あたし、あんたのはく靴になる。あたし、あんたの吐く息になる。あたし、あんたの馬の鞍になる。あたし、あんたの涙になるわ。あたし、あんたの夢になるわ。

亮《りょう》、あたし、あんたのはく靴になるわ。

無邪気で愚かでこの上なく賢い水の精にふさわしい台詞であった。わたしはそう言葉でいうかわりに……彼と、振付にはげんだ。バレエには台詞はない。すべてが軀で表現される。振付を考える間は、わたしはハンスを抱きしめるオンディーヌであった。

この発表会が終わったら、わたしは死にたい。そう、思った。

ハンスはいつでも一足先に行くの、……式のときでも、……王様のところへも、……年をとるのにも。ハンスが先に死ぬ。いやだわ、オンディーヌもすぐあとから追いつく。自殺してしまう。

水妖姫のこの愁いだけは、わたしには不要なものであった。わたしは十年あまりも先を歩いている。死に近いのはわたしのほうだと、そのときすでに思っていたのだから。

あまりに倖せだから、死にたい。これ以上満ち足りた日はありようはずがない。舞台の主役は、中野恵美にあたえても、その前に、振付を考えるという、わたしと彼だけの時間がある。

稽古着にタイツ。しかし、わたしは、スタジオの鏡に、華やかなコスチュームのわたしと彼を視た。いいえ、仮に扮した舞台の姿ではない、オンディーヌとハンス、そのものだった。

薔薇色の、密室。

あるいは、薔薇でつくられた密室。

遠い一日が不意によみがえった。

彼が、自分の生徒のための発表会を開いたときだ。わたしが『オンディーヌ』を上演する前の年、つまり、彼がわたしに手を貸してくれるようになって二年目の秋だった。彼は、わたしの助力を必要としていなかった。女の踊り手は、彼の生徒たちで十分だったのである。わたしは、観客のひとりとして、拍手をするだけ。楽屋にも訪れず、花束さえ送らなかった。周囲に勝手な臆測をされるのがいやだったのだ。

そのかわり、会場の傍の駐車場に置かれた彼の車――白いフィアットだった……の、ワイパーに、一輪、薔薇をはさんだ。何のメッセージも添えず。

車は、そう、たしかに密室といえるわ。

あのときのことを、わたしは思い出して、薔薇密室と、書き記したのだったのかしら。

ノートの文字を見直そうと眼鏡をかけたとき、ソファの隅に糸屑が落ちているのに気づいた。長いあいだ、縫い物などしたことはないのに、といぶかしみながら、拾いあげる。ソファの色が白に近いあわい色なので糸の黒色が目立ったのだ。それでも眼鏡をかけていなかったら見過ごしただろう。何の気もなく指に巻きつけながら、糸のはしの部分が白いのを認めた。それと同時に、糸ではない、髪の毛だということも。不愉快になり、屑籠に捨てた。わたしは、髪を染めたりはしていない。白く老いた髪は白いままにしているのに。掃除を頼んでいる小母さんの抜け毛かしら。

車、とわたしは、目を閉じ、楽しい追憶にふたたび浸る。

何のメッセージも添えなかったのに、次ぎにあったとき、〝ありがとう〟彼は言った。

〝わかったの？〟

〝あなたしかいないもの、あんなふうなプレゼントをしてくれるのは〟

それだけだった……。ありがとう、のあとに、どんな愛の仕草も続かなかった。せめて、きょうだいのようなベーゼも。

ほかに、楽しい思い出は……と記憶を探す。

オンディーヌの準備をしているとき。音楽は、そのために新しく作曲を専門家に頼む余裕はないから、既成の曲のなかから適当なものを選ぶ。その選曲のために、彼と銀座に出、レコードをあれこれ探し、ティーパーラーに入った。わたしたちは熱中して話し合った。この場面には、この曲を。いいえ、こっちのほうがふさわしいわ。

店を出ると、雨が降りだしていた。タクシーを拾おうと、待っているあいだ、ふと気がつくと、彼の手がわたしの頭上で雨をさえぎっていた。愛、と思ってはいけないの？　あのやさしかった仕草を。

わたしが中野恵美のように若かったころ、愛されることに馴れていた。子どものころは両親に溺愛され、バレエをならうようになってからは、教師の偏愛を受けた。好きだ、と、言葉で、態度で、何人のひとから示されたことか。男からも、女からも。

贅沢に、わがままに、わたしはあたえられる愛を浪費した。こちらからは何も返さず。ここちよい葩《はなびら》の寝床に、それは似ていた。熱く乞われるままに結婚し、一年と少しでわかれた。そのあいだに妊り、流れ、処置の不備からか、以後、子どもを持てぬからだになった。わたしは自分しか愛するものを持たなくなったのだった。

愛され、恋されることにばかり馴れ、幼い女の子が齢だけ重ねたようなわたしは、突然おどりかかりわたしを摑んだ激しい感情に、振り回され、しかも、プライドばかりは高く、愛してくださいと膝をついて乞うすべを知らなかった。

発表会の『オンディーヌ』は、わたしの満足のゆくできばえとはいえないものであった。出演するのは、鍛え抜かれたプロフェッショナルな踊り手ではない。バレエに生涯を賭ける気迫は持ち合わせないお稽古事気分の子どもたちなのだ。観客は母親を始めとする親類だの友人だの。ふつうに歩くのさえおぼつかないような幼い子どもたちが、一人前にチュチュをつけて袖からころころ走り出れば、それだけで大喝采が湧く。

このとき高校一年だった主役の中野恵美は、六歳のときからわたしのもとに通ってきていただけあって、テクニックは危なげはないけれど、感情を表現しきれず、わたしは歯がゆくてならなかった。稽古のあいだ、何度、言ったことだろう。あなたは、ハンスを愛しているのよ。恋しているのよ。形だけではだめ。ハンスに差しのべる指の先にまで、愛をあらわして。でくのぼう、と心のなかでわたしは罵った。生徒のまえでは、決してヒステリックにはならない、辛抱強い教師であったけれど。

恋を、愛を、その苦さを、十分に表現できるようになったときは、肉体が衰えている。残酷な芸術なのだ、わたしが選んだものは。

わたしには不満足な舞台でも、発表会としては大成功であった。お稽古事の発表会の水準は超えていた、とわたしも思うし、観にきた同業の踊り手たちの褒め言葉にも、真情がこもっていた。

わたしも、するだけのことはした、という充足感はあった。そうして、何よりも、舞台を作りあげるまでのあいだの、彼との緊密な、時間。

終わったのだ。あとにくる虚脱感が、わたしは恐ろしかった。

こんなに辛い日は、もう、いやだ。何気なく、さりげなく、わたしは、祝祭の終焉を甘受しようとつとめた。

今日は明日となにひとつ変わることはない、あたりまえの日。

明日から、また、アン、ドゥ、トゥロア。両手はおなかのところにボールを抱くように、はい、ひらいて、だらんとさげてはだめ。ベビークラスはまるで保育園のよう。

次ぎの発表会の手助けを頼むときまで、彼は、おそらく、自分から積極的に訪れてくることはないだろう。なぜなの。あなたがわたしをきらっていないことは、わかるわ。ただの好意より、もう少し強く、関心を持ってくれているのではないの。わたしには感じられるの。ハンス。あなたは愚かだから、中野恵美の、すれっからした媚びを、純真な愛らしさと思い違いして。妹のように可愛いなんて、あの子には通用しないのよ。あなたは、なんの下心もなく、よくやったね、とねぎらって、握手したのだけれど、あの子は、あなたが誘いをかけたと、得意だったのよ。

ハンスの骸に目を投げ、〝この綺麗な人は、この寝床の上の、……、誰なの？〟

〝あたし、この人、好きだわ！……生き返らせてはやれないの？〟

水界の王に手を引かれ、記憶を失った水妖姫が袖にむかいながら、

〝惜しいわ！　あたし、きっと好きになったのに……。〟

幾度もアンコールの拍手に応え、引かれた幕がふたたび開けられ、記念の写真撮影が続いた。

思い出したくない。

『オンディーヌ』は成功した、そこで、記憶のフィルムはとぎれてほしい。

中野恵美が彼と並び、片手は花束を抱き、あいた手を彼の膝にのせた画面など、眼裏《まなうら》から抹殺されるべきだ。

でも、その次に、ああ、そこだけ切り取って、クローズアップしたい場面になるのだから。

中野恵美などは、どうでもいいのだった。彼にとっても、わたしにとっても。恵美は彼の首

に両手をかけ、キスをせがんだ。興奮しきった少女の仕草として、みなは寛大な笑顔をむけたのだった。彼は頬にくちびるをつけてやった。娘が主役をつとめた晴れがましさに羽毛をふくらませた鳩のようになった母親が、恵美を抱きかかえて連れ去った。

裏方さんたちが、簡素な大道具をかたづけ、舞台は、わたしの内部のように空虚だ。

終わったのね。終わったのだわ。袖に立って、わたしは呟いていたらしい。

これから、始まる。

そう、彼が、言ったのだ。背後から。わたしの首筋に、彼の息が、暖かかった。

何もない日が。そう、わたしは言ったのではなかっただろうか。

彼の手が、わたしの肩に置かれた。信じまいと、わたしは、した。彼の手が、そこにあることを。踊りの振付をしているときではないのに。デュエットのように、彼はわたしをくるりとスピンさせた。わたしはトウで立ち、くちびるは同じ高さになった。わたしのからだは、炎のまま大理石に化した。

巴里に行ってくる。彼は言った。会場から車でわたしを送る道すがら。

はっきり、ね、話し合ってくる。

そのことがあるから、あなたに、言えなかった。彼はそう言わなかったか、わたしに。

そうして、ふたたびわたしたちはくちびるを合わせたのではなかったか。

わたしは、泣いた。凍てついていた涙が、彼のシャツを、シャワーを浴びたようにした。

法的に別れる手続きをきちんとする。そう言ったのだ、彼は。彼にもわたしにも、ふさわしくない、野暮ったい表現であった。法律だの、手続きだの、そんな日常の堅苦しい言葉を、わたしたちのあいだに割り込ませたくはなかったけれど、彼の最大のプレゼントで、それは、あった。

そうよ、わたし、ご褒美をいただいてもいいのよね。おさないあどけない言葉が、わたしの口をついた。――こんなに辛抱強かったのですもの。心の中だけでつけ加えた。もしかしたら、もっとも小ざかしいテクニックだったのかもしれない、言葉に出さず、しおらしく、待ったのは。

彼は渡仏し、帰ってこなかった。

子どもたちのためのバレエ教室を、わたしは、続けた。

杖をとり、立ち上がる。

膝から眼鏡が落ちた。さっき、かけたつもりだったのに……。髪の毛をみつけて、捨てて、それから、無意識にはずしたらしい。

杖の助けをかりなくては歩けなくなったのは、二、三年前からだ。教室も閉じた。

ヴェランダのほうに足がむかう。何の目的もないのに、思い出しているうちに、からだがひとりでに動き出したというふうだ。

カーテンを開けた向こうに、何が見えるか、知らないわけではない。どれほどわたしの記憶が侵されつつあるといっても、鉢植えの観葉植物はとうに枯れはて、捨て去られ、シャワーはこわれ、その金具は錆び、ユダの荒野と呼びたいような風情になっていると、承知だ。目を閉じ、からだがおぼえているとおりの仕草に自分をまかせれば、眼裏には、過ぎた日が見えはしないか。

カーテンのきわまで行き、目をつぶった。手探りで、カーテンに触れたとき、全身を慄えが走った。手の甲に他人の手を感じたのである。記憶が立ち上がったのだ。何分か、何時間か前の記憶が。

子どものころ、一度だけ、蛇の抜け殻に触れたことがあった。それと知らずにさわり、あとで、教えられた。乾いた感触はなにかもの哀しかった。

老いた手。

その手の持ち主の顔が、続いて浮かびあがり、わたしはカーテンにしがみついた。

老いた男。髪だけは黒々と染めているけれど、ごまかされはしない。十分に醜く老いすぎた男。とつぜん訪ねてきたその男は言ったのだった。

「薔薇密室、おぼえている?」

どうして忘れることがあるだろう。

別れて住んでいる妻に話をつけるため、巴里に行ってくる。

そう切り出す前に、彼が言った言葉をどうして忘れよう。

〈薔薇密室〉彼は手帳に書き、さらに、BARAMISSITU、と、ローマ字で書いた。そうして、〝この字を変えてならべると、あなたの名前になる。〟

SIBATA　SUMI　柴田澄。

Rがあまるわ。

ぼくのイニシャル。籟《らい》亮二。R。あなたの名とぼくのイニシャルを組み合わせると、薔薇密室になる。

わたしの家にいっしょに住んでくださる、ということなのね。

くちずけ。そうして、巴里に行ってくるよ、と……。

他人の口にのぼらせてはならない言葉。彼の永遠にもひとしい長い不在のあいだに、色褪せ、枯れはて、粉々に散って、消えてしまった言葉。

「そんな、きょとんとした目でみないでよ」老いた男はいった。それから、なんといったのだったかしら。思い出すことはいらない。

無作法きわまりない侵入者。土足で、踏み入ってきた敵。

あろうことか、手帳をちぎり、書いてみせたのだ。このうえなく大切な文字を。

カーテンとガラス戸、二重にさえぎられた向こうのヴェランダ。そこで、つい、さっき、わたしが男に何をしたか、わたしの手は思い出した。

カーテンをあけるのはやめよう。ヴェランダに出れば、見たくもない醜いものを、手摺り越しに、わたしは見下ろすことになるだろう。カーテンに背をむけ、わたしは、キッチンに行った。亮のためにレタスを刻み、梨の皮を剝いたキッチン。それから、浴室に入った。ここだけは、わたしのほか、だれひとり、亮でさえ、足をいれたことのない、部屋。わたしたちの薔薇密室が完成していれば、この浴室こそ、薔薇密室のなかの真の薔薇密室になるはずだったのだ。柴田澄とRは、抱き合い、もつれあい、ひとつになり……

わたしは、からのバスタブに横たわった。ほどなく、白いバスタブが薔薇色に染まるだろう。惜しいわ。あなた、きっと好きになったのに。この色……。

薔薇の骨

1

骨は、長い年月がたつと、水になる。そう教えてくれたのは、従兄《いとこ》だった。それは、たしかだ。


しかし、その言葉を聞いた場所が、奇妙なのだ。

わたしの記憶がまちがっているのにちがいない。

情景は映画の一齣《ひとこま》のように、あまりに鮮やかだ。

「それじゃ、この中は、みんな水なの?」

おびただしい骨壺《こつつぼ》だった。

壁に幾つもうがたれた蜂の巣のようなくぼみに、一つずつ、壺はおさめられてあった。

それらが、骨壺だと、どうして、わたしは知っていたのだろう。それも従兄が教えたのであれば、つじつまはあうか。

墓窖《ぼこう》であった。そこが墓窖と、どうしてわたしは知っていたのか。それも従兄が教えたのか。

それとも、記憶の中の情景と知識が結びついたものか。

骨壺がならぶのだから、地下の墓ではあろうけれど、暗黒ではなかった。頭上からななめに光の束がさして、従兄とわたし、そうして壺の群を照らしていたと思う。

かなり広い場所であったような気がする。かなり、というのは漠然としているけれど、何メートル四方というような正確なことは、言えない。幼い子供には、何であれ、実際以上に大きく広く感じられる。

周囲は壁で囲まれているはずなのだが、土壁か石の壁か、さだかではない。記憶の中の情景は、隅々まで光がとどかず、見きわめられないのである。

足元は固い感触だったが、土か石かわからない。天井のようすが情景にないのは、わざわざ見上げてたしかめることをしなかったからか。

従兄もわたしも、まっすぐ立っていた。わたしの頭は、従兄の脇腹のあたりにあったと思う。革のベルトのにおいがよみがえるのだが、それも、ほかのときにかいだ記憶が、情景と結びついているのかもしれない。

わたしが見た従兄の写真は三枚あって、どれも、軍装だった。結婚式のが二枚。出征前に記念に写真館で撮ったのが一枚。陸軍の武官だった。位階は知らないが、たぶん、少尉か中尉ぐらいだったろう。

従兄の妻はピアノを習っていて、その発表会にわたしも招かれたことがある。従兄と結婚する前だったのか、後か、おぼえていない。結婚してじきに従兄は出征したのだから、婚約中のことかもしれない。

墓窖のような場所の記憶では、従兄は、軍服ではなかった。白いシャツにズボンで、そのズボンだけが、軍服のと同じ枯草色をしていたと思う。

遠い記憶は、事実と想像と連想と知識が混ぜ合わされ、なにがほんとうのことだったのか、あいまいになってしまう。

骨壺は、釉薬《うわぐすり》をかけた陶器か磁器だったと思うが、素焼きだったかもしれない。透明なガラスだったというふうにも思えるのだけれど、まちがっているだろう。骨壺をガラスでつくることはないと思う。

水晶だったかもしれない。いや、ちがうだろう。そんな大きい結晶は存在しない。クリスタルグラスという言葉が、水晶そのものと、意識の中で変化したのだろう。

なにもかもがあやふやな中で、たしかなのは、「骨は、長い年月がたつと、水になる」と従兄が言った、それだけだ。

壺の蓋《ふた》をあけて、中の水をのぞいたという記憶も、ぜったい本当のことだと言い張るつもりはない。ないけれど、従兄が、壁の龕《ずし》から一つを取り出し、蓋をあけてくれる場面が記憶にある。

底の方に水が溜まっていて、従兄の顔が映った。わたしの顔は映らなかった。二人の顔を映すほど、壺の中の水面はひろくなかった。従兄からみれば、わたしの顔だけが映って見えたことと思う。

鏡に相手の顔が映って見えるとき、相手の目には、こちらの顔が鏡面に映っている。光の反射作用でそういうふうになるのだということを、わたしは知っていた。これも従兄が教えてくれたことであった。先端を鋭く削った2Hの鉛筆で、ノートに図を描いて説明してくれた。糸で吊るした磁石と砂鉄をつかって、吊るし方による運動の違いを教えてくれたこともあった。一本の糸で吊るした場合は、単純な往復運動をするだけだが、Y字型の先端に吊るされた磁石は、精妙な図形を描き出す。糸の長さを調節することにより、図形は千変万化した。砂鉄と磁石は、兄の持物だった。兄はわたしに持物をさわらせなかったが、従兄になら貸した。紙の上に砂鉄を敷き、下から磁石をあてると、小さい砂粒がはっと緊張して直立するので、磁石が砂の一粒一粒に命をあたえるのだと思った。

そういうものを駆使する兄と従兄を、わたしは畏敬し、兄は年の離れた妹をうるさがるので、やさしくしてくれる従兄になついだのだと思う。

わたしは、たいへんな記憶違いに、いま、気がついた。軍服を着た結婚式の写真も出征前の記念写真も、従兄ではない、兄だった。

わたしの父は職業軍人で、兄も士官学校に入ったのだった。ピアノをならっている女性を妻にむかえたのも、兄だった。従兄ではない。

軍服に白手袋、軍刀を床についた写真がたいそう凛々《りり》しくて、しかし、その顔が兄であると、わたしは認めたくなかった。認めることはできなかった。想像の中で、従兄の顔とすりかえていた。そのために、記憶まで、すりかわってしまったのだろう。

従兄は、医師をこころざしていたのではなかったか。

わたしの家は、いかめしかった。大玄関は、父とその来客しか使えず、家族は内玄関、使用人は勝手口とさだめられていた。二階への階段にしても、玄関ホールからゆるやかに伸びる大階段は父と来客のためのもので、家族は裏の狭い急な階段を使った。手洗いもまた、来客用、家人用、使用人用とわかれていた。それにくらべ、従兄の家のなんと平明だったことか。玄関は一つだし、平屋だから階段のややこしい使い分けの必要もなかった。わたしは従兄の家に遊びにいくと、ほうっと気が楽になるのだった。

叔父――従兄の父――は病死しており、叔母と従兄と、その姉、三人家族だった。わたしの両親は、わたしが従兄の家に行くのを嫌った。従兄の姉――わたしには従姉にあたる人が、肺結核で寝ついていたからだ。叔父が死んだのも、同じ病名である。

従兄がわたしの家にしばしばくるのは、わたしの家庭教師をしていたからだ。わたしの勉強を見る前に、従兄は消毒液で手を洗わされていた。わたしの両親がそれを強要したのだった。

「だれの骨？」

従兄の顔が映る骨壺の中の水を指差して、わたしは訊いた。

2

アコーディオンの物哀しい音を聴いた。奏でているのは、軍歌であった。いや、軍歌とはいえまい、情緒的にすぎる歌だ。戦地にあったとき、慰問にきた歌手が歌っていたので聞きおぼえた。〈もしもこの傷癒《い》えたなら、征《ゆ》くぞふたたび国のため。その日を待てよ、妹よ。ああ、さらばよ、白衣《びゃくい》の我が兄よ〉

傷痍《しょうい》軍人という言葉さえ、消滅した。膝から下を切断された両腿を突き出して道端に坐り、アコーディオンを弾き、肩から先の袖がからっぽのもう一人が〈勝ってくるぞと勇ましく、誓って国を出たからは、手柄をたてずに死なりょうか〉とか、〈父よ、あなたは強かった、兜《かぶと》も焦がす炎熱に、敵の屍《かばね》とともに寝て、泥水すすり、草を食《は》み、荒れた山野を幾千里〉とか、哀しい軍歌を調子はずれに歌い、通行人に喜捨を乞う、白衣の元兵士たちは、世間の目から消失した。電車の車内を、義足の音をひびかせて通り抜けながら、胸に下げた箱に乗客から小銭を貰う姿も見なくなった。

四肢を失ったもの。失明したもの。爆弾の炸裂に下顎を失ったもの。戦傷は一生、癒えることはないのに、彼らはどこへ消えたのか。裾短く着た薄汚れた白い着物は、国が与えた名誉の戦傷者の印である。戦争中は、白衣の勇士とたたえ、童謡でさえ、〈国を守った傷兵守れ〉だの〈手にも足にも皆なりましょう、小父《おじ》さん、小父さん、ありがとう〉だのとすり寄るように歌っていたのが、敗戦と同時に、冷たい視線を浴びせるようになった。皆、戦争を忘れたがっていた。

そうして、ようやく、忘れた。

敗戦から二十数年。新宿あたりでは、連日、学生のデモ隊と機動隊が激突している。

アコーディオン弾きは、床屋の角に立っていた。戦闘帽をかぶり、白衣であった。片足は、粗末な義足で、黒眼鏡をかけていた。失明しているのだろう。足元のアルミ皿に、硬貨が数枚散っていた。〈もしもこの傷癒えたなら、征くぞふたたび国のため〉

皿に小銭を入れ、「ほかの歌にしてくれないか」と頼むと、いっそう物哀しい前奏につづいて〈草の葉擦《はず》れもしのびつつ、身には爆薬手榴弾〉と、斬込隊の歌をはじめたので、耳をおおって足を速めた。〈二十重《はたえ》のかこみくぐり抜け、敵司令部の真っ只中に、散るを覚悟のなぐり込み〉と、歌声が背中をなでた。

伯父の家の一帯は全焼したはずだから、復員してからも、足を向けなかった。

自身の家が焼亡したのは、それより先に伯母からの手紙で知らされていた。母も姉も、みな焼死したという。ひそんでいる防空壕を直撃されたのだから、ひとたまりもなかっただろう。

復員船が入港した＊＊市の病院で、雑役につくことができた。医師になりたいと思いながら学費の点で断念したのだから、いささか皮肉なまわりあわせであった。念のために家に手紙を出したが、戻ってきた。伯父のところに出した手紙も、同様だった。

数年後、病院勤務の医師の一人が、独立して首都の郊外で医院を開くことになった。そのころは、雑役から会計のほうに仕事が変わっており——一応インテリと認められたのだ——医院で会計係に雇用したいと言われた。引き抜かれたということだろう。

新しい医院の経営はうまくいき、十年ほどで、規模を拡大し、幾つかの科を併設し、院長は、自宅を別に構えた。

病院から院長の自宅に届け物をいいつけられ、電車に乗った。乗換え駅で、伯父の家に行くときは、いつもこの駅で下りていた、と思い出したのだ。乗換えのホームにむかわず、改札口をでた。たぶん、そのときから、過ぎた時間に浸食され始めたのだろう。

白衣の物乞いの歌は、遠ざかってもしばらく耳の底にたゆたっていた。

焼け野原となったであろう一帯は、とうに、住宅地として復興していた。

かつては、それぞれ庭が四、五百坪から千坪近くはある宏壮な住宅の、塀と木立が目立つ地域だった。黒瓦の和風建築と青い釉薬をかけた洋瓦の西洋館とを一続きにした和洋折衷の家が多く、庭木は樹齢をかさね、鬱蒼と枝をのばしていた。

焼け跡に建った家は、安手なトタン屋根にモルタル壁がほとんどで、敷地も細分されていた。財産税、相続税をはらうためにも、様相を変えざるを得なかったのだろう。

その中に、戦前と少しも変わらない伯父の家を見出しても、不思議とは思わなかった。

白衣の傷病兵の物乞いに似た歌を、白昼、聞いたのだ。過去からにじみでる亡霊の歌だ。

〈もしもこの傷癒えたなら、征くぞふたたび国のため〉

〈草の葉擦れもしのびつつ、身には爆薬手榴弾〉

ふと、先日目にした短歌を思い出した。若い現代歌人の作だ。——身捨つるほどの祖国はありや——。

伯父の家は、門構えも変わっていなかったが、表札だけが失われていた。伯父は戦犯として処刑されたはずだ。

ピアノの音がもれていた。

伯父の家の応接間にピアノが置かれるようになったのは、伯父の息子、将一郎が、絢子《あやこ》と婚約してからだ。

伯父は、堅物の職業軍人ではあったが、西洋音楽には理解があった。いや、理解ではない。絢子がピアノを弾きこなすのを聴いて、——聴いてというよりは、腕をふりあげ、鍵盤を叩きつける身振りや、波のように踊り自在に動く指を見て——感嘆し、敬服してしまったのだ。無邪気な伯父だ。

結婚の前から、遊びにきたときいつでも弾けるようにと、伯父は、応接間にピアノをいれさせたのだった。絢子の実家にあるのとは別に、新たに伯父が買い入れたのだ。質実剛健を旨とする伯父としては、ずいぶんな出費だったはずだ。贅沢を侮蔑し排除しているくせに、伯母が高価な着物を仕立てても、それがどのくらい値のはるものか、知らなかった。伯父の目に贅沢とうつるのは、華美な色彩に刺繡などほどこしたもので、渋い大島などは、安手の木綿と区別がつかなかったのだ。

征矢《そや》が小学校にあがる前から家庭教師を命じられ、週に一度、かようようになったのは、父親が病死し、逼迫《ひっぱく》したわが家を助けてやろうという伯父の慈善行為であった。征矢は幼稚園は嫌って行かなかったから、文字の読み書きや簡単な算術を教えるようにということだった。日常の暮らしの中で充分に身につくことだ。ことさら教える前から、征矢は、ふりがなさえついていれば大人の書物も読めるようになっていた。伯父や伯母が知らなかっただけだ。

征矢は伯父が妾《めかけ》に生ませたのをひきとった子であった。質実剛健と妾を持つことは、伯父の論理倫理では相反しない。

貧しい、しかも父親が結核で死に、姉も結核で寝ついている甥《おい》を迎え入れるのを、伯母は嫌っていた。伝染性の病原菌のはこび手になりかねないという不安にくわえて、貧困な青年はマルクス主義者――伯母の言葉でいえばアカ――になると、伯母は信じていたから。

しかし、伯母から与えられる家庭教師の報酬は、欠かせない収入源なので、戸の外においてある洗面器のなかの消毒液に両手をひたしてから勝手口の木戸をあけるという屈辱を、気にかけないでやりすごすことにしていた。

鉄の門扉を開けると、きしんだ音をたて、錆《さび》が散った。

車寄せの石畳を敷いた前庭と、奥庭をくぎる袖垣に、蔓薔薇がはびこっていた。強靭《きょうじん》な太い蔓は垣を越えて宙に暴れ、地にのたうち、敗戦このかた放置された三十年近い歳月を思わせた。小さい苗の垣のきわに植えたのは、絢子だった。ほかのものであったら、伯父はけっして、薔薇を植えることなど許さなかっただろう。築山に柘植《つげ》や松を植え込み和風にしつらえた庭に、蔓薔薇はいかにも不似合いな景色をつくったにちがいない。もっとも、伯父は、苗木が育ちおびただしい花をつける前に、巣鴨に収監されたはずだ。

時は、すでに混乱していた。いま、現前している屋敷は、過去からの侵犯にほかならない。幻影の歳月の中で育った薔薇を目の隅に、破風屋根の下の、大玄関の扉を叩いた。

この扉は、伯父と、大切な来客以外のものに開けられることはなかった。

伯父の帰宅にさいしては、玄関脇の小部屋にひかえている書生が、車の音をいち早く聞き取り、到着する前に扉を開け、奉公人は玄関の外にたち、家人は、玄関ホールに膝《ひざ》をついて出迎える。長男の将一郎はこの大仰《おおぎょう》な儀式につらなるのを免れており、家人といえば、伯父と小さい征矢の二人なのだが、まだ家族ではなかった絢子も、遊びにきているときに伯父が帰宅すれば、ホールに居並ばねばならなかった。

勉強を教えている最中に車の音がすると、征矢は反射的にたちあがり、階段を走り下りてゆく。こちらは、家庭教師は出迎えの義務はないと、あぐらをかいていたのだったが。

取次にでるのが面倒だからと内玄関さえ使用禁止で、勝手口から出入りするように命じられていた、と思い出しながら、ふたたび、扉を叩いた。

ピアノの音がやんだ。

3

「骨なのよ」

からかわれていると思った。

出窓におかれた硝子杯《グラス》に入っているのは、澄んだ水だ。

窓越しの西日が、水に淡い紅を溶かす。

応接間には、時間が、埃や黴《かび》になって積もっていた。

腰をおろしたソファは、スプリングが傷み、肘掛《ひじか》けの布が擦り切れていた。

「長い年月がたつと、骨は、水になるの」

「知らなかったな」

「あなたが教えてくださったんだわ」

「ぼくが?」

出窓と反対側の壁には、肖像画がかかっていた。やに色のそれは、陸軍将校の姿であった。

枯草色の軍服。軍刀の鐺《こじり》を床にたて、白手袋の両手を柄《つか》の上にかさね、肩章からモールをさげ、左の胸に勲章が駄菓子屋のめくりのようだ。

先端を油でかためてひねり上げたカイゼル髭《ひげ》に、一筋二筋まじる白髪《しらが》。

「骨が水になるって、はじめて聞いた」

「いま、知ったでしょ。だから、あなた、あのとき、わたしに教えてくれることができたのね。わたしはあなたから教えてもらった。だから、いま、教えてあげることができる」

よく理解できず、

「ここに戻ってくることがあるとは、思わなかったな」

話題を変えた。

「呼んでいたんですもの、わたし」

「ピアノを弾きながら？」

上にかけたレースは黄ばみ、触れればほろと消えそうだ。

「わたしは、ピアノは弾けないわ。さわってもいけなかったもの」

「征矢ちゃんだね、あなたは」

「念をおすの？　わからなかったの？」

「ずいぶん、大きくなったから」

「絢子さんに会えると思っていたの？」

「だれに会えるか、わからなかった。〈時〉が、何をぼくに見せるつもりなのか、あれこれ臆測することはやめて、ぼくは扉を叩いたのだった」

「大玄関のね」

「入るのをゆるされなかった入口」

「あなただけを待っていたの。あの入口は」

「伯父さんに怒られそうだな」

壁の肖像画は、威厳を失っていた。

「あの人は、水になれないの」

その口調が、伯父を非難しているように聞こえた。

「征矢ちゃんも、戦った人を責めるのかい」

「あの人は、命令しただけ。戦わなかった」

「征矢ちゃんは、生きているの？　死んでいるの？」

「わからないわ。どっちも、やめてしまったから。あなたは？」

「わからない」

「復員して、どうしてすぐにうちにきてくれなかったの」

「焼けたと聞いたから」

「だれから」

「だれだっけか。このあたりは全焼だと、みんな知っていたな」

「すぐに、きてくれたら、まにあったかもしれなかったのに」

「まにあった、って……」

「この家、焼けなかったの」

「焼け残ったのかい」

「庭が広くて、樹《き》が多いから」

「ほかの家の庭も、みな広かった」

「空が火の雨だったの。直撃をうけて、みんな焼けたわ。この家だけは、直撃をまぬがれたの。風がなかったから、類焼もしないですんだ」

「そうか、焼けなかったのか」

「焼け野原に、一つだけ」

「くればよかったね。でも、あのころ、ここまでくるのは、むずかしかった。列車の切符は買えないし、流入は制限されていたし」

よく、焼け残ったなあと、室内をみまわした。

雨漏りの跡だろう。壁紙の模様に、しみの作る模様がかさなっていた。

天井にも、大きなしみが幾つもにじんでいた。

「もし、絢子さんが、従兄《にい》さまの婚約者だったら、きっと、どんなに困難でも、従兄さまここにきたわね。絢子さんが生きていることを願って。生死をたしかめずには、いられなかったわね」

征矢は、異母兄の将一郎を兄さまと呼んだことはなかった。にいさま。その呼び名は、私だけを指していた。

「絢子さんは、どうしている」

「知りたいの？」

うなずくと、

「死んだわ」

征矢は言った。

「将一郎くんは」

「絢子さんが捨てたわ」

「捨てた？」

将一郎さんは、と、征矢は言った。

「一度、戦地に行って、病気になって帰ってきたの。神経の病気。ここで暮らしていたけれど、敗戦になって、それから、絢子さんが病院にいれたの。暴れたり、怖がって押入にもぐりこんだり、とても、大変だったの。志げ子さんは、入院させたがらなかったけれど」

志げ子さん、と征矢が名で呼ぶのは、将一郎の母――私には伯母――征矢にとっては育ての母である。

「絢子さん、とても困ったの。入院の費用はかかるし。それで、お医者様に頼んで、強い注射をしてもらったの。将一郎さん、死んだわ」

「そんなこと、どうして、征矢ちゃんは知っている」

「志げ子さんが、そう言っていたわ。絢子さんがお医者様にたのんで、ほかの人にわからないように死なせたって。許さないって」

征矢はつづけた。

「この家は、進駐軍に接収されたの。壁から床の間まで、ペンキを塗りたくったわ。絢子さんと志げ子さんとわたしは、離れに住むことをゆるされた。進駐軍は、よくパーティをひらいたわ。電蓄でレコードをかけてね。お酒もチーズもハムも、いっぱいあった。絢子さんは、将校と結婚することになったの。志げ子さんは、そんなことはさせないと言って、わたしに、みんなの飲物に毒を入れるように命令したわ」

「入れたの？」

「入れたわ」

征矢はうなずいた。

「絢子さん、わたしにはやさしかったから、入れたくないなと思ったけれど。袖垣の蔓薔薇ね、わたしが植えたかったの。垣根のところぐらい、ちょっぴりの場所よね、ほしかった。でも、わたしがねだったって、だめよね。絢子さんが、かわりにおねだりしてくれたの」

みんな、死んだわ、と征矢は言った。

「わたし、志げ子さんのにも入れたから」

「そんなこと、しない方がよかった……」

「わたしのにも、入れたんだから、おあいこ、って思わない？」

「ぼくが、もっと早くきていれば……」

「それでも、絢子さん、あなたと結婚する気にはならなかったと思うわ。進駐軍、なんでも持っていたもの」

「そんなことじゃない。少なくとも、征矢ちゃんを……」

「みんな、水になるかと思ったけれど、ならなかったわ。わたしだけ、少し、水になった」

征矢の視線の先に、夕陽《ゆうひ》の色の濃い硝子杯があった。

「沈まないのよ、夕陽。いつも、夕暮れ。従兄《にい》さまも、そろそろ、水にならない？」

4

「だれの骨？」

従兄の顔が映る骨壺の中の水を指差して、わたしは訊いた。

「征矢ちゃんと、ぼくの」

従兄は、言った。

メキシコのメロンパン

「メロンパンです」ポチは、断言した。「こんなでかいやつです」

両手でかかえこむようなかっこうで示す大きさは、直径一・三メートルほどはある。

「メキシコにも、メロンパンがあるの？」

I夫人が、無邪気に感嘆する。初老のこの人は、なんでも素直に信じる。ぽっちゃりした丸顔で、顎に幾重にもくびれがはいっている。胸元にレースをかざり、くるぶしまであるスカートのへりにもレース、前髪を眉の上できっちり切りそろえサイドはカールでかざった髪は、七分以上白髪がまじり、色を洗い流されたようにみえる。

「あります」と、ポチはきっぱり。

閑静な住宅街に建つ白い小さい城のような『ギャラリー・NUE』。白い外壁にうちつけられた金属の小さいプレートを見落としたら、普通の住宅——それも、建築雑誌のグラビアにのりそうな洒落た——と見まちがえるだろう。

中二階と屋根裏の一室が画廊。半地下室に事務室やキッチン、画廊の女主人の私室がある。建物は住まいと画廊をかねている。

画廊の外に、中庭がひろがる。L字型の建物に北と西をかこまれた中庭は、道路から見れば、中空にある。こういう構造になったのは、傾斜地だからだろう。

「メキシコ人は、夕食は菓子パンだけなんです」

三年間メキシコで暮らし、絵を描きつづけてきた画家の言葉だから、説得力がある。

画廊の三方の白い壁は、画家の作品で埋められている。教会の内部を写実的に描いたものがほとんどだ。マリアだの天使だのの浮き彫りが、壁から天井まで、すきまなくつまっている。実物がグロテスクなのを、リアルにえがくことで、その特徴がいっそう誇張されている。人形を描いたタブローもあって、これは、白いレースの服を着たかわいい女の子の姿なのだが、見開いた目は真赤に塗られ、血の雫が頬にいく筋も流れている。きわめて即物的な作りだ。『血を流す守護神』として、教会のそばで売られている人形だそうだ。はじめは、みな、きゃあきゃあ言ったが、見慣れると刺激が薄れ、もうだれも目をむけない。

「それじゃ、お肉とかお魚とか、ごちそうはいつ食べるの」I夫人の語気は、詰問調になる。

「もちろん、昼間です。昼食に、こんなステーキを食べます」画家が手で示したサイズは、メロンパン同様大きい。

「安心したわ。菓子パンだけでは、からだがもちませんものね。野菜も、食べるんでしょうね」

他人事でも栄養のバランスの悪さを憂えるのは、おせっかいなのか、親切なのか。

「食べます。ほら、あんなのを食べます」

壁際に、死者の日の祭壇を模して据えられたテーブルを、画家は指した。マリアの像を中心に、そのとなりにおかれたのは、つばの広い帽子をかぶった陶器の骸骨人形である。

「人を食べる風習があるんですか」I夫人は、たずねる。「いえ、もちろん、過去においての話よ。現代に食人の習慣があると言うなんて、非常識じゃありませんか」

だれも言っていない。

「あれですよ、おばさま」

わたしは、つい、口をはさんだ。ポチのような受けねらいではなく、I夫人は、まじめに、はずれたことを言う。なるべく好意的に、祭壇の下を示してあげる。そうして、しまった、と思った。〈おばさま〉は、いけなかった。画家、I夫人、その連れのメグさんと呼ばれる女性。画廊の女主人、そうしてわたしと、五人そろったこの夕食で、〈おばさま〉とわたしが呼んでさしつかえないのは、画廊の女主人だけだ。叔母なのだから、当然の呼称である。この席でただひとりの男性である画家をポチと叔母が呼ぶのは、苗字が犬田だからだ。しかし、本人にむかってそう呼んだら、すごくいやがったので、面前では口にしない。ポチは、フランス語のプティ——かわいらしい——がなまったのだから、いいじゃないの、と、叔母はなだめたが、いやがって、すねた。

叔母の画廊をわたしが手伝うようになったのは、この春からだ。短大を卒業したのだが、会社につとめるのはいやだし、好ましい仕事もみつからないし、で、叔母にやとわれることにした。その前から、暇なときは手伝いにきていた。

床の上の大きい籠に、南瓜や玉葱や人参、どれも馬鹿でかいのが、盛り上げてある。一目で派手に着色した陶器とわかる。

「いやだ、今日、持ちかえってもいいお野菜って、あれのこと?」I夫人は細い手をふりまわし、「お野菜があるから、好きなのを持ってっていいって、NUEさんがおっしゃったから、わたし、今日、八百屋さんに注文しませんでしたよ。玉葱でもいただいて、お肉といためようと思って。あら、これ、蕪じゃありませんか。玉葱ではないわ」

外観ににあわないドメスティックなことを口にした。

「メキシコの玉葱は、こういうのなんです」せっかくのメキシコ土産にけちをつけられたというふうに、ポチは憤然と言い、

「朝は、ケーキです。卵を二キロつかって焼きます」

「二キロも!」I夫人は悲鳴みたいな声をあげた。

「二キロの卵なんて、見当がつかない。何十個なのかしら」メグさんの声は、I夫人にくらべれば冷静だ。

「何十個じゃききません。何百個です。二つ焼くんです」

「自家製なのね」

「毎朝、ケーキを焼くの?」

「そうです。一つが、こんなですからね」と、また両手で表現しうる最大限を示す。「それを、家族三人——主人と奥さんとおじいちゃん、それに居候のぼくと、四人で食べるんですから、

こんなです」お腹がふくれあがっているさまを、手であらわす。

I夫人はころころ笑い、メグさんは少し笑い、叔母は苦笑している。わたしはほとんど笑わなかった。

ポチは、人が熱心にきいてくれると、話が肥大して止まらなくなる傾向がある。ほらをふいているつもりはないらしいのだが、皆の注目が集まるのが並みのレベル以上に好きなのと、過剰なサービス精神のために、メキシコ人の食生活は、朝はケーキ、夜はメロンパンという異常なものになった。

「メロンパンだけなの？　餡パンやジャムパンは食べないの」ジャミパン、とI夫人は発音した。

「メロンパンです。餡パンというのはですね、外国にはありません。あれは木村屋が」

と、ポチは、だれもが知っている餡パンの故事来歴を、重大な秘事をあかすようにものものしく語り、I夫人は感心してうなずく。

メロンパンも日本人の発明だとわたしは思ったが、だまっていた。ポチは人前で反論され言い負かされると、すねる。

前回の個展では、死人がお茶にきてくれることなど、なかった。そのときの画家は、きわめてまじめな若い女性で、芸術作品を展示した部屋でお茶会など、もってのほかだったのだ。

I夫人とメグさんが姿をみせたのは、先月のことだ。中庭の藤の咲きようが、いささか異常ということをのぞけば、別に、死人のあらわれそうな雰囲気ではなかった。真昼間だったし。

去年はまだほっそりした蔓を遠慮がちにのばしていた藤が、今年、とつぜん、太い蔓をのばし、小さい藤棚からあふれて、中庭の三分の一をしめるほどにのたうち、白いみごとな花房をつけた。一つ一つの花房が、ふつうの三倍はあろうという大きさであった。

中庭に立って嬉しそうにながめている二人を、わたしは見たのだった。そのときが初対面であった。

中庭は外からじかには入れない。画廊を通り抜けなくてはならないのだが、玄関の扉は、開館のあいだは出入り自由である。

前の画家の個展が終了し、作品の搬出を終え、次の、ポチの作品を運び入れるまで一休みというときで、CLOSEDのプレートを出してあった。扉の鍵を閉め忘れたのだろうか。あつかましいお客さんだなと、わたしは思ったけれど、プレートに気がつかなかったのかもしれないと思いなおした。

押せば写る簡単なカメラで、藤の花かげに立つ姿をたがいに写しあったりしているのだから、死人だとは、思いもよらなかったのだ。

「よく咲いたわねえ」

「焼け跡にねえ」と言ったほうが、あとで教えられた名前によればI夫人であった。メグさんがそう呼ぶのである。愛だか藍だか、片仮名のアイだか、わからない。

「この辺、ぜんぶ焼けたのよ」

はじめまして、だの、お邪魔してます、だのといった挨拶抜きで、わたしに、いきなりそう言った。

「いつですか」

「空襲よ、あなた」

ついこのあいだのことを話すような口調で、「ここ、うちの防空壕だったの」と、藤の根もとをさした。

「直撃弾が落ちたから、何の役にもたたなかったけれど」

「ご無事で、よかったですね」

「死んじゃったから、無事とは言えないんじゃない」

「おなくなりになったんですか、ご家族」

「わたし一人よ」

「一人だけ、生き残られたんですか」

礼儀として、眉をひそめ、いたましいという表情を、わたしはつくった。

「一人だけ、死んだの」

「どなたが、なくなられたんですか。あまり立ち入ってあれでしたら、うかがわなくていいんですけど」

ほんとに、どうでもいいのだった。知らない人だもの。

「うかがったって、かまわないのよ。なにも、秘密じゃないわ」

ねえ、メグさん、とI夫人は連れにあいづちをもとめた。

「話がずれているみたいよ」メグさんは、指摘した。「筋道をたてて、きちんと話さないと」

「その筋道というのが、わたし、苦手だって、いつもそう言ってるじゃない。方向音痴ですって。すぐ迷子になってしまう。わたし、七つのときに、ここに越してきたんだけれど、しばらくのあいだ、学校からうちへの帰り道、迷子になって、困ったわ。うちから学校へは迷わないのよ。近所の子といっしょだったから。空襲のころは、もう、迷わなかったわよ。女学生だったんですもの。いくら方向音痴でも、迷いません」

間があいたのは、あいづちを待っているのだろう。

メグさんが何も言わないから、「よかったですね」と、わたしは言ってあげた。

「よかないわよ、あなた。直撃弾ですもの」

「一人、なくなられたんでしたね」

「なぜ、女の子が一人だけだったかって、思うでしょ。ほかの家族はどうしたのか、って」

思わなかったが、「はい」とうなずいてあげた。

「父は、戦死なの。母は、弟のところへ。弟は小学生で、学童疎開で、田舎に行っていたの。疎開先で病気になって、それで、母はそっちへ行って、わたしが一人留守番だったの。ね、わかったでしょ」

「はい」

「防空壕へは、迷子にならないでたどりつけたのよね」

メグさんがからかったのは明らかだが、I夫人は、

「あなた、母家と防空壕は目と鼻よ。そこから、ここじゃないの。いくらわたしでも、迷いませんよ」

むきなった。むきになったふりをして、メグさんのつっこみにボケ役をつとめたのではないと思う。

そのとき、半地下の事務室から叔母があがってきた。

I夫人は、にこにこして、

「今年、よく咲きましたね」旧知のように人なつっこく、「桜だとねえ、死骸が埋まっていると言うけれど、藤だって、死骸があると、よく咲くのよねえ」

後の方の言葉は、メグさんにむけた。

このころになって、ようやくわたしも、一人だけ死んだというのは、I夫人自身のことだと気がついたけれど、五十年も前の死骸がいまごろになって開花に影響をあたえるというのは、あまりにテンポがのろすぎる。いくら昔の人がおっとりしていたからって……。

もっとも、藤を植えたのは、五年前、叔母がここに移ってきたときだった。

「もちろん、あなたのが、とても効果があったのよね、メグちゃん」

I夫人は、メグさんに花をもたせた。

そのときはまだ、メグさんも死人だとは知らなかったから、花をもたせたとは気がつかなかったのだが。

「わたし、女学生だったんですけど、直撃弾で死にましてね」

「女学生のときに亡くなられたんですか……」叔母はがっかりしたが、すぐに気を取りなおして笑顔をつくり、「ほんとに、死んだ方がたずねてきてくださったのかと思って、すごく喜んだのに、残念ですわ」

叔母は、占いだの金縛りの話だのＵＦＯの目撃談などが大好きなのだけれど、自分では一度も超常現象の体験がなかった。

「あなたが、セーラー服じゃないから、信じていただけないのよ」メグさんが言った。

服だけじゃない。三重顎で瞼のたるんだ女学生はいない。

「あら」Ｉ夫人は、まじめに、「死んだら年をとらないと思ってるんですか。偏見です。死んだときのまま、五十年もかわらなかったら、みじめじゃありませんか」

「いつまでも年をとらないほうが、わたしはいいと思いますけれど」叔母の反論に、

「とんでもない。あなた、不老不死は人の願いなんていいますけれど、まっぴらですよ。死ぬと、もう、あとは死ねないから、いやおうなしに不死になるけれど、せめて、不老はごめんこうむりたいわ。年そうおうに成熟したいじゃありませんか」

「わたしは死んでないのでわかりませんけれど」それ以上年にこだわると相手に失礼だと思ったようで、叔母は話題を変えた。

ポチの個展がはじまると、ふたりは、しばしば、見にきた。ポチは、毎日、会場にいた。おもしろい絵ですねと、Ｉ夫人がほめ、メグさんも、きびしいながら好意的な感想をのべたので、ポチは幸せになった。展示の会期が終わってから、搬出の前に、五人でお茶の会をと提案した

のはポチで、叔母も賛成した。死人だけど、いいの、とわたしが訊くと、いいですよ、ぼくの絵を気にいってくれるのなら、死人だろうと亡者だろうと、とポチはりきり、メキシコ土産をどっさりもちこみ、祭壇をつくり、死者の日ふうな飾りつけまでしたのである。


「わたし、殺されて、この藤の根もとに埋められたんです」メグさんは、ポチのいれたカフェカプチノを口にはこんで、あっさり言った。

「まあ、どなたに」叔母は、身をのりだした。

「夫なんですけど」

「わたしも、ここで死んだんですよ。空襲で」いそいで、I夫人がわりこんだ。話題の中心をメグさんに奪《と》られたくないようすがみえみえだった。でも、空襲で死んだのより、夫に殺されたほうが、インパクトが強いし、夫人の爆死談は、もう何度か聞かされている。メグさんの話は初耳だから、「空襲でねえ。そうでしたねえ」叔母はおざなりに言い、「ご主人に、どうして？　いつ？」

「いつって言えばいいのかしら。I夫人のように、空襲のときなら、五十年前って、だれでもわかるけれど、わたしは、何年前だったかおぼえていないし。おぼえているのは、冬だったということぐらいかしら。あなたがこの家をお買いになったのは、いつでした？」

「五年前です。ご主人に殺されてこの庭に埋められたということは、あなた、ここに住んでいらっしゃったのね」叔母の声に熱意がこもる。「ここ、そんな事件のあった家なのね。知らな

「わたしのバレエスタジオだったの、ここ」

感慨をあらたにしたように、メグさんは画廊のあちこちに目を投げた。ポチが機嫌が悪いのが、わたしには見てとれた。メグさんの視線は、ポチの作品を素通りしている。

「ええ、不動産屋がそう言っていました」叔母はうなずく。

「もと、バレエスタジオだったって。持主がかわって売りに出されたって聞きました。少し、手を入れたの。バーをはずして、壁を塗りかえて、照明をとりつけて……」

「鏡があったでしょう」

「ええ、そちらの壁いっぱいの大きな鏡。もったいないと思ったんですけれど、処分してしまったわ。あの鏡は、いろんなものをうつして、記憶していたんでしょうね。鏡って、なにか妖しい生きものって感じがするわ」

「いいえ、ガラスの板に水銀を塗っただけよ、鏡は。別に、どうってことないわ」

死人は叔母よりリアリストだった。

「バレエの教室をはじめたとき、わたし、三十代だったわ。最初の生徒は、小さい子供ばかり。二十年近くやっているうちに、うちの助教をしてくれるほど成長した子もいて」

「そうねえ」と、I夫人が、「わたしも見るのがたのしみだったわ、子供たちのレッスン。わたしの子供のころは、バレエなんて、よほど特殊なおうちでなくては習わせませんでしたもの」

「メキシコでは、子供もよく踊ります」ポチがいっしょうけんめい、割り込んだ。「焚き火をとびこえて、踊るんです」

外国の映画にそういう場面があったなと、わたしは思った。メキシコの映画ではなかった。

「どうして、ご主人に……」叔母は、そちらの話を聞きたいのだけれど、あまり根掘り葉掘り問いただすのも失礼と自制心がはたらくのだろう、遠慮がちな声になる。

「男と女のいざこざなんて、珍しい話じゃありませんよ」冷静にメグさんは言った。「当人にとっては大事件だけれど、世間にはざらにあることだわ」

「子供はパンツなんかはかないですから」

ポチは、むかいあった席のI夫人に目を据えて言い、お行儀が悪いのですね、と、夫人は露骨に眉をしかめた。夫人の非難を敏感に感じとったポチは、天井に目をあげる。失地を挽回するために、みなの注目を集めそうな話題をさがしているのだろう。

「大恋愛の末、五十近くなってむすばれた相手だったんですけれど」

「そのお話、ぜひ、うかがいたいわ」

「子供が百人、いや、二百人くらい集まるんです」と、ポチ。

「みんな、パンツをはいてないんですか」

とんでもない話をきいたというふうに、I夫人。

「そうです。こんな太い薪を、ばんばんくべて、炎がこの部屋の天井くらい燃え上がります」

「若いころ、熱く熱く愛しあった相手なの。でも、彼、フラメンコダンサーを志して、スペインに行ってしまって」

「スペインも、ぼく、行きましたよ。メキシコのほうが、野趣があっていいですよ。スペインは観光化されてしまって」

「わたしは、ほかの相手と結婚したんですけれど、離婚して」

「発表会が終わって、くたくたにくたびれているあなたに、手作りの夕食を食べたいって、旦那様が言ったのよね。それで、あなた、爆発しちゃった。何度もあなたから聞かされたから、おぼえちゃったわ。それから、ずっと一人でバレエ教室を経営していた。そうしたら、メキシコから」

「スペインよ」

「ああ、そうだった。あまり今日はメキシコカラーだから、混乱するじゃありませんか」

「メキシコの方が、絶対、いいです」

「メキシコにはフラメンコはないわ」

ポチは、完全にむくれて、だまりこんだ。

「スペインから彼が、突然帰国したのよね。尾羽うち枯らして」

「枯らしてなんかいなかったわ」

「あなた、そう言ったじゃありませんか。それで、再婚」

「はしょらないでよ。まだ紆余《うよ》曲折があったのよ」

「ざらにある話なんでしょ、男と女の。わたしなんか、一度も結婚しないで死んじゃったじゃありませんか。あなたは、二度。欲張りだわ」

「でも、ちゃんと年をとって、夫人と呼んであげているんだから、いいじゃないの」

突然、ポチが席をたった。むくれきってしまったな、と、わたしは叔母の顔を見た。叔母は話を聞くのに夢中で、

「二度目のご主人なんですか、あなたを殺したの。財産めあて？　それとも、三角関係かなにか……」

モナリザのようにメグさんはほほえんだが、ポチが蠟燭をたてた燭台を二基はこんできたのを見て、「あら」と、華やかな声をあげた。

「いいでしょ。メキシコの絵蠟燭です」

テーブルの上においた蠟燭に、ポチはもったいぶって火をともす。あいにく、艶消しな百円ライターだったが。

「きれいな蠟燭ね」

「これも、教会のそばの売店で」と、ふたりが顔をよせて話しだしたすきに、I夫人は叔母の方に首をのばし、「転んだんですよ」と、すっぱぬいた。「寒い冬の朝、表の石段を踏みはずして、頭をうったのよ」

「あの、それじゃ、ご主人に殺されたというの……」

「いくらなんでも、恥ずかしくて人に言えないじゃありませんか。運動神経のいいはずの人が、

石段踏みはずして死んだなんて。みえはってるのよ。わたしのほうが、ずっと劇的だわ。空襲ですからね。一人で防空壕に入っていたんですよ。それを直撃されたんですから」

「死が劇的だと、人生そのものが劇的って感じになりますわね」

「そうなのよ。いくら、離婚したり再婚したり、相手がメキシコじゃなかったスペイン帰りのフラメンコダンサーだったりしても、実情を言えば、石段で転んで死亡ですもの」

「あそこに埋められて、というのは……」

「わたしは、あそこですよ。防空壕があったんですから。メグさんはちがうのよ。お墓に入っています。でも、こっちのほうが、好きなのよ。自分で建てた家ですもの。あら、もちろん、メグさんは建築家じゃなくってよ。わたしの言う意味、おわかりになるわよね」

窓の外に目をむけて、わたしは声をのんだ。

外は夕闇が濃くなり、部屋にあかりがともったので、ガラス窓が鏡の役をして、中庭に、テーブルと、その上の燭台がうつっている。

とうに花は散って実ばかりになったはずの藤が、庭じゅうにのたうつ蔓に白い巨大な花房をつけ、花は額縁のように庭をふちどり、メグさんとI夫人、叔母、ポチ、四人が、楽しくてならないように、テーブルをかこみ、談笑している。声は聞こえない。

わたしの姿は、ガラス窓のむこうに、ない。

わたしは思い出した。だれがやったのか、燭台がたおれ、たちまち火が燃えひろがって、手がつけられなくなったのだった。

叔母もポチも、メグさんと夫人の仲間になってしまった。わたしだけ、がらんとした画廊にひとり取り残されている。

たぶん、わたしのいるところは、病院のベッドの上なのだろう。看護婦さんがはいってきたら、教えてあげよう。メキシコのメロンパンは、こんなに大きいのよ。でも、わたしの腕は直径を示すことができるだろうか。

天使の倉庫《アマンジャコ》

「ビロードみたいでしょ、その箱」

卓郎が言うと、亜由子は箱の肌を撫でるように指を動かした。

「いま、機嫌が悪いんですよ、そいつ。上機嫌なときは麻か木綿の手触り。機嫌が悪くなるほど、やわらかくてすべすべになる」

「変なやつ」

馬鹿にしたような表情を、亜由子はうかべる。めったなことでは、感心しない。相手の言葉のもうひとつ上を行こうとする。平凡な応答しか思いつけないときは、むしろ相手を黙殺する。

「気をつけてね。嚙むから」

亜由子は手のひらを目の高さにおく。

「どこが蓋なの。切れ目がないじゃん」

咎めるように言う。

「アマンジャコと呼んでください」

「天《あま》の邪鬼《じゃく》な箱って意味？　つまらないネーミング」

「かわいいと思うけどな」

「逆撫《さかな》ですると、もっと機嫌悪くなるだろ」

「あ、だめ。噛みつく」

「怒らせてやろう」

短い毛を、つんつんひっぱる。

「三センチ四方」

「もう少し大きい。五センチ四方はある」

「子猫みたいな感触」亜由子はなでまわす。

「子猫の喉《のど》って、骨が細くて、不安になりません？」卓郎が言うと、

「絞め殺したくなるんだろ。殺意を誘い出されるのが不安なんだろ」亜由子は猫の喉をくすぐるように、指の腹で箱を撫であげた。

「ぼくは亜由さんみたいに残酷じゃない。そんなこと、夢にも思いませんよ」

亜由子はカウンターの上に、かるく放り出す。

「手荒にあつかわないでください」

ないものを、あるように話すのは、二人のあいだで始終やるゲームだ。

「わたしのほうが、いま、機嫌が悪いんだ」

指先を亜由子は卓郎につきだした。

「雪だよ、外」

赤くふくれ、霜焼けになりかかっている。

「タラコ指じゃないですか。なつかしいな。いまどき、めったにみかけない。小学校のころだと、掃除当番、霜焼けだからって雑巾《ぞうきん》掛けをやらないやつが、一人や二人、たいがい、いたけどな」

「信じらんないよな、暖房絶無の部屋で仕事するなんてさ。この冬のさなか。部屋、煤《すす》だらけでさ。いつなおるのかな」

「どうしたんですか。エアコン、故障？」

「放火」

卓郎を驚かせるのを楽しむように、亜由子は眼を大きく見開いて、ゆっくり言った。目尻の皺《しわ》に気づいて、卓郎はちょっととまどったが、相手の期待どおり、のけぞって、ええ、えっ！と声を上げてやった。

「だれが、そんなこと」

「わかるわけないじゃん。一昨日《おとつい》の朝、まだ六時前だよ、編集長に電話でたたき起こされてさ。三時に寝たばかりだっていうのに。社が火事だって。もうおさまっているけれど、かたづけがあるから早く出社しろって。行ったら、部屋中水浸し。夜中に消防車がきたんだってさ。だけど、校了まぎわってときだから、仕事休んでいられないんだよね。火責め水責めで、エアコン、完全にいかれちゃって。悲惨だよ。洪水の後みたいな部屋で、指なし手袋はめて仕事だよ。火事場騒ぎっていうけど、ほんとのそれ。洒落《しゃれ》にならないよ」

「社長って人、恨まれているの?」

「やったやつは、社会浄化の志があったらしいよ」

うつろな笑い声を、二人はあわせた。

「犯行までに、何回か警告状がとどいてたの。もちろん無記名でね。けしからん雑誌は即座に廃刊しろとかなんとか。愉快犯だろ。うちみたいなゴミ屑《くず》出版社焼いて、何がおもしろいんだって思うけど」

「犯人、つかまるといいですね」無難なことを、卓郎は口にし、空になった亜由子のグラスにブランデーをそそぐ。

「調べにきた警察の人が言ってたけど、アダルト誌をだしているところ、今までにいくつもやられているんだって。放火。同じやつじゃないかな。あ、あ、放火の話を聞いたら、箱が機嫌よくなっちゃった」亜由子は箱を撫で、「ばか。喜ぶんなら、国会議事堂あたりが焼けてから喜べ」と、小突いた。「わたしんとこが焼けたからって、喜ぶな。そっちも飲めよ」

「ぼく、商売のあいだは飲まないの、忘れました?」

「ここんとこ、ずっとこなかったもんな」

「……三年……、もっとかな」

視線を卓郎は天井にむける。

「まともに数えるなよ。歳が……」

「数えなくたって、亜由さんの歳ぐらい、わかります。ぼくと七カ月ちがい。ぼくは九月生ま

い？」

「いつも、それを言うんだ。ほかに客はいないんだから、仕事中じゃないと思って、飲まな

亜由子は誘いかけた。はじめてだ、と卓郎は思った。女を意識させる態度を亜由子があらわに見せたのは。

二人のあいだには、いつも、カウンターがあった。

店に二人だけの時間がながくつづき、卓郎がふと誘いたくなるとき、気配を察して亜由子は——あんたもなの——というような皮肉な笑いを浮かべ、卓郎ははなじろんで照れ笑いでごまかし、あるいは、かすかに亜由子が誘いの気配をみせたとき、客が入ってくる、そんなくいちがいが、何度かあった。

「コブちゃん、もう中学？」

卓郎ははぐらかした。

「とっくに高校卒業して、いま、浪人だよ」

ひっついて邪魔だという意味をこめて、子供の愛称はコブ。本名を卓郎は知らない。亜由子の話の端々から、亜由子に似て才気走った勝ち気な女の子らしいと感じている。

「コブが独立してくれたら、わたしも好きなことができると期待していたんだけれど……。そのときを待っているあいだに自分も歳をとるということを忘れていた。四十八。信じられる？四十八なんて歳。じき五十だぜ。すりきれちゃったよ」

亜由さんが歳のこと言うの、はじめてだ。ここでは、歳、忘れましょ。口にしたとたんに自己嫌悪におちいりそうな陳腐な言葉を、卓郎はのみこんだ。

「ほんとはさ」と亜由子は苦い笑いをふくんだ眼を卓郎にむけた。「焼けてさっぱりした、って気分もあるな。寒いってことさえなければ、いろんなものが焼けて気分いいよ。あ、箱がビロードになったぞ。こいつ、根性悪い。わたしがいい気分になると、不機嫌になる」

「だから、アマンジャコだって言ったでしょ。村野さんからのプレゼントですよ、それ」

卓郎はそう言って、壁の鏡に目をやった。人の半身がうつるサイズで、薔薇《ばら》の花と蔓《つる》がからみあったブロンズで縁取られ、十九世紀末の骨董品《こっとうひん》のようなおもむきがある。

「鏡、村野がくれたって、知ってるよ。いまさら言われなくたって。ここがオープンしてから、ずっとかかってるじゃない。〈天使の倉庫〉のトレードマークみたいなものだ」

卓郎の新しい店に〈天使の倉庫〉と命名したのも、村野明子だった。

あっちはリッチだから、豪勢な鏡。わたしはささやかに、薔薇一輪だった。何年になるっけ、オープンしてから。

ドライフラワーになってつり下げられた幾つもの薔薇の束が、縁をかざっている。常連客たちから開店祝いに贈られた花束だ。その中には、亜由子からの一輪の薔薇もまじっている。花、もらいものが溢《あふ》れてるだろ。大きい花束じゃまだろ。そう言って、亜由子はちょっとときどった手つきで一輪だけを卓郎にわたしたのだった。

「来年、十周年ですよ。村野さんがくれたって、鏡じゃなくて、アマンジャコのこと」

「いつ?」
亜由子は輪郭のくっきりした目をいっそう大きく見開いた。

卓郎は独立してこの店をもつ前、ほかのスナックでバイトをしていた。亜由子は村野明子につれられて飲みにきた。卓郎も亜由子も二十代の半ばだった。あらためて数えると、二十数年昔のことになる。村野は、卓郎がバイトをはじめる前から、そのスナックの常連だった。「美女」と村野は亜由子を呼び、亜由子は少しも悪びれなかった。人目をひく顔だちであり姿態である自分自身を、亜由子は淡々と受け入れていた。その点では、卓郎と同じであった。卓郎も、西欧の血が入っているかのような華やかな目鼻だちで、美形であることは自他ともにみとめていたが、だからといって、彼自身はこだわってはいなかった。意識したら、たちまち、滑稽な存在になる。美形であることは、彼にとって、いぼや黒子《ほくろ》とかわりない、単なる特徴であった。

そのころは役者を志していた。バイトをしながら、大手の劇団の研究生として籍をおいていたのだが、役者としての才は美貌に追いつかず、そうかといってテレビの安手なドラマに出て美形を売り物にする気は毛頭なかった。

村野明子は小さい劇団の制作をしていた。金にはならず、持ち出しになるくらいなのに、パトロン然と、ボトルを亜由子の名でおいてやり、払いもいつも村野がもっていたのは、親が

——弁護士だか医者だか卓郎はうろおぼえだが——金に困らない家のひとり娘であったからだ。「ビジョ」と同性の友人を呼ぶ村野の口調に、卓郎は、一種の諦念を感じ取っていた。三十を少し出たばかりだというのに、村野は四十がらみの冴えない中年女のようだった。身につけるのは上質だがくすんだ色合いの服ばかりで、わざわざ薄ら闇に身を溶け込ませようとしているように、卓郎には見えた。

卓郎が役者志望と知って、うちにくる？ と村野は言ったが、素人芝居のような無名の劇団に入る気はなかったので婉曲にことわった。座長が脚本を書き、主役をつとめ、演出も兼ねるその手の劇団では、途中から割り込んだよそものがのびる余地はないと思えた。

村野はよく笑った。亜由子と卓郎がウィッティな会話をはずむようにかわすその一言一言に、大げさなくらい反応して笑いころげた。それだけが自分の役割と心得ているように。

そのときは、亜由子はまだ独身だった。知り合ってから数年後、亜由子は結婚した。卓郎が初志を捨て、自分の店を持った年だった。

どうして、〈天使の倉庫〉なんですか。

名づけ親の村野にただすと、スナックらしくなくて、いいでしょ、というのが答えだった。ふたり、美しい天使がいるしさ。あからさまな賛辞を、卓郎と亜由子は苦笑を返しただけで無視した。

ニューヨークのクリスマスに、と、村野は言った。広場に天使を飾るのよ。ワイヤーを編んで造った天使。三メートルくらいの大きいのを十幾つも。ふだん、倉庫にしまっておくんだって。説明にならないことを、村野はつけくわえた。

ニューヨーク、行ったことがあるんですか。卓郎の問いに、村野はうなずいたが、それ以上海外の話題をつづけようとはしなかった。亜由子は、海外どころか、国内旅行をする余裕もない。亜由子が主導権をとれない話題を、村野は避けていた。映画の話。美術展の話。読んだ小説の話。それらを、亜由子と卓郎が熱をこめて話し合うのを、まるではじめて知る話のように、村野は熱心な聴き役になっていた。卓郎は疑うことがあった。こっちの喋る内容は、村野には、みな、わかっていることじゃないのか。あえて無知をよそおっているのではないのか。亜由子に優越感をもたせるために。

結婚した亜由子は、同居人、と夫を呼んでいた。一度、その同居人と連れだって卓郎の店にきたことがある。愛想のいい気弱そうな男だった。ふたりで、よくチンチロリンをやるんだよ。よござんすか、勝負。亜由子は楽しそうに言い、ちょっと、空の丼があったら貸してください、同居人はにこにこしながら頼んだ。丼のわきに、千円札をばしっとたたくように置き、小さいサイコロを二つポケットからだした。勝負、と笑顔でうながすので、うちは賭博はおことわりなんだけど、卓郎は手をふったが、野暮固いことを言ってしらけさせるのもと思い、一回だけね、とレジとは別の自分の財布から札をだした。つきは卓郎にあった。相手は、じきに目の色がかわり、万札をたたきつけ、勝負、と声音が低くなった。

その後、亜由子は一年あまり姿をみせなかった。村野がときたま、ひとりできた。亜由さん、どうしてます。子供ができたの。へえ、およそ、母親なんてできそうもないのに。あの人、やるとなると、けっこう何でもこなすのよ。

やがて、また、飲みにくるようになったが、そのとき、同居人は別居人になっていた。ほどなく、結婚前の姓に亜由子はもどった。子供は亜由子がひきとり、養育費も慰謝料も相手は負担しなかった。うちにくるとき、コブちゃんはどうしているの。村さんが面倒みている。へえ、彼女、保母さん役をひきうけてるの。あの人、恵まれているんだから、と亜由子は言った。なにかしなくちゃ食べていけない、ってことないんだから、いいの、わたしが自由な時間を持つために少しぐらいボランティアやったって。コブもなついてるし。わたし、昼間は会社、夜は子供の世話。息もできないんだもの。

亜由子がつとめていた広告会社が倒産したのは、その三年後だ。一年ほどバイトでつないでいたが、小さい出版社に仕事の口がみつかった。広告会社では庶務課勤務で、伝票切りにうんざりし、編集の仕事をやりたいと亜由子は常々言っていた。高卒のため、希望の職種につけないでいたのだ。無名の極小出版社とはいえ、正社員として入れるときまったときは、卓郎の店で祝杯をあげたのだった。そのときも、村野は亜由子の家で子供の世話をしていた。

SM誌やアダルト誌を専門に出していると亜由子が知ったのは、入社してからだった。部員は編集長をふくめて三人。わたし、まるでそういう趣味ないもの。美しければSMでもなんでもいいけどさ、やたらいじましくて汚いんだ。卓郎を相手に、亜由子はなんどか荒れた。読者の投稿による体験記がページのほとんどを埋めている。下手くそなんだよ。読めたもんじゃない。こっちが直してのせるんだけど、こっちの文章感覚がおかしくなっちゃう。

亜由子は、退社後飲みにくるときは、ベビーシッターを頼むようになっていた。しかし、村野といっしょにくることはなかった。村野、自分が手伝いにこられないからって、かわりに、ベビーシッター代よこすんだ。いやみだよ。亜由子は吐き捨て、声音に毒を卓郎は感じた。村野はいそがしくなっていた。小さい劇団はとうに解散していたが、村野明子はふうがわりなファンタスティックな短編の書き手として、いつのまにか地盤を築いていた。子供には向かない、若い女性に喜ばれるような童話めいたものが多かった。画家とコンビを組んで瀟洒《しょうしゃ》な絵本も出し、ファンがついた。わたしがやるはずだったことを、あいつが奪った。酔ったあげくに、亜由子が歯ぎしりまじりに卓郎に言ったことがある。あいつが書いている話って、ここで、わたしと卓ちゃんが喋ったことばかりだよ。あいつ、にこにこして聞いていて、みんな、奪った。わたしが本を出したいと思っているの、村野は知っている。それなのに、村野のほうが……。おかしいよ、こんなの。絵本を出すのは、わたしのはずだった。

亜由さんも書けばいいじゃないですか。卓郎は、なだめた。

わたしが書く前に、村野が全部書いちゃった。あいつ、わたしを殺した。

いつ。

物語のなかでだけどさ。『雪物語』って、読まなかった?

ああ、読みましたよ。

わたしと卓郎が登場する。わたしが、駅の階段踏みはずして、うっかり死んじゃって。今夜みたいな雪の夜、幽霊になって。

そこに座ってるんですよね。

鏡のなかに、コブが映っていて。

早くコブちゃんと結婚しろと、幽霊の亜由さんがぼくに言うんだ。

わたしがそんなこと言うわけないじゃん。

亜由子は鏡に目をむけ、卓郎の視線も鏡にむかった。二人の視線は鏡のなかでからみあい、くちびるをふれあった。現実には、カウンターではばまれ、くちびるのあいだには距離があったが。そして、客がはいってきたので、卓郎は愛想のいい声で迎えたのだったが。


「村野さんがくれたって、鏡じゃなくて、アマンジャコのこと」

「いつ?」

亜由子は輪郭のくっきりした眼をいっそう大きく見開いた。

「ゆうべ」

「だって、村野……」

自殺、と亜由子は口の形だけで言い、それから、「あ、のせられちゃった。あほらしい」鼻の先でわらって、箱をころがした。

「アマンジャコ、昂奮してますね。中で火が燃えているみたいに、赫《かが》きはじめた」

「やめよう、しらけた」

とんでもないものを、互いにリアルに描写しあっているうちに、実在のもののように感じられてくる。村野は笑顔で聴いているのだった。

「それをあいつ、みんな、自分の話にとりこんじゃった」

「それで、亜由さんは、書くことができなくなった」

「そうだよ」

「そう言って、責めた。村野さんを」

「一度ね。徹底的にやっつけたよ」

「ここでね。あんたには、創作の才能なんて何もない。わたしのアイディアを盗んでいるだけ、って。痛烈だった」

「偶然、いっしょになった。あいつがきていると知ったら、わたしはこなかったのに」

「村野さん、あのころ、毎夜きていました。亜由さんに会いたかったんだと思う。ふたりで飲みたくて、ベビーシッター代を贈っていたんだと思う」

「わたしと卓ちゃんの話から、また盗みたくなったんだろ」

「そう言って、亜由さんは責めた。その後、村野さんは死んだ」

「何年も前の話だよ」

「ゆうべ、鏡をのぞいたら、村野さんがいて、箱をくれました。なかにね、亜由さんとぼくが入っているんですって。そう、村野さん、言いましたよ。この箱〈天使の倉庫〉だって」

「あいつが入ってるんだろ」

亜由子は箱をつかみ、力をこめてにぎりしめた。箱から、わずかに血がしたたり、店の天井がゆがんで、亀裂が走った。漆喰《しっくい》の粉が二人の頭に降りかかる。

解説

日下三蔵

皆川博子の数ある幻想小説集の中で、最も高く評価されながら、なぜか再刊の機会に恵まれなかった一九九八年の短篇集『結ぶ』（文藝春秋）が、ようやくの文庫化である。十五年前の本ではあるが、人気の高さに比例して初刊本はかなり入手困難になっていたので、待ち望んでいた読者も多いのではないだろうか。しかも今回の創元推理文庫版では、元版の収録作品と同時期の未刊行短篇四篇が増補されているのだ。初めて読まれる方はもちろん、既に単行本を読んでいる方も、ぜひ改めて手に取っていただきたい。

七二年にデビューした皆川博子は、当初から異端文学への傾倒を表明し、幻想小説への志向を見せていたが、リアリズム全盛の小説界において、読者にも編集者にも理解者は少なかったという。それでも皆川博子は機会を見つけては質の高い幻想小説を書き続けた。ようやく最初の幻想小説集『愛と髑髏と』（光風社出版→集英社文庫）が刊行されたのが八五年のことであるから、こうした作品の出版までの道のりの険《けわ》しさがよく分かる。

九四年に編集者として初めて皆川さんにお目にかかったとき、「（どうせ本にならないと思って）雑誌に書いた短篇は、ぜんぜん取ってないのよ」と言われて驚いたことを覚えている。

九〇年の幻想小説集『薔薇忌』（実業之日本社→集英社文庫）が第三回柴田錬三郎賞を受賞してからは、幻想物も本にまとまるようになっており、九一年に『たまご猫』（中央公論社→ハヤカワ文庫ＪＡ）、九三年に『骨笛』（集英社→集英社文庫）、九四年に『あの紫は　わらべ唄幻想』（実業之日本社）と、新作短篇は順調に単行本化されてきた。

九八年に刊行された『ゆめこ縮緬』（集英社→集英社文庫）と本書『結ぶ』の二冊は、皆川幻想小説の中でも頂点に位置する作品集といっていい。お疑いの向きは世評に高い表題作の「結ぶ」だけでも、まずは読んでみてください。なに、二十枚ほどの短いものだからすぐに読める。そして一読呆然とすることになるはずだ。

この作品は「ＳＦマガジン」の日本人作家ホラー特集号に発表されたものだが、この特集を監修した評論家の東雅夫氏は、『たまご猫』ハヤカワ文庫ＪＡ版の解説で、こう述べている。

このとき監修役を務めた筆者は、当時の阿部編集長から「とにかく読んでください！」と急ぎ送られてきた同篇のゲラ刷りを見て、ただただ仰天かつ驚天して呟いたものだ。

「アルマジロ⁉　アルマジロ‼」と……。

ここで本書収録作品の初出データを掲げておこう。※印の四篇が、創元推理文庫版で追加された作品である。

結ぶ　「SFマガジン」九五年八月号
湖底　「小説宝石」九一年六月号
水色の煙　「ミステリマガジン」九二年八月号
水の琴　「ミステリマガジン」九一年九月号
城館　「ミステリマガジン」九一年四月号
水族写真館　「ミステリマガジン」九二年三月号
レイミア　「ミステリマガジン」九六年一二月号
花の眉間尺　「オール讀物」九七年二月号
空の果て　「オール讀物」九六年八月号
川　「小説現代」九六年一二月号
蜘蛛時計　「オール讀物」九八年二月号
火蟻　「オール讀物」九九年七月号
U Bu Me　「小説新潮」九八年八月号
心臓売り　「オール讀物」九七年八月号

薔薇密室　「ミステリマガジン」八九年一〇月号　※

薔薇の骨　「野性時代」九五年七月号　※
メキシコのメロンパン　「ミステリマガジン」九五年一一月増刊号　※
天使の倉庫　「小説新潮」九八年一月号　※

早川書房の「ミステリマガジン」は前身の「エラリイ・クイーンズ・ミステリ・マガジン」の流れを受けた翻訳ミステリ専門誌で、八〇年代までは日本作家の作品はめったに掲載されなかった。八九年から日本人作家の短篇がほぼ毎号掲載されるようになるが、皆川博子は片岡義男らと並んで、その常連の一人だった。

中間小説誌に発表した作品では遠慮していたとまでは言わないが、やはりマニアではない一般読者に読まれることは意識せざるを得なかっただろう。だが専門誌である「ミステリマガジン」の読者は、もともと推理小説好き（しかも翻訳ミステリ好き）であることが分かっている。読者に遠慮することなく、思い切り書ける媒体で作品を発表したことは、長篇と短篇の両面で、その後の活動に大きな影響があったように見える。まず長篇では、九七年に久しぶりの書下しミステリ『死の泉』が早川書房から刊行されている。これは翻訳ミステリの早川書房ならば「ヨーロッパを舞台にした、日本人が出てこない話でも大丈夫だろう」（「ジャーロ　47号」一三年春号掲載のインタビューより）と思ったからだという。

逆に言えば、それまで他の版元では、こういうタイプの作品は歓迎されなかったということだ。だが、『死の泉』が第三十二回吉川英治文学賞を受賞するなど高く評価されたおかげで、二〇〇〇年代以降、ヨーロッパを舞台にした長篇ロマンが次々と発表されることになる。〇二年に『冬の旅人』(講談社→講談社文庫)、〇三年に『総統の子ら』(集英社→集英社文庫)、〇四年に『薔薇密室』(講談社→ハヤカワ文庫JA)、〇六年に『伯林蠟人形館』(文藝春秋→文春文庫)、〇七年に『聖餐城』(光文社→光文社文庫)、一一年に『開かせていただき光栄です DILATED TO MEET YOU』(早川書房→ハヤカワ文庫JA)、一二年に『双頭のバビロン』(東京創元社)、一三年に『海賊女王』(光文社)と、質・量ともに重量級の大作ばかり。

このうち『薔薇密室』は本書で追加収録された短篇と同じタイトルだが、内容には関係がない。実はこのタイトルは『死の泉』にも登場しているのだ。架空の小説の翻訳という体裁の同書には、本物の奥付の前に作中作の奥付があり、翻訳者・野上晶の訳書として、『倒立する塔の殺人』ヨッヘン・シュルツ(早川書房)、『薔薇密室』ハンナ・カリエール(滄幻社)、『ドイツ幻想短編コレクション』(エルフ書房)などがあがっている。

〇七年には長篇ミステリ『倒立する塔の殺人』(理論社ミステリーYA!→PHP文芸文庫)も実際に刊行されているが、これらはタイトルだけが予告された作品を、後で本当に書くという究極の遊び心の産物といえるだろう。

短篇に話を戻すと、制約のない専門誌で作品を書いたことで、好きなことを書いても好きな読者は必ず付いてきてくれる、という手ごたえを、作者は感じたのではないだろうか。〇四年の『猫舌男爵』(講談社)、〇五年の『蝶』(文藝春秋→文春文庫)、一〇年の『少女外道』(文藝春秋→文春文庫近刊）と、中間小説誌に発表された短篇をまとめた作品集を並べてみれば、作者の筆が現実の軛《くびき》から解き放たれて、幻想小説としての純度がどんどん上がっていく様子が見て取れるはずだ。

中間小説誌でこれだから、対象読者が限られたオリジナル・アンソロジーに発表された作品は、もう凄いことになっている。井上雅彦氏の編で九八年にスタートした〈異形コレクション〉シリーズ（廣済堂文庫→光文社文庫）の成功を受けて、日本でもオリジナル・アンソロジーが数多く刊行されるようになってきた。

皆川博子はそうしたアンソロジーにかなりの作品を寄稿しており、それはつまり編者であるアンソロジストにそれだけ信頼され、多くの依頼を受けたからであるのだが、それらの媒体に制約なしで書かれた皆川幻想小説は、小説という形式自体を破壊するほどの高みにまで達してしまっているのだ。

本書と前後して河出書房新社から刊行される短篇集『影を買う店』には、オリジナル・アンソロジー掲載作品を中心に、九十年代後半から今年（二〇一三年）までの約二十年間に発表された単行本未収録短篇二十一本が収められている。作品の発表時期からも内容からも、本書の次のステージに当たる短篇集になっているので、ぜひ両者を併せてお読みいただきたいと思う。

本書は一九九八年、文藝春秋より刊行された作品を
再編集した上、文庫化したものです。

検印
廃止

著者紹介 1930年生まれ。72年、児童文学長編『海と十字架』でデビュー。86年『恋紅』で第95回直木賞、90年『薔薇忌』で第3回柴田錬三郎賞、97年『死の泉』で第32回吉川英治文学賞などを受賞。近著に『開かせていただき光栄です』『双頭のバビロン』『海賊女王』などがある。

結ぶ

2013年11月29日　初版
2019年3月1日　再版

著者 皆《みな》川《がわ》博《ひろ》子《こ》

発行所 （株）東京創元社
代表者 長谷川晋一

162-0814/東京都新宿区新小川町1-5
電話 03・3268・8231-営業部
03・3268・8204-編集部
URL http://www.tsogen.co.jp
振替 00160—9—1565
精興社・本間製本

乱丁・落丁本は，ご面倒ですが小社までご送付ください。送料小社負担にてお取替えいたします。

ISBN978-4-488-44103-6　C0193

NOT THE END OF THE WORLD * KATE ATKINSON

ウィットブレッド賞受賞作家の傑作短篇集

世界が終わるわけではなく

ケイト・アトキンソン　青木純子訳

可愛がっていた猫が大きくなっていき、気がつくと、ソファの隣で背もたれに寄りかかって足を組んでテレビを見ている！　という「猫の愛人」、事故で死んだ女性が、死後もこの世にとどまって残された家族たちを見守ることになる「時空の亀裂」等々、12篇のゆるやかに連関した物語。千夜一夜物語のような、それでいて現実世界の不確実性を垣間見せてくれる現代的で味わい深い短篇集。

▶近頃、これほど感嘆すべき短篇集に出会ったことがない。
——オブザーヴァー

▶アトキンソンは実力派の作家だ。そして本書は感動に満ちた、しかも実に楽しい短篇集だ。——サンデータイムズ

▶アトキンソンは物語るということに魅入られた作家だ。
——グラスゴー・サンデー・ヘラルド

四六判仮フランス装

THE ORPHAN'S TALES * CATHERYNNE M. VALENTE

奇怪にして甘美、比類なき迷宮体験

孤児の物語

Ｉ夜の庭園にて
Ⅱ硬貨と香料の都にて

キャサリン・M・ヴァレンテ　井辻朱美訳

本文イラスト　マイケル・Wm・カルタ
ミソピーイク賞、ジェイムズ・ティプトリー・ジュニア賞受賞

昔ひとりの女童がいて、その容貌は糸杉の木と水鳥の羽毛を照らす新月のようであった。彼女は魔物と呼ばれ、おそれられ、スルタンの宮殿を取り巻く庭園で野生の鳥のように暮らしていた。そこに訪ねてきたのはスルタンの息子。女童は自らの瞼に精霊によって記された物語を彼に語って聞かせる。「黒の女教皇の物語」「獣の乙女の物語」「月を着る男の物語」。つぎつぎと紡ぎ出され織り上げられてゆく、物語の数々。合わせ鏡に映しだされる精緻な細密画のような、果てしない入れ子細工の世界。

Ａ５判上製